D0943337

# Botón de emergencia para (dejar de) amar

Primera edición: mayo de 2021
Segunda edición: agosto de 2021
Título original: *Only Mostly Devastated*

© Sophie Gonzales, 2020
© de la traducción, Sasha Pradkhan, 2021
© de la ilustración de cubierta, Jim Tierney, 2021
© de esta edición, Futurbox Project, S. L., 2021
Publicado mediante acuerdo con St. Martin's Publishing Group en colaboración con International Editors' Co. Barcelona. Todos los derechos reservados.

Adaptación de cubierta: Taller de los Libros
Corrección: Pol Gilabert

Publicado por Wonderbooks
C/ Aragó, 287, 2.º 1.ª
08009, Barcelona
www.wonderbooks.es

33614082500611

ISBN: 978-84-18509-12-4
THEMA: YFM
Depósito Legal: B 8667-2021
Preimpresión: Taller de los Libros
Impresión y encuadernación: Liberdúplex
Impreso en España – *Printed in Spain*

# Sophie Gonzales

# BOTÓN DE EMERGENCIA PARA (DEJAR DE) AMAR

Traducción de
Sasha Pradkhan

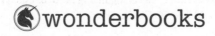 wonderbooks

*A todo el que, en su cometido de cuidar
de otra persona, olvidó cuidar de sí mismo.
Tus necesidades también importan*

# CAPÍTULO 1

Era el último miércoles de agosto, bien entrada la tarde, cuando me di cuenta de que Disney llevaba un tiempo mintiéndome sobre los «y fueron felices y comieron perdices».

Porque, os cuento: solo llevaba cuatro días viviendo mi final feliz cuando perdí de vista a mi príncipe azul.

Se fue. Desapareció.

«Tengo clarísimo que no te olvidaré nunca», me dijo.

«Creo que nunca había sido tan feliz», me aseguró.

«Por favor, no perdamos el contacto. Necesito volver a verte algún día», insistió.

Entonces, ¿por qué estaba yo aquí, sentado en la encimera de la cocina y dándome cabezazos contra un muro metafórico, mientras sopesaba los pros y los contras de mandarle otro mensaje?

O sea, vale. Si le mandara otro mensaje, ya serían tres seguidos. Y sí, eso llegaría a un nivel que roza el acoso. Pero sería razonable. El primer mensaje que había ignorado era una respuesta a un mensaje suyo del sábado por la noche. Me dio las buenas noches y yo le di las buenas noches. Fin de la conversación. No tenía que responder a aquello, así que ese ni siquiera cuenta.

El segundo mensaje que le mandé no requería de una respuesta como tal.

**Sábado, 11:59**
Entrar a casa a hurtadillas ha sido un fracaso absoluto. Mi madre me ha matado. #valiólapena. Por favor, no me juzgues por usar un *hashtag*. Soy demasiado guay para cumplir con tus expectativas sociales mundanas.
**Leído: Sábado, 14:13**

9

Quiero decir, podría haberlo visto mientras conducía de camino a casa y haber sonreído sin darse cuenta de que tenía que contestar, ¿no? No había una pregunta como tal, así que tal vez fuera eso. O tal vez lo vio y, con la respuesta a medias, se distrajo con algo.

Con un incendio, por ejemplo. O con una abducción alienígena.

Durante cuatro días.

La verdad es que, pensándolo bien, tenía que volver a escribirle; de una forma guay y casual, no en plan desesperado, obviamente. Pero, esta vez, con una pregunta. Así, si lo veía y no me respondía, sabría sin duda alguna que me estaba ignorando.

Vale. Podía hacerlo. No era nada del otro mundo. Solo era un chico que escribía a otro chico. Un chico que conocía mis mayores secretos, que se había pasado siete semanas liándose conmigo casi todo el rato y que... ME HABÍA. VISTO. DESNUDO™.

Un chico que me había convencido de que le gustaba mucho, de verdad.

Un chico al que más le valía haber sido abducido por un maldito alienígena.

Así que tal vez sí que estaba justificado ser un poco pesado por mi parte. Siempre que no pareciera que estaba siendo pesado, claro.

Fácil. Vale. Voy.

¡Hola, Will! Pues he

No. Borrar. Demasiado planeado.

Tío, no te imaginas qué he

¿Qué he qué? No había manera de acabar esa frase.

Imagino que seguramente te habrán abducido unos alienígenas, pero si, por poco probable que sea, no te han

—Ollie. ¿Tienes un segundo?

Pegué tal salto que casi le di a enviar. Y, seamos sinceros, si lo hubiera hecho, me tendría que haber tirado al lago. Intenté no parecer demasiado aturullado cuando mi madre se sentó a mi lado en la silla de madera. Por precaución, borré el mensaje que tenía escrito a medias. Por si acaso.

—Oh, claro. ¿Qué pasa?

Oh, oh. Me miraba de esa forma propia de ella.

Mi primer pensamiento fue que había ocurrido: que la tía Linda había fallecido. Contuve la respiración. Literalmente. Como si el hecho de contenerla lo hiciera real, y mi familia fuera a soltarse del fino hilo que la aguantaba en el borde de un precipicio llamado cáncer.

Después de todo, esa fue la razón principal por la que vinimos a Carolina del Norte: la salud de la tía Linda había dado un giro para mal y necesitaba pasar un tiempo fuera para relajarse, ver a la familia y, por una vez, disfrutar. Por supuesto, mi familia también quería verla, así que quedamos con ella junto al lago, lo más lejos que la mujer podía irse de vacaciones. Era el viaje más largo desde California que hacía en años, así que estuve más que conforme. Me nombraron niñero no oficial, no remunerado y no negociable de sus hijos (suerte que son monísimos), y alquilamos dos casas colindantes al lado del lago. Las cosas habían ido bien. Incluso genial. Se podría decir que había sido el mejor verano de mi vida.

Pero ahora estaba a punto de terminarse y no podía acabar así. No era posible.

—Bueno, cariño… —empezó mi madre.

«Muerta. Muerta. Muerta».

—La tía Linda está…

Muerta.

—Bueno, ya sabes, no se encontraba muy bien. Has sido de gran ayuda durante el verano, pero, antes de eso, el tío Roy se dejaba la piel cuidado de los niños y de Linda, y con las facturas del hospital no se pueden permitir a alguien que se ocupe de las criaturas. Por no hablar de todas las cosas extra para las que les iría bien que les echaran una mano. Es mi hermana, quiero asegurarme de que estoy aquí para ella.

Un momento. Entonces, ¿la tía Linda no había fallecido? El alivio me golpeó tan fuerte que casi me pierdo las siguientes palabras de mi madre, demasiado mareado de felicidad para concentrarme.

—Tu padre y yo hemos decidido poner la casa en alquiler durante un tiempo, tal vez durante un año o así. Tenemos un sitio donde vivir en Collinswood, a pocas calles de Roy y Linda, de hecho. De momento, volveremos a San José la semana que viene para coger nuestras cosas y despedirnos de todo el mundo. Estarás de vuelta a tiempo para empezar el curso.

Un momento, ¿qué? ¿Qué, qué y qué, exactamente?

—¿Quedarnos... aquí? ¿Mudarnos aquí, quieres decir? ¿A Carolina del Norte?

Pero si se suponía que nos íbamos a casa la semana siguiente. ¿Cómo íbamos a volver?

Mi madre se encogió de hombros. Tenía unas bolsas pesadas debajo de los ojos azules y profundos, y llevaba el ligero cárdigan negro del revés. La etiqueta, que sobresalía resignada por un lado de la costura, rechinó cuando dejó caer los brazos a los lados.

—Ollie, no tenemos elección.

—Pero... y si... ¿podría yo quedarme en casa mientras vosotros estáis aquí? —Cuanto más lo pensaba, más sentido tenía. Solo porque me lo había pasado bien jugando a ser niñero durante el verano no significaba que quería dejarlo todo y convertirlo en un rol permanente—. Sí, podría funcionar. Me puedo ocupar de la casa y desplazarme en coche solo. Puedo pagar las facturas yo mismo; cogeré algunos turnos de más en el supermercado. Vendré más adelante si luego parece que os quedáis aquí un tiempo, pero... Quiero decir, mamá: el grupo de música. Y los chicos. No puedo...

Mi madre apoyó los codos en la encimera y enterró la frente entre las palmas.

—Ollie. Por favor. No nos lo pongas más difícil.

Me desplomé hacia atrás mientras miraba el móvil. ¿Qué se suponía que debía decir? No es que fuera un maleducado ni nada de eso, pero tenía mucho que asimilar. La mente me iba a toda velocidad mientras trataba de procesar la magnitud de todo aquello. ¿Pasar el último curso sin mis amigos? ¿En una escuela totalmente extraña con profesores que no me conocían, justo cuando las notas empezaban a importar? Tendría que dejar el trabajo y el grupo de música, y me perdería la fiesta de la vuelta al instituto...

Entonces levanté la cabeza hacia mi madre y, con solo echar un vistazo a su expresión, me di cuenta de que no era algo negociable. A regañadientes, escondí al fondo de la mente el cúmulo de razones por las que esto lo iba a arruinar todo. Ya lo asimilaría más tarde. En mi habitación. Cuando encontrase una lista de reproducción melancólica apropiada en Spotify.

«Pero... Pero... Pero... —Abrió el pico una parte de mí—. No es todo melancolía. Ahora vives en el mismo estado que Will. Ahora puede ser plausible verlo de nuevo».

Se me revolvió el estómago al pensarlo. Uno puede toparse en el camino con un muro, pero vamos, con lo que me topé fue con una muralla entera.

—Vale. Bueno, es... repentino. Pero vale. Haremos que funcione.

A mi madre se le iluminó la cara y me envolvió en un abrazo.

—Ha sido más fácil de lo que esperaba.

La voz me salió amortiguada contra su pecho.

—Me reservo el derecho a quejarme constantemente de aquí en adelante. Habría sonado como un monstruo si hubiera dicho que no, y lo sabes. Tampoco es que tuviera elección, ¿verdad?

Cuando mi madre me dejó ir, soltó una risita leve.

—No, por Dios, no, pero aprecio tu cooperación de todos modos.

—Por lo menos eres honesta. —Forcé una sonrisa, y mi madre bajó del taburete de un salto para preparar la comida.

—Haremos que funcione, te lo prometo —dijo mientras trasteaba en el cajón de las verduras de la nevera y sacaba varios tomates y una lechuga—. A veces tenemos que hacer sacrificios por la gente a la que queremos, ¿verdad? Quizá no sea lo ideal, pero lo hacemos igualmente con una sonrisa.

Asentí ausente, y volví a mirar el móvil. Por lo menos, el primer problema estaba solucionado. Esto contaba como una razón lo bastante buena para mandar múltiples mensajes de texto.

Ahora tendría que responderme, ¿no?

# CAPÍTULO 2

**Sábado, 18:05**
Hola. Mira, te vas a reír. Me mudo a Carolina del Norte por un tiempo. Voy a vivir en Collinswood. ¿Por casualidad no estarás cerca?
**No leído**

Bromeaba sobre lo de los alienígenas, pero empezaba a parecer la única explicación lógica. ¿Quién no toca el móvil durante doce días? Nadie. En serio. Desde que le mandé ese mensaje, tuve tiempo de:

- Hacer las maletas.

- Irme de la casa del lago.

- Volar a California.

- Empaquetar mi casa entera.

- Despedirme de todos mis amigos.

- Ingerir tres batidos hundido en la miseria. Uno con Ryan, otro con Hayley y un último otra vez con Ryan porque tuvo un antojo a altas horas de la noche después de haberse despedido de mí oficialmente.

- Volar hasta el mismísimo Collinswood, también conocido como El Quinto Pino.

- Desempaquetar mi casa entera.

- Llorar en secreto dos veces.

- Llorar un poco delante de mis padres una vez.

- Hacer un pacto de sangre conmigo mismo para dejar de llorar de una maldita vez.

- Hacer un *tour* por El Quinto Pino y llorar un poco mientras me daba cuenta de que, a partir de ese momento, tendría que hacer todas mis compras por internet.

- Ver *Frozen* tres veces. Dos con mis primos en la habitación; una yo solo porque ya estaba en el reproductor de DVD y ni siquiera me molesté en cambiarla.

Y en todo ese tiempo, ¿ni un solo mensaje de Will? Que le den. Oficialmente, lo había superado.

Pero no tanto como para no querer rajar del tema. Y esa noche era mi oportunidad. Después de varios intentos fallidos, Ryan, Hayley y yo por fin habíamos encontrado un momento en el que los tres estábamos libres para llamarnos por Skype. Mi intención era hacer la llamada en mi habitación, pero en el último momento mi madre decidió que me necesitaba en la cocina para pelar los pepinos para la ensalada, así que me puse en modo multitarea, con el portátil en la mesa y la tabla de cortar al lado.

Mamá y papá estaban cocinando una cena especial para celebrar el estreno de nuestra nueva cocina. El problema es que nuestros platos especiales normalmente los pedíamos para llevar, porque nunca invitábamos a gente a cenar y, por lo tanto, no teníamos que impresionar a nadie salvo a nosotros mismos; y el *pad thai* del restaurante de la esquina, en San José, nos había impresionado de manera histórica a los tres sin excepción.

Cuando mi padre nos puso un tutorial de Gordon Ramsay en YouTube para que copiásemos la receta, la tensión estaba servida (esto no pretendía ser un juego de palabras). Para empeorar las cosas, también se encontraban con nosotros, muy aburridos y gruñones, mis primos Crista y Dylan.

En resumen, la casa era un caos y añadir una llamada de Skype a la ecuación no ayudaba.

—Hay un poco de ruido en tu lado de la línea —comentó Ryan, poniéndole un careto a la cámara. En la cama que había a su lado, Hayley estalló en carcajadas.

—Ya, perdón. Tratad de ignorarlo —dije. Tenía que hablar de lado para poder pelar los pepinos.

Ryan respondió algo, pero quedó ahogado entre los sollozos de Crista.

—¿Tía Catherine? ¿Tía Catherine? ¿Tía Catherine? —Perseguía a mi madre alrededor de la cocina agarrada a su bol con trozos de manzana y queso cheddar mientras mi madre hacía ver que no la oía.

—Perdonad, ¿qué? —le pregunté a la pantalla.

Ryan y Hayley me obsequiaron con dos miradas divertidas gemelas.

—He dicho: ¿has deshecho ya las maletas? —chilló Ryan.

Abrí la boca para responder, pero terminé con un pedazo de manzana estampado contra la cara.

—No me gusta la piel —declaró Dylan con voz firme mientras agitaba la manzana.

—Es un poco tarde para eso, amigo —dije—. Intenta morder alrededor.

—La piel.

—Estoy ocupado ahora mismo, pelando otra cosa. Te dejaría la manzana llena de sabor de pepino. Pídele a la tía Catherine que te ayude.

La «tía Catherine» me lanzó una mirada de advertencia y me escondí detrás del portátil.

La cara de Hayley había ocupado la pantalla, y estaba tan de cerca que casi le podía contar las pestañas, de un rubio clarito.

—Bueno, te lo queríamos contar en persona, ¡pero nos han pedido que toquemos en el Nathaniel's!

Se me desencajó la mandíbula.

—Espera, ¿en serio?

El Nathaniel's era el sitio de ensueño cuando se trataba de dar conciertos siendo menor de edad. No era exactamente nuestra audiencia, está claro, pero la gente que iba solía ser bastante abierta de mente con respecto a la música. En todo caso, podíamos acabar con un grupo de nuevos fans que nunca habían oído hablar de nosotros.

Bueno, de «nosotros» no, en realidad. De ellos. Ellos acabarían con fans nuevos.

—Ollie, Ollie, Dylan quiere que le peles la manzana —dijo Crista, que apareció de la nada a mi lado.

—Lo he oído. Es que ahora mismo trato de hablar con mis amigos.

—Tienes las manos libres, ¿no es así? —preguntó mi madre desde el otro lado de la cocina—. ¿No puedes coger un cuchillo limpio?

—Ahora vuelvo —les dije a Ryan y a Hayley, pero Hayley levantó una mano.

—No, mira, apenas te oímos. Ve a defender el fuerte. De todas formas, tenemos que ensayar. Te lo contamos mejor cuando podamos hablar como Dios manda.

Pero si ni siquiera había tenido la oportunidad de contarles lo de Will. Ni nada sobre Collinswood. Ni cómo estaba la tía Linda.

—Oh. Oh, vale. Claro. ¿Entonces nos llamamos por Skype pronto, supongo?

—Sí. Cuando todos tengamos un momento libre. Pronto.

Colgué y luego le quité la ofensiva piel a la manzana, para el deleite de Dylan.

A los fogones, mi madre revoloteaba por detrás de mi padre y le hacía críticas constructivas sobre las decisiones culinarias que tomaba.

—Todavía queda espacio en la sartén —apuntó mientras se apoyaba en la encimera—. ¿Por qué no lo pones todo? Iríamos más deprisa.

—Gordon dice que si añado demasiada carne en la plancha se cocinará de manera irregular.

—Bueno, Dios te perdone si desobedeces a Gordon.

—Ay, del necio que lo intente, Catherine.

Fuera, un motor de coche rugió a la entrada de la casa. Crista y Dylan reaccionaron como si fueran un solo ser, abandonaron sus tentempiés y corrieron a toda prisa hacia la puerta, conmigo detrás.

—Mamá está aquí, mamá está aquí, mamá está aquí.

La tía Linda apenas había cruzado la puerta cuando le pararon el paso dos misiles del tamaño de un tapón.

—¡Uf! Oh, Dios mío, si solo he estado fuera unas pocas horas. —Se rio y se los acercó para darles un abrazo.

Esa noche se la veía más débil que de costumbre. Había perdido el grueso pelo negro hacía un tiempo y, aunque estaba acostumbrado a verla calva, en esa ocasión llevaba envuelto en la cabeza el pañuelo de cachemir que se ponía cuando salía. Por alguna razón, el pañuelo me recordaba que las cosas habían cambiado mucho más que su pérdida de cabello. A lo mejor era porque Linda había sido muy anticubrecabezas desde antes de que yo naciera. Ni siquiera me la podía imaginar llevando una pamela, un gorro de lana ni nada por el estilo.

—Están hambrientos de atención —dije—, los hemos estado ignorando.

—Ya lo sé, por eso los dejo aquí. Me hacéis parecer mejor en comparación, y están mucho más agradecidos de tenerme —dijo dándoles toquecitos juguetones a los niños en la barriga mientras hablaba. Soltaron alaridos de la risa.

—¿Cómo ha ido? —preguntó mi madre cuando entramos en la cocina.

—Bueno, ya sabes. Es un hospital. Me alegro de que exista, pero siempre me alegro más de irme de allí. —La tía Linda levantó su bolsa de mano y asintió mientras se dirigía al salón—. Deja que deje las cosas, serán dos segundos.

—Espero que tengas hambre —respondió mi madre a su retirada.

La voz de la tía Linda sonó clara y alegre al responder:

—Si te soy sincera, Cathy, ya no me acuerdo de lo que es tener hambre.

Mi madre puso los ojos en blanco y, entonces, me pilló espatarrándome en la mesa del comedor.

—¿Cómo va la ensalada?

—Oh, bien. —Volví a coger el pelador.

—Perdona por interrumpirte la llamada.

Asentí con la cabeza, desconfiando de mi capacidad para responder sin volver a ponerme sensible. Tenía muchas ganas de hablar con Ryan y Hayley. Habían cambiado tantas cosas. Solo tenía ganas de algo que pareciera normal.

Mi madre me apretó la mano para que soltase el pelador.

—Ollie, necesitas relajarte. Tendrás muchas oportunidades de hablar con tus amigos, todo irá bien. Quiero que practiques un poco de *mindfulness*.

—No, mamá…

—Sí, Ollie. Conmigo. —La experiencia me decía que era mejor seguirle el juego. Discutir me llevaría más tiempo que rendirme, llegados a este punto—. Ahora, quiero que visualices todas las cosas por las que estás agradecido. Esta casa enorme, y maravillosa que nos cuesta una octava parte del alquiler de la de San José. ¿Qué tal esto para empezar? Casas grandes, aire limpio y tener a tus padres cerca para cocinarte una comida nutritiva… ¿sientes la gratitud?

—Oh, por supuesto.

—Oliver, no quiero ni una pizca de tu sarcasmo. Visualiza las puntas de los dedos. ¿Cómo las sientes? ¿Cómo se siente la madera que hay debajo? ¿Ollie?

—Mamá, la verdad es que me siento un poco claustrofóbico ahora mismo.

Me apartó sus manos de los hombros con una mueca avergonzada.

—Lo siento. Pero ponte en serio, Ollie. Tienes que estar *relajaaado* y *calmaaado*.

Os cuento, mi madre tiene esta manera concreta de ver el mundo. No es que sea superreligiosa. Es más bien… ¿espiritual?, supongo. Básicamente, cree en un Gran Ser Etéreo que está ahí fuera en el universo y nos da cualquier cosa que queramos siempre que hagamos ver que nos sentimos contentos y satisfechos, y que somos positivos. Pero, si estamos enfadados por algo, nos responde con más de lo mismo. Un Gran Ser Etéreo tocapelotas que se pasa el rato tranquilito en el universo.

Y que podría haber abducido a Will, ahora que lo pienso.

Pero tampoco es que me importase ya Will, ¿verdad?

Bueno, si continuaba diciéndolo, tal vez el Gran Ser Etéreo haría que así fuera.

Me llevó tanto tiempo juntar un modelito decente para hacer mi primera aparición en el Instituto Collinswood, que casi volé escaleras abajo con la intención de zambullirme en el coche directamente. Aunque se me frustraron los planes cuando encontré a mis padres en la cocina, decididos a darme algo de desayuno. Y, para mi consternación, no tomaron un «no tengo tiempo» por respuesta.

Se decidieron por unos huevos revueltos. Cosa que suena a algo simple y rápido. Y probablemente lo sea, si no tienes que pasar por tres intentos fallidos. Para cuando consiguieron producir un plato comestible entre los dos, el suelo estaba sucio de residuos en forma de cáscaras de huevo, tostadas quemadas, sal, pimienta y manchurrones desperdigados de mantequilla. Era el apocalipsis del desayuno.

Engullí los huevos tan rápido como pude y me ensucié de mantequilla la chaqueta en el proceso. Fantástico. Me planteé cambiarme, pero al final abandoné la idea. Hice un esprint hasta el coche y casi me tropiezo con mis propios pies.

El primer día, el primerísimo día, y ya iba a llegar muy tarde.

Me dirigí al instituto a paso de un abuelo de noventa años de camino a su noche de bingo. Pero tengo que añadir que no fue culpa mía, sino que me encontré con todos los semáforos en rojo. Escalera de color. ¿Cómo se podía tener tanta suerte?

Pues todavía tuve más. Al parecer, era la última persona en llegar a la escuela, porque todas las plazas de *parking* estaban ocupadas. Maldije por lo bajo, apagué la música que retumbaba y me puse a dar vueltas por el aparcamiento del Instituto Collinswood.

Ni una plaza.

Ni una sola plaza.

Al cabo de cinco minutos enteros de registro exhaustivo, todavía no había encontrado ni una sola plaza vacía. Simplemente maravilloso.

Por fin di con un sitio, justo al fondo del aparcamiento. Estaba debajo de uno de esos árboles con ramas que caen de manera sentimentaloide y, que sueltan flores pegajosas por sus inmediaciones. El lado bueno: la sombra. El lado no tan bueno: me iba a pasar el fin de semana con una manguera y un trapo a cambio del privilegio de aparcar allí. ¿Que si acepté el trueque? Bueno, pongámoslo de esta manera: en ese momento llegaba tan tarde que habría aparcado encima de un portal al infierno si implicaba dejar de dar vueltas por el *parking*.

Saqué las llaves del contacto y me lancé hacia fuera del coche, pero sobreestimé por mucho mi destreza. En otras palabras, puede que fallase al desenganchar el brazo izquierdo del cinturón de seguridad antes de saltar por la puerta. Cosa que tal vez resultase en que me diera un tirón con tanta fuerza que me arrojase contra un lado del coche y terminara de rodillas, como un *pinball* humano. Dios santo, esa mañana era una especie de broma pesada.

Durante los breves segundos que pasé espatarrado sobre el hormigón, con un brazo colgando por encima de la cabeza en un cabestrillo hecho de cinturón, tuve una epifanía: todo había ocurrido por una razón y, de alguna manera, después de todo, sí que había algo ahí fuera que había estado velando por mí. Por eso llegaba tan tarde. Para que, cuando me convirtiera en un completo idiota, tuviera un total de cero testigos.

Mientras estaba en el proceso de practicar el agradecimiento con *mindfulness* y de desenrollarme del cinturón, me di cuenta de que, por desgracia estaba equivocado. El Gran Ser Etéreo del universo me odiaba, después de todo, porque a una distancia de dos plazas había una chica de pie, agarrada a sus libros, mirándome.

Era guapa e iba arreglada al estilo «es el primer día de clase y quiero causar buena impresión»; llevaba una americana, unos vaqueros ajustados y unas botas con tacón alto. Su piel, de un moreno oscuro, estaba totalmente libre de granitos e imperfecciones; en los labios llevaba una pincelada de brillo clarito y tenía los rizos voluminosos y suaves bien asentados sobre los hombros.

Bueno, fue mortificante.

—Es… —le grité— Estoy bien. Solo para aclararlo.

La chica se cambió de mano la abultada pila de libros para poder cerrar el coche.

—Qué alivio —dijo—. Por un minuto me he preocupado.

—No hace falta. —Me puse de pie y cogí la mochila del asiento de atrás. Recuperación casi con estilo.

—Me quedo más tranquila. —La chica me dirigió una rápida sonrisa y volvió a girarse hacia su coche. Supuse que la conversación había terminado, así que empecé la incómoda travesía de pasar por su lado. Aunque mientras me acercaba, me di cuenta de que estaba mirando su coche. No le funcionaba el clic-clic del mando.

Obviamente, no me podía permitir llegar todavía más tarde en mi primer día. Pero resultaba que era un tanto experto operando clic-clics de mandos, así que no podía pasar de largo, tal cual, sin ayudarla, ¿verdad? Más que nada porque quizás desataría la ira del Gran Ser Etéreo del universo.

—¿Puedo probar? —pregunté cuando llegué a la altura de la chica.

Dudó. Cosa que me pareció justa, dados mis niveles de competencia que ella había visto hasta ese momento. Me puse recto y traté de adoptar una expresión de «sé lo que hago». Supongo que funcionó, porque se encogió de hombros y me pasó las llaves.

—A por el oro.

Fui hasta la parte delantera del coche, blandí el mando y apreté tan fuerte como pude. Por si acaso, me centré en agradecer y en pensamientos positivos, con una pizca de *mindfulness*. Para mi gran alivio, los faros se encendieron un momento y el coche se cerró.

Hasta donde yo sé, con eso había quedado redimido a los ojos de la única testigo de lo de esa mañana. Un punto para Ollie. Ser Etéreo: tres mil millones. La brecha disminuye.

La chica levantó las cejas, impresionada.

—Gracias.

Fui a devolverle el mando, pero tenía las manos bastante ocupadas con la pila de unos diez libros apoyados en el recodo.

—Ejem, ¿necesitas ayuda con todo eso? —pregunté mientras nos apresurábamos. El edificio escolar de ladrillo rojo se alzaba en la distancia, amenazante e intimidador. Tenía tres plantas, con lo que parecían hectáreas de césped recién cortado entre el aparcamiento y la entrada, dividido por la mitad por un camino inclinado y franqueado por mástiles de bandera. ¿Por qué el Instituto Collinswood era tan enorme? Collinswood era un charquito minúsculo, no tenía por qué alardear con un edificio escolar en el que caben tantos peces como en un océano.

La chica se rio. Ups. Vaya zasca.

—¿Quieres llevarme los libros hasta clase? —preguntó—. ¿Qué estamos, en los cincuenta?

—No todos tus libros —respondí—. Tal vez uno o dos, de los ligeros. —Señalé los dos de tapa blanda de arriba—. Seguramente puedas con el resto sin mí.

—Creo que puedo con todos sin ti, gracias de todas formas.

Si me lo hubiera dicho otra persona, me podría haber ofendido, pero esta chica tenía una media sonrisa que me hacía sentir que bromeábamos. Decidí que me caía bien. Me enganché su llavero en el dedo y lo levanté.

—Supongo que entonces te llevo esto hasta clase.

—Pues la verdad es que sería genial. —Me ofreció una sonrisa resplandeciente, que pillé al vuelo y se la lancé de vuelta. De cerca olía a flores de azúcar—. Entonces, deduzco que eres nuevo —continuó—. Eso, o un estudiante de primero bastante alto.

—No. Soy un estudiante de cuarto de tamaño estándar. Me llamo Ollie. Acabo de mudarme de California, supongo. Más o menos. Tal vez sea temporal, tal vez nos quedemos aquí más tiempo. Depende de movidas familiares.

«Bueno, bueno, bueno, ¿estás seguro de que has sido lo suficientemente torpe, Ollie? Si te esfuerzas mucho, puedes sonar todavía más rarito. Ahora no te conformes con parecerlo a medias».

La chica no se fijó en mi verborrea.

—Me había figurado que no eras de por aquí. Por tu acento y tal. En fin, yo soy Juliette. ¿Cuál es tu aula? Te puedo acompañar, si quieres.

Eh, no era yo quien tenía acento. De hecho, Juliette tenía más deje del sur que la mayoría de gente que había conocido hasta el momento. Si tuviera que adivinarlo, diría que era originaria de más al sur todavía. Así que parecía que había alguien más que no era de por aquí. Aunque se lo tendría que preguntar en otro momento: Juliette me recordó lo tarde que llegábamos. Rebusqué en la memoria para acceder al recuerdo de mi profesora guía. Se había vuelto borroso junto con otros veinte nombres que había tratado de memorizar.

—Mmm… Voy con la profesora Hurstenwild, creo.

—¡Oh, no me digas, vas con nosotros! Eso lo hace todo más fácil. Sígueme, Ollie-hop.

—¿Ollie-hop?

—Ollie-hop. Ale-hop. Tú hazme caso, ¿vale? Suena adorable.

—Para un crío de tres años, quizá —protesté, pero Juliette no pareció oírme. Conveniente. Aceleró el ritmo y subió por el caminito, cruzó las puertas correderas de cristal y recorrió varios pasillos vacíos. Me apresuré tras ella y me sonrojé. Genial. Todo el mundo ya estaba en clase.

Se detuvo en algún lugar del laberinto de aulas y señaló una puerta con la cabeza. Claro. No tenía manos libres.

Como era de esperar, un mar de cabezas extrañas se giró en cuanto entré. Maravilloso. Por suerte, Juliette dio un paso frente a mí.

—Hola, señorita Hursten. Perdón por llegar tarde. Ollie se había perdido y me he parado para ayudarlo.

Vaya manera de tirarme a las vías, Juliette. Aunque la señorita Hurstenwild, una mujer de mediana edad con los dientes superiores salidos y un cuello demasiado grueso para la camiseta que llevaba, no parecía enfadada.

—Hoy te doy un pase, Juliette, pero tendrás que ponerte creativa para que me lo trague los próximos ciento ochenta días.

Juliette salió disparada hacia un pupitre vacío. ¿Cómo sabía cuál era el suyo? ¿Cómo iba a saber yo dónde tenía que ir?

—No se crea, señorita Hursten —replicó—. Solo le echaré la culpa a Ollie durante dos semanas como máximo.

La señorita Hurstenwild se giró hacia mí. Cohibido, me crucé de brazos. ¿Se suponía que me tenía que presentar ahí mismo? ¿Debía insistir en que Juliette no me representaba?

—Buenos días, Oliver. Me alegro de ver que has encontrado el camino.

Bueno. No estaba tan mal. Conseguí sacar una sonrisa. Conseguí respirar. Incluso conseguí ignorar al resto de alumnos que me miraban. Bueno, durante unos segundos.

La señorita Hurstenwild señaló hacia el fondo de la clase.

—Puedes tomar asiento. Estamos repasando varias cuestiones logísticas antes de empezar el trimestre.

Primero escaneé las caras y, luego, abrumado, me decanté por mirar hacia el suelo. No es que fuera muy tímido ni nada de eso. Es solo que... O sea, venga ya. A nadie le gusta sentirse como un animal en un zoo, ¿no?

Por suerte, llegué a mi pupitre sin que nadie me tirase palomitas, lo que podía considerarse un gran éxito. La señorita Hurstenwild empezó a hablar de permisos para salir de clase y del acceso a la biblioteca, y seguramente tendría que haberle prestado atención, pero la vista se me iba y acababa explorando la clase. Había unos treinta alumnos. Por la apariencia, no eran distintos a los chavales que había en mi clase. Eran el típico abanico de guapos a normales, de seguros de sí mismos a incómodos, de vaqueros ajustados a vaqueros rectos, pasando por minifaldas. Pero aunque la clase no fuera diferente a la de antes, yo podía llegar a serlo. Así es, diferente. Era una página en blanco. De ese momento en adelante podía pasar cualquier cosa. Cualquiera de esas personas podía haberse convertido en mi mejor amigo o en mi peor enemigo hacia el final del curso. Tenía total potestad sobre mi destino. Cualquier movimiento que hiciese aquel día podía salvarme o fastidiar el año.

Pero sin presión, ¿verdad? Siempre que no me quedase enrollado en más cinturones y domase el uso del idioma, debería irme bien.

La palabra clave era «debería».

De repente, me di cuenta de que la señorita Hurstenwild había dejado de hablar y la gente se estaba moviendo. Me quedé helado: ¿ya era la primera pausa? ¿Sin haber sonado ninguna campana? Pero antes de que pudiese reaccionar, Juliette dejó caer el trasero delante de mi pupitre. Iba con otras dos chicas. Una era alta y con curvas, y tenía unas pestañas voluminosas salidas de un anuncio de L'Oréal, con una piel morena guay. Iba engalanada de los pies a la cabeza en un chándal de marca, empezando por el jersey de lana hasta sus pantalones de yoga tres cuartos. La otra chica, en un ligero contraste, llevaba un vestidito con volantes lavanda pálido que no debería pegar con su piel igual de pálida, pero que de alguna manera lo lograba. Iba a conjunto con una chaqueta de cuero y unas Converse. Eso, más el *eyeliner* grueso y la postura encorvada, la convertía en la viva imagen de la mitad de las amigas que tenía en casa. Por desgracia, era la única de las chicas que parecía poco impresionada de verme.

—Ollie-hop, estas son Niamh y Lara —dijo Juliette, señalando a la modelo de L'Oréal y a la chica de aspecto punk respectivamente. ¿Perdona? Sí que tenían nombres raros en Carolina del Norte.

—Chicas, Ollie se acaba de mudar aquí desde California. Pero al parecer podría volver a su casa en cualquier momento, en menos de lo que canta un gallo.

Por el amor de Dios, me estaba poniendo rojo. Genial. Me tocaba hablar. A lo mejor debería aprovechar esta oportunidad para demostrar mi destreza con mi lengua materna.

—Hola. Sí, hemos pasado el verano aquí y mis padres han pensado que para qué íbamos a volver a casa si podíamos quedarnos todo el año.

Niamh parecía confundida.

—¿En serio? No parece... algo habitual.

Y me salió el tiro por la culata.

—Ejem... sí, no, era... era una, mmm... una broma. No es que hayamos..., bueno..., mi tía está enferma y nos hemos quedado más tiempo para ayudarla.

Las tres chicas se me quedaron mirando. Yo las miré a ellas. Entonces un enorme agujero negro se abrió en el suelo y dejé felizmente que me engullera hasta las profundidades de la tierra.

Lara soltó un soplido.

—Qué mala pata.

Juliette le dio un codazo no demasiado sutil y Lara hizo todo un espectáculo de acariciarse la caja torácica.

—Por Dios, Jule, ¿a qué ha venido eso?

—Entonces, ¿te has pasado el verano en el pueblo? —preguntó Juliette alzando la voz por encima de Lara, claramente en un intento de arreglar el momento incómodo.

—No, aquí mismo no. Hemos estado en el lago. Es la primera vez que vengo a Collinswood desde que era un niño.

—Oh, guay —saltó Niamh—. Yo también he pasado una semana allí. Seguro que nos hemos cruzado un montón de veces sin siquiera darnos cuenta. Qué divertido.

—A Niamh le gusta pasar allí tanto tiempo como puede —dijo Juliette—. Está convencida de que algún año tendrá un tórrido romance de verano.

—Lo más cercano a eso fue el compañero de petanca de mi abuelo —señaló Niamh mientras jugueteaba con su collar, una simple cadena dorada rosácea con una rosa del mismo color colgando del extremo—. Pero, por desgracia, yo le gustaba más a él que él a mí. No me suele importar que el hombre sea mayor que yo, pero pongo el tope en los sesenta años.

Ya había visto ese collar antes... Las miré y me di cuenta de que se lo había visto a Juliette. Sí, eran idénticos. Tuve una corazonada y eché un vistazo hacia Lara. También le brilló una rosa en la base de la garganta, al reflejar la luz fluorescente.

Juliette le dio un toquecito amistoso en el brazo a Niamh.

—Eso es lo que te digo siempre: si quieres una aventura, tendrás que ir un poco más allá del lago, ¿no te parece? Los romances escandalosos de verano no son algo típico de Carolina del Norte.

Puse cara de póker. Pensaba que la había clavado a la perfección, hasta que Lara me miró con los ojos entrecerrados, apoyó los codos en mi pupitre y dijo:

—¿O no, Ollie?

Parpadeé.

—¿Mmm?

Pero ya era demasiado tarde para hacerme el inocente. Lara me lanzó una sonrisa diabólica y me señaló.

—¡He visto esa mirada! ¿Qué has hecho en estas vacaciones? Imagino que la chica sí tendría menos de sesenta años.

Mi cara roja de hacía un rato era un ligero sonrojo comparado con cómo estaba ahora.

—Bueno... yo, eh...

Juliette se subió al carro.

—¡Tú has vivido uno! Dios mío. Niamh, me retracto.

Niamh hizo pucheros.

—Hay gente que se lleva toda la suerte.

Una risa nerviosa me salió de la garganta, como cuando abres una lata de refresco después de agitarla.

—¿No tenemos clase?

—No —dijo Juliette—. ¿No has oído a la señorita Hursten? Nos ha dado cinco minutos para ponernos al día con los cotilleos de verano. Así que, por favor, cotilleemos.

Lara pilló una silla vacía de un pupitre cercano y se sentó del revés, con los volantes lavandas zarandeándose de un lado al otro.

—Sí, entretennos con todos los detalles suculentos, ¿quieres? Sabe Dios que el resto no tenemos mucho que contar sobre el verano.

—¿Ah, no? —le preguntó Juliette—. Qué decepción.

Lara le pasó una mano por delante de la cara.

—No hablábamos de mí.

Por un lado, apenas conocía a estas chicas, así que no sabía si debía compartir con ellas tanta información tan temprano. Por otro lado, parecían interesadas y, con las prisas de la mudanza, apenas había hablado del tema con mis amigos de siempre. Si no se lo contaba a alguien pronto, las palabras se me iban a salir por los poros.

Tragué saliva.

—Bueno… tal vez sí, supongo…

Las tres cabezas se giraron hacia mí y el técnico del teatro me dio con el foco de luz en toda la cara. Juliette hizo círculos con la mano esperando a que continuase.

—¿Y?

—Sí que conocí a alguien —dije—. Y… sí, pasaron cosas. Ejem…

—¿A alguien? ¿Un chico, una chica o…? —me interrumpió Juliette.

Bueno. Hasta aquí mi intento de evitar el uso de pronombres. Sabía que iba a tener que «salir del armario» aquí tarde o temprano, si es que se le podía llamar salir del armario cuando llevaba años fuera de él. Pero ya había pasado por toda esa incomodidad en mi ciudad. De algún modo, sentía que ya había hecho lo que tenía que hacer. Además, se notaba que Co-

29

llinswood, de Carolina del Norte, estaba un pelín más arriba que San José en el espectro de niveles de dificultad en cuanto a salir del armario. Esperaba que ocurriese de forma más orgánica, como que la gente se lo figurara, y que todos lo sabrían sin más y actuarían como si fuese normal, porque para mí lo era, y que podríamos pasar página sin necesidad de interrogatorios.

Pero va a ser que no.

—Un chico —dije, finalmente. Por raro que parezca, se me hizo difícil pronunciar la palabra. Después de tanto tiempo sintiéndome cómodo y seguro conmigo mismo en mi ciudad, tuve la sensación de que volvía a tener catorce años. Y no lo aprecié.

Juliette asintió como si ya se lo esperase. Niamh levantó las cejas y ladeó la cabeza, como si hubiera visto una *rara avis*. Lara parpadeó y puso cara de chupar limones. Bueno, pues vale. Que les den. Tampoco me importaba particularmente su aprobación, así que...

Después de una breve pausa que rozó la incomodidad, Niamh y Juliette hablaron a la vez.

—¿Cómo se llama?

—¿Tienes una foto?

Titubeé antes de decidir que por qué no. Rebusqué en su Instagram (para estar tan bueno, sus fotos no le hacían justicia) hasta que encontré una foto aceptable. Le mostré el móvil a Juliette, y Lara se echó hacia delante para mirar. Deseé que no lo hiciera, pero tampoco podía pedirle que no metiera las narices, ¿verdad?

—Se llama Will —dije.

Juliette y Lara pusieron la misma expresión de desconcierto.

—Lo sé —admití—. Está fuera de mi alcance, ¿verdad?

—No te subestimes —me riñó Niamh, y levantó la mano para ver el móvil. Juliette se lo pasó sin decir una palabra. Niamh miró la foto y giró de nuevo hacia Juliette.

—Espera, Will...

—No está mal —la interrumpió Lara, y levantó una mano, ya sin trazas de limón en los labios—. ¿Y le has contado a tu Príncipe Azul que te quedas en el sur?

Buena pregunta.

—Eh..., bueno... Hace bastante que no sube nada, así que no estoy seguro de que lo haya visto —titubeé. No había necesidad de entrar en detalle sobre cuántos mensajes no me había respondido—. Nos hemos mudado bastante rápido.

—Oh, ¿entonces no sabe que estás aquí? —preguntó Lara.

No tenía ni idea de cómo veía las cosas, pero por su tono de voz (y por la miradita de reojo de Juliette), estaba claro que no lo preguntaba por ser empática. Seguramente para restregarme que me habían rechazado. Y siendo honesto, era el caso. ¿Quién desaparece de las redes sociales sin avisar durante dos semanas? Me habría bloqueado para que no viera sus nuevas publicaciones. Lo que pasa en el lago se queda en el lago, ¿verdad?

—Bueno… no —dije. Ya estaba bien de esconder que me estaba ignorando—. Aunque podría haber una buena razón por la que no me dice nada. No parecía tener malas intenciones, ¿sabéis? Fue muy dulce. Y, en realidad…, bueno… No sé dónde vive exactamente. Me lo dijo una vez, pero ya no me acuerdo.

Juliette y Niamh intercambiaron una mirada con Lara y me ofrecieron un par de sonrisas lánguidas.

—¿Quién sabe? —comentó Juliette—. Podría tener sus razones.

No fue muy convincente. Puaj, ¿tan obvio era? Y aquí había estado yo, con esperanzas de que no fuese algo personal. Pero por supuesto que lo era. Un chico como él no estaría con alguien como yo en la vida real. Supongo que tan solo era la mejor opción que tenía disponible en ese momento.

Después de ver que cada vez me sentía más desalentado, Lara cambió de tema. Muy amable por su parte. A lo mejor la había prejuzgado un poco.

—En fin, Ollie, ¿alguien te ha dicho que hay una fiesta en casa de Rachel esta noche?

—Ni siquiera sé quién es Rachel, así que no.

—Es nuestra farra de «la vuelta al cole». Deberías venir con nosotras —dijo Juliette, con una palmada—. Después de cenar vamos a prepararnos en mi casa. ¿Puedes pasarte alrededor de las siete?

Me lo pensé. ¿Un martes? Vale que era el primer día de clase, pero, ¿en serio? Tendría que sobornar a mis padres para conseguir su permiso. Asumiendo que no me necesitaran como canguro. Aunque podía lidiar con ello si salía el tema. Sabía lo que pasaba si declinabas tu primera invitación en un instituto nuevo: nunca te llegaba una segunda. Había visto cómo les pasaba a varios chavales de mi antigua escuela. Si podía evitarlo, a mí no iba a pasarme.

—Sí, claro. Mándame tu dirección.

Y así, enseguida nos intercambiamos los números. Entonces sonó el timbre, Juliette me cogió de la muñeca y me arrastró hacia mi primera clase. Parecía que me habían adoptado en el grupo de los collares de las rosas; por lo menos, de manera provisional. Estaba lejos de haber clavado mi primera impresión, pero aparentemente no había sido un completo fracaso.

Bien. Iba muy bien. Primera tutoría: logro desbloqueado. La parte más difícil ya había pasado. A partir de ese momento, todo iba a ir de mal en peor. Lo notaba.

# CAPÍTULO 3

Enterré los pies en la arena mientras los niños jugaban en la orilla. Era uno de esos días calurosos en los que el horizonte se veía ondeante y distorsionado. El cielo estaba de un azul más oscuro e intenso que de costumbre, y contrastaba claramente con las colinas cubiertas de abetos del otro lado del lago.

Una sombra a mi derecha me indicó que no estaba solo. No es que me encontrara estrictamente solo para empezar, había por lo menos cuarenta personas más desperdigadas por ahí, meciéndose en el agua, tumbadas sobre las toallas de playa, posadas sobre los bancos de pícnic. Pero ninguna de ellas se había fijado en mí.

Will se sentó a mi lado y observó el lago de un modo que era propio de él. Hoy llevaba unos shorts vaqueros oscuros y una camiseta con cuello de V de un blanco prístino que hacía que su piel cálida pareciera incluso más oscura.

—¿Son tuyos estos niños? —preguntó, sin mirarme siquiera. Estaba siendo majo. Me gustó bastante.

—No. No los he visto en mi vida —bromeé.

—Oh, excelente. ¿Vamos a algún lado que sea un poco más privado, entonces?

Choqué el hombro contra el suyo y sonreí.

—Ojalá pudiera. Pero estoy de servicio hasta por lo menos las dos o las tres.

Se quitó los zapatos de un tirón y se puso cómodo.

—Qué bien que tenga la agenda libre para el día de hoy.

Mi rostro se iluminó.

—¿Ah, sí? ¿No tenías ese bufe esta noche?

—En teoría sí. Pero lo he pensado bien y me he dado cuenta de que prefiero estar contigo. Espero que no te importe la imposición.

*Ahí estaban otra vez. Las ya familiares mariposas. Última-*
*mente se pasaban mucho tiempo revoloteando cerca.*

*—Bueno, es un poco inoportuno.*

*—Me acabarás perdonando.*

*Crista fue la primera en fijarse en él, y salió corriendo del*
*agua con Dylan tambaleándose a escasos metros de ella.*

*—¡Will! Will, te lo has perdido, he hecho el pino.*

*—¿Has hecho el pino? Estoy impresionado. ¿Podrías hacer-*
*lo otra vez?*

Puede que durante la cena hubiese dejado caer que había llegado tardísimo a clase por culpa de haberme obligado a parar
para el desayuno. Solo para aumentar las posibilidades de ob-
tener un sí y escapar de casa esta noche. Lo sé, lo sé, no tendría
que haber hecho sentir culpables a mis padres cuando su intención era hacer algo bonito por mí, pero estaba desesperado. Y
la verdad es que funcionó de maravilla. Después de perdonarlos
con dignidad, saqué el tema de la fiesta de manera casual y
antes de darme cuenta ya me habían dicho que sí (con la condi-
ción de que mi madre me llevase y me recogiese). Era una regla
familiar para cualquier evento que pudiese implicar la presencia
de alcohol, por si tomaba malas decisiones.

Al final llegué a casa de Juliette a las siete y media. En este
pueblo ocurría una cosa: parecía que todo el mundo vivía en
una semimansión. Por lo menos, en comparación con los su-
burbios donde vivía yo antes. Era como si en aquel lugar nadie
hubiera oído hablar jamás de una casa de una sola planta.

La madre de Juliette me acompañó escaleras arriba.

—Siento que hayas tenido que ver la casa así. Normalmente
la tenemos mucho más limpia, pero Juliette ha esperado a que
volviéramos a casa del trabajo para preguntarnos si podía invitar a amigos.

Había visto habitaciones de hotel listas para hacer el *check-
in* más desordenadas que esa casa. Traté de localizar «el des-
orden» mientras subía las escaleras, como si jugase a *¿Dónde
está Wally?* en la vida real. Uno de los cojines tapiceros del sofá
parecía un poquito torcido. Tal vez fuera eso.

La habitación de Juliette, por otro lado, sí que podía tildarse de desordenada. Quizá incluso de desastrosa. El suelo —al menos parecía que había suelo, era difícil asegurarlo— estaba cubierto de, mínimo, tres capas de ropa. Juliette se paseaba por su habitación en sujetador y una falda tejana mientras presuntamente rebuscaba una camiseta en aquel suelo que hacía las veces de armario. No pareció que le importara al verme entrar. ¿Qué les pasaba a las chicas con sus límites cuando sabían que un chico era gay? Quiero decir, por Dios, acababa de conocerla y ahora sabía que tenía un lunar justo debajo de la copa izquierda del sujetador. ¿Era el único al que le parecía un poco raro? ¿En serio?

Niamh y Lara estaban sentadas con las piernas cruzadas sobre la cama extragrande. En la mesita de noche había una botella de refresco a medias al lado de una lámpara de Minnie Mouse. Lara todavía llevaba el mismo modelito que en el instituto, pero Niamh se había cambiado a un mono negro significativamente más glamuroso que la ropa de deporte que había llevado todo el día. Ambas levantaron la cabeza cuando entré; entonces, con un suspiro de alivio, Niamh pescó una botella de vodka de debajo de la almohada de Juliette. Supuse que habían pensado que yo era la madre de Juliette.

Niamh dio un golpecito en la cama a su lado con una mano, y con la otra se rellenó la bebida.

—¡Ollie-hop! Has venido.

O sea que ese mote había llegado para quedarse. Fantástico.

Juliette aplaudió, rescató entre el caos una camiseta metálica plateada y se giró hacia mí.

—Hola, tú. Te pillo un vaso. Compartimos el vodka contigo.

—También puedes beberlo a palo seco —añadió Lara mientras hacía girar el refresco alrededor del vaso—. Quizá necesites tomarte algo fuerte antes de esta noche.

¿Qué se suponía que significaba eso? Consideré ponerla a prueba, pero decidí seguir siendo majo con ella durante más tiempo.

—La verdad es que de momento estoy bien, gracias.

Lara puso los ojos en blanco.

—Déjame adivinarlo. ¿No bebes?

—Con muy poca frecuencia —dije, simplemente. Pero en realidad eso significaba que no bebía nunca. En San José, la mayoría de mis amigos eran *straight edge;* en nuestro círculo era más guay no beber. Pero no se me ocurrió ninguna forma de decirlo sin sonar como un chulo pretencioso, así que lo dejé estar.

Lara levantó su vaso.

—Entonces, que hoy sea una de las ocasiones especiales.

Sonreí.

—No, gracias.

Niamh nos miraba al uno y al otro, nerviosa. Lara parpadeó con la mirada fija en mí y luego tomó un trago largo de su bebida.

—Como quieras, tío. Tranqui. Imagino que tampoco fumas, ¿no? ¿Cuál es tu opinión sobre las palabrotas y el sexo premarital? Te ruego que me lo cuentes.

Juliette me salvó de responder sacudiendo la cabeza; luego saltó por encima de la pila de ropa más cercana y echó perfume a su alrededor como si fuera desodorante. Si su intención aromática para la noche era convertirse en un riesgo andante para los asmáticos, lo había conseguido.

—Por desgracia, hoy no se fuma —dijo—. Mi madre siempre nos pilla, estemos con las ventanas abiertas o cerradas.

Niamh se tumbó en la cama y dio patadas al aire que me recordaron a una especie de protesta yogui. La observé y luego volví a mirar a Lara en el momento justo para cazar cómo me señalaba mientras le ponía a Juliette una cara de «¿este chaval va en serio?».

Lara no se dio cuenta de que lo había visto. Juliette, sí. Se mordió la parte interior de la mejilla, pero no trató de defenderme. Supuse que era justo, acababa de conocerme. ¿Por qué iba a discutir por mí? Pero, aun así, le causó algún que otro estrago a mi nivel de comodidad. Tenía que practicar *mindfulness* enseguida o haría algo impulsivo, como fingir una intoxicación de salmonela y largarme. Pero entonces habría malgastado el chantaje emocional que había hecho a mis padres y arruinado mis posibilidades de encajar en un grupo. Incluso aunque el grupo fuera un pelín demasiado malote para mí. Era mejor que quedarme solo.

Me pasé unos veinte segundos largos pensando en todo esto. Y con esto quiero decir que pasé unos veinte segundos largos sentado en silencio, mirando al frente con cara seria. Mi mente estaba oficialmente en huelga. Tal vez incluso hubiese entrado en pánico.

Al fin me vino un tema de conversación a la cabeza.

—¿Lo hicisteis expresamente? ¿Rosas de un dorado rosáceo?

Juliette se quitó la cadenita y la levantó para observarla.

—Ja. Ni siquiera lo había pensado. Dorado rosáceo.

—Le da el doble de poder a la rosa —dijo Niamh—. Es incluso mejor.

—¿Qué representan? —pregunté.

—Fuerza femenina —contestó Juliette—. Eran el símbolo de Venus.

—¿Y del amor, no? —pregunté.

—¿Quién necesita amor cuando existe la pasión? —repuso Lara. Se acercó la cadenita por encima de la mandíbula y apretó el metal entre los dientes.

—Me gustan —declaré.

—Una pena que ya no estén a la venta —dijo Lara—. Eran edición limitada, ¿sabes? Por eso no dejamos que entren chicas nuevas al grupo. Arruinaría el tema.

Antes de que tuviera que pasarme demasiado rato buscando una respuesta, Juliette saltó:

—Eh, terminaos ya las bebidas, gente. Deberíamos ir tirando.


La casa era un hormiguero. Todo el mundo parecía conocerse entre sí; mirara donde mirara, había golpecitos en los hombros, lecturas de labios desde el otro lado de la habitación y gente lanzándose maleficios en silencio con los ojos entrecerrados y llenos de ira. La temperatura alcanzaba por los menos los veinte grados cuando entramos en el salón y el aire olía a cerveza caliente con desodorante Axe.

Lara tuvo que gritar para que la oyésemos por encima de la música.

—Voy a explorar.

Y, con eso, se fue. A explorar chicos, supuse. ¿O tal vez a buscar alcohol? Juliette titubeó y entonces levantó un dedo con un gesto que decía «un segundo».

—Voy con ella. No tardaré.

Y nos quedamos dos. Niamh y yo nos miramos, saboreando la incomodidad. ¿Cómo se empezaba una conversación? Estaba a punto de apostar por el mítico «bueno, ¿entonces te gustan tales cosas?» cuando me salvó del ataque de vergüenza severo al hablar primera.

—Sé que solo estamos a principios de curso, pero ¿qué planes tienes después del instituto? ¿Alguna universidad en mente?

Un grupo de chicos me empujaron de camino hacia la puerta de entrada y nos movimos junto a la pared para salir del paso.

—La verdad es que no. Ni siquiera estoy seguro de si quiero ir a la universidad. Esperaba aclararme durante este año. ¿Y tú?

El rostro de Niamh se iluminó. Algo me dijo que llevaba un tiempo sabiendo la respuesta.

—En realidad, la universidad es mi plan B. Lo ideal sería mudarme a Nueva York y hacerme modelo.

—Oh, ¿en serio?

—Sí. Hay una agencia allí que está bastante interesada en algunas de mis fotos, así que espero currarme un poco el porfolio e ir a por ello.

—Eso es genial. Y tienes posibilidades. Eres guapísima.

Niamh se puso roja y se encogió de hombros.

—Bueno, obviamente no tenemos que andarnos con tapujos, sería modelo de tallas grandes.

—No me ando con tapujos. Eres guapísima.

—Gracias.

—Tienes las pestañas más voluminosas que he visto nunca. En plan, ¿son falsas?

Niamh se rio.

—¡Nanay!

—Si yo fuera una chica, querría ser como tú. O sea, tu pelo.

—Oh… ahora ya me estás haciendo la pelota. —Niamh sonrió, pero era una sonrisa incómoda.

—Ya, no, perdona. Tienes razón. Eh... ya paro.

Aunque por un momento lo estaba haciendo bien. Una parte de mí entendió por qué la gente bebía en las fiestas. No era para pasárselo bien. Era para olvidar las idioteces que decían y hacían.

Niamh cambió de postura y sacudió la cabeza.

—Venga, vamos a buscar a las chicas. Seguro que Lara se está metiendo en problemas.

—¿En qué tipo de problemas? —pregunté, y la seguí mientras salía al patio trasero, que estaba igual de abarrotado que la casa.

Por lo menos, fuera la música se oía amortiguada y había aire fresco.

—Bueno, ya sabes. Problemas. Meterse con chicos, sobre todo.

Nos apretujamos entre cuatro o cinco grupos y entonces el pelo de Juliette entró en mi campo de visión entre la muchedumbre. Lara estaba a su lado, hablando con un grupo de chicos con unas chaquetas de estilo *letterman* blancas y negras delante de una valla de madera.

Entonces uno de los chicos *letterman* me llamó la atención. Uno con el pelo oscuro y la raya a un lado, la nariz pecosa y los pómulos prominentes. Un chico *letterman* al que ya conocía.

El mundo se quedó en silencio.

Era él.

Will.

Will, Will.

Mi Will.

Nos miramos el uno al otro completamente consternados. Era difícil determinar quién de los dos era el cervatillo y quién la luz de los faros.

Él habló primero. Excelente, porque yo no sabía si tenía que estar emocionado o acusatorio.

—¡Joder, Ollie! ¿Qué haces aquí?

Se lo veía patidifuso, pero era un tipo de perplejidad feliz. Con eso desaparecieron todas mis dudas. Claro que no me había estado ignorando. Era Will de quien hablaba.

—¿Qué haces tú aquí? —pregunté, antes de reparar en que él por lo menos se encontraba en su estado. Era significativamente más raro que yo estuviera aquí—. No me habías dicho que vivías en Collinswood. Dijiste que era otro sitio, empezaba por M, ¿verdad? ¿O por L?

—Napier. Vivo en Napier. Está a veinte minutos de Collinswood —dijo Will—. Vengo aquí al instituto. Ollie, ¿por qué no estás en California? ¡Esto es ridículo!

Sonreía. De oreja a oreja, de verdad. Era una sonrisa de las que te dejan la mandíbula dolorida. Una sonrisa infecciosa como una epidemia vírica. Toda la miseria de las últimas semanas había desaparecido, hasta el último pedacito. Como si nunca hubiera estado allí.

—Mis padres decidieron que nos teníamos que mudar para ayudar a mi tía Linda, que vive aquí. En Collinswood.

—Nunca lo habías mencionado.

—¿Ah, no? Bueno, pues eso. Y supongo que ahora yo también vivo aquí.

—Madre mía, Ollie-hop, ¿qué guay, no? —me interrumpió Lara con un tono demasiado animado para ser sincero. Will y yo la miramos a la vez. Había olvidado que estaba allí hasta ese momento. Había olvidado que había más gente aparte de Will—. ¡Qué casualidad! Will, esta mañana Ollie nos ha contado todo su verano.

A Will le desapareció la sonrisa, y a mí se me cerró el estómago. No había salido del armario con sus padres. Y probablemente eso significaba que tampoco había salido del armario por aquí. O, al menos, hasta ahora. Hasta que yo había abierto la boca. No conocía a estas chicas de toda la vida. Por lo que sabía, podían haber creado un chat grupal con la mitad de la clase para hablar de Will y de mí. Oh, no.

Uno de los chicos *letterman* se coló al lado de Will. Era unos quince centímetros más alto que él, tenía la piel de un color oscuro intenso y una mandíbula de esas a las que les dedican publicaciones en Tumblr.

—Por cierto, Lara —dijo, al parecer siguiendo el hilo de una conversación que estaban teniendo antes de que yo llegara—. ¿Cómo es que no te has sentado conmigo en Biología? Te había guardado un sitio y todo.

Lara suavizó la expresión. O sea, que sabía ser maja.

—¿Ah, sí? Esta mañana estaba tan cansada que he entrado al aula como una sonámbula.

Desconecté de la conversación y eche un vistazo a Will. Tenía la boca ligeramente abierta y la mirada fija en algún punto distante.

—Will, en serio. No tenía ni idea de que te conocían. Ni siquiera se me había pasado por la cabeza, yo...

Levantó una mano.

—Está bien. Qué más da. Solo, eh... no lo digas muy alto, ¿vale?

—Sí, por supuesto. Y... ¿dónde has estado? Cuando no supe más de ti, me imaginé que... no sé...

La cara de Will seguía siendo un enigma.

—He estado ocupado. Perdona. En fin, me alegra verte. Ya hablamos.

Y me dio la espalda para conversar con alguien más. Así, sin más. Algo dentro de mí se desgarró, como un hilo suelto. Le observé la nuca con la boca abierta. No acababa de hacerlo. Me lo había imaginado. Tenía que ser eso.

Juliette y Niamh lo habían visto todo. Juliette hizo una mueca y lanzó una mirada asesina a la espalda de Will. Entonces me cogió por el codo y nos alejamos con Niamh, dejando a Lara allí con Matt.

—Dios, cómo es tan gilipollas —dijo Juliette tan flojito como pudo, dado el volumen de la música—. Ignóralo, por favor. Los chicos del baloncesto a veces se comportan de forma rara cuando se juntan.

—Rara —repetí. A cada paso que dábamos sentía cómo ese hilo que había dentro de mí se desovillaba más y más. Como si mi alma se estuviera rebobinando.

Era hora de inventarse una excusa y largarse, ya.

Creo que las chicas me estaban hablando, pero era difícil de asegurar. La muchedumbre se volvió borrosa y todo el mundo se movía a cámara lenta. Algunas personas se chocaron contra mí mientras nos desplazábamos por el salón, o quizá yo me chocara contra ellas. A saber si se disculparon. A saber si yo lo hice.

Para cuando llegamos a la mesa de los refrigerios, me había convencido a mí mismo de que, después de todo, todo había sido un sueño, y me clavé fuerte las uñas en las palmas para demostrarlo. Por desgracia, lo único que demostré fue que: a) estaba despierto y b) seguía en esa maldita fiesta. Abortamos misión. Ya mismo. Al carajo las consecuencias.

—Vamos, estoy segura de que no es tan malo para ti —le decía Juliette a Niamh mientras levantaba un cucharón—. Solo es un poco de ponche.

—Intento reducir el consumo de carbohidratos. Así que a por, chupitos de vodka.

—El vodka tiene carbohidratos. Está supercarbohidratado.

Niamh se rio.

—Definitivamente, no.

—Tiene patatas. ¿De qué están hechas las patatas? De carbohidratos, Niamh.

Me aclaré la garganta mientras andaba en círculos como un acosador rarito por detrás de ellas.

—El vodka no tiene patatas —espetó Niamh—, tiene...

—Ahora vuelvo, ¿vale? —la corté.

El único reconocimiento que recibí por parte de ambas fue una leve inclinación de cabeza. Supuse que me daban permiso. Me aparté y deambulé por el comedor, abriéndome paso entre cuerpos desconocidos.

Sentí la necesidad desesperada de salir fuera y de llamar a Ryan o a Hayley, o a cualquier persona, en realidad. Solo para oír una voz familiar. Para ahogarme en la certeza de que había echado por la borda mi primer día de instituto, de que había sacado a Will del armario y de que si antes no quería dejar de tener contacto conmigo, ahora seguro que sí. Y era todo por mi culpa.

En el jardín de enfrente tomé una bocanada de aire y evité desmayarme. Tal vez suene melodramático, pero no me había dado cuenta de lo agobiantes que eran el humo, el calor corporal y los efluvios de cerveza hasta que contrastaron con el aire limpio y fresco. Troté escaleras abajo y continué alrededor de la casa hasta que encontré un sitio donde dejarme caer, entre los arbustos y los parterres con flores, y me apoyé contra la fría pared de ladrillos. De repente, ya ni siquiera quería llamar a Ryan. Tenía que salir de aquí. Le mandé un mensaje rápido de SOS a mi madre y me acomodé contra la pared para esperar.

Me asustó una voz familiar. Will. Por supuesto que era él. No iba a tener ni cinco minutos de descanso de este día que parecía un chiste malo, ¿eh? Debía estar cerca de la puerta delantera, por cómo se oía su voz. No podía dejar que me viera aquí solo. Ni de coña. Si jugábamos al juego de «no me importas», la mejor manera de perder era que me pillara sin amigos y sintiendo lástima por mí mismo. Prefería zambullirme en el mar de hormonas que había dentro antes que eso, gracias.

Su voz se acercaba cada vez más. Eso me dejaba dos opciones. Una, encontrar la manera de meterme en el arbusto y fingir que era una rosa. Una vez hice de arbusto en una obra de teatro del colegio y, no es por presumir, pero me dijeron que se me daba fenomenal, así que era una opción viable. La segunda era escapar al patio trasero.

Escapé. Escapé como los carcas cuando rehúyen el concepto de igualdad.

Por suerte, actué con la suficiente rapidez como para que no me detectaran. Me sumergí entre la multitud del patio hasta que no vi nada más que los cuerpos que me convertían en bocadillo. Me pegué al teléfono como si fuera un bote salvavidas, haciendo de pelota de *pinball* entre varios grupos mientras mataba el tiempo hasta que llegase mi madre. Entonces vi a alguien a quien conocía liándose con una chica pelirroja esbelta. Por suerte, no era Will. Era alguien con unos rizos largos de color avellana, una chaqueta de cuero y un vestido lavanda.

Lara.

Me quedé helado, totalmente confundido. Entonces me fijé en lo que no había visto desde el principio. La sesión de besuqueo de Lara con alguien de su mismo género tenía lugar en el centro de un corro de estudiantes. Chicos, en su mayoría, si es que hacía falta puntualizarlo. Las animaban con el puño en alto y se comportaban de manera repugnante al respecto, en general. Entonces, ¿Lara lo hacía por el espectáculo? Tal vez. Pero parecía que le gustaba. En plan, que le gustaba mucho. No es que yo fuera un experto en besar a chicas, pero era mi opinión de ignorante. Tenía una mano sobre el hombro de la chica, la otra envuelta en su pelo y no había mirado hacia atrás ni una sola vez. Además, llevaba quince segundos de reloj observando y todavía no había parado para coger aire.

Cuando por fin se separaron, la pelirroja estalló en risas y echó la cabeza hacia atrás. Lara también se puso a reír, pero no tan fuerte, y a la vez se inclinó hacia delante para esconder la cara. Levantó el mentón, miró a la otra chica un segundo con una sonrisa satisfecha y, entonces, se apartó el pelo y se giró hacia su audiencia, como diciendo «*I kissed a girl,* y os ha gustado».

Antes de que me viera, volví a mezclarme con la multitud. Resulta que es bastante fácil desaparecer cuando apenas te conoce nadie. Caminé un rato sin rumbo, esquivando bebidas derramadas y grupos de gente tambaleante, hasta que me volví a encontrar en el jardín delantero. Will no estaba a la vista. Ni nadie, en realidad. Con un profundo suspiro me senté en el bordillo con los pies sobre la alcantarilla y me dispuse a esperar al carruaje de rescate de mi madre.

Qué manera de fracasar por completo, Ollie.

Un lento aplauso. Otro para el bis. Etcétera.

## CAPÍTULO 4

**Martes, 21:23**
¿Ollie? ¿Dónde has ido?

**Martes, 21:37**
¿Todavía estás aquí?

**Martes, 21:51**
¿Estás enfadado con nosotras?

**Martes, 21:56**
Por favor, contesta. Lo siento. ¿Me coges el teléfono?

**Martes, 22:24**
¿Eres Juliette? No tengo tu número guardado. No estoy enfadado. Lo siento, me he ido a casa. Creo que tengo salmonela.
**Leído: Martes, 22:25**

Aunque Juliette y yo nos mandamos varios mensajes la noche del martes, todavía no estaba convencido con que todo fuera bien entre esas chicas y yo hasta que llegué a la tutoría del miércoles. Puntual, debo añadir. Incluso pronto. Apenas me senté en el pupitre cuando se arremolinaron a mi alrededor. Cualquiera pensaría que soy Harry Styles.

Juliette fue la primera en hablar.

—¡Ollie-hop! Pensaba que no vendrías. Con la salmonela y tal.

Bueno, por su tono sarcástico casi parecía que había dudado de la veracidad de mi intoxicación.

—Era una intoxicación leve de salmonela. En plan, de las que duran dos horas.

Juliette y Niamh asintieron como si fuera algo totalmente comprensible. Lara me miró como un gato a punto de cazar una mosca.

—*Oki doki* —dijo Juliette, y se volvió a sentar sobre mi pupitre—. Antes de nada, todo el tema de Will... puedes estar seguro de que lo mantendremos en secreto. Él sabe que no se lo contaríamos a nadie.

Barajé la posibilidad de insistir en que tenían una imagen equivocada de Will. El único problema era que no me acordaba de cuánto les había contado en primer lugar y, a decir verdad, seguro que ya era demasiado tarde para echarse atrás. Así que asentí y miré alrededor para asegurarme de que nadie lo había oído.

—Por cierto —añadió Niamh—, hemos averiguado por qué desapareció de Instagram.

—¿Habéis hablado con él? —pregunté rápidamente, medio asustado, medio impaciente.

Las chicas pusieron cara de ofendidas.

—Por favor. Eres tan disimulado como un elefante en una cacharrería —dijo Lara.

—Tenemos nuestros contactos —añadió Juliette.

—Lara es íntima de su amigo Matt —explicó Niamh—. Matt dijo que, al parecer, a Will le confiscaron el móvil por volver a casa a las cuatro de la madrugada; se suponía que sus padres volverían más tarde, pero lo pillaron. Y asumimos que, más o menos, fue cuando dejaste de tener noticias suyas, ¿no?

—Sí. —Mierda, ¿parecía que estaba pensando en Will desnudo? Porque, sí, claramente estaba pensando en Will desnudo. No podía evitarlo. Pensar en esa noche me trajo recuerdos. Y yo sabía muy bien por qué no volvió a casa hasta casi el amanecer.

—Al parecer, se estaba bañando en bolas con un grupo de chicas de las casas del lago —añadió Lara con una sonrisa malévola—. ¿Pasabais mucho tiempo con esas chicas, Will y tú?

Como he dicho, sabía muy bien qué hacía Will aquella noche, y no era una chica con quien estaba, eso seguro. Si Lara trataba de enfadarme, había funcionado. ¿Esta era la historia que le contaba a todo el mundo? Supongo que no debería sorprenderme tanto. Tampoco es que fuera a contar lo que había

46

ocurrido de verdad. Pero, mierda. Era doloroso de todos modos. Me retorcí las manos y fruncí el ceño.

—Oh, perdona... ¿no lo sabías? —preguntó Lara con falsa preocupación.

Me colgué una sonrisa en la cara y subí la mirada.

—Está bien. ¿Qué tal tu noche? Te vi con una chica antes de irme de la fiesta.

Era una pregunta malintencionada, pero, ¡eh! Tampoco es que fuera algo privado. Lo hizo ante treinta y pico personas que prácticamente comían palomitas en primera fila.

Niamh se rio por la nariz y Juliette sonrió y le dio un golpecito a Lara.

—¿Se volvió usted a pasar con la bebida, señorita Lara?

Lara me sostuvo la mirada. Leí su expresión con facilidad: «reto aceptado». Oh, no.

—*Pueeedeee* —le dijo Lara a Juliette.

—A veces Lara se besa con chicas cuando está borracha —explico Niamh—. Y sabemos que es porque le pone al chico que le gusta, pero no confiesa de qué chico se trata.

—Yo apuesto por Matt —declaró Juliette.

Lara soltó una risita con sorna.

—Por favor, plebe. Además, no me beso con «chicas» en plural. Solo con Renee. Tenemos una relación simbiótica.

Juliette sacudió la cabeza.

—Sí, bueno, espero que por lo menos a ella le hayas revelado a qué chico quieres impresionar. Sería incómodo si las dos tuvierais la misma conquista en mente, ¿no crees?

—No me preguntes nada y no te mentiré —respondió Lara, mirándome de reojo, mientras la señorita Hurstenwild nos invitaba a ocupar nuestros asientos. Levanté una ceja. Durante un instante, pareció intranquila. Entonces se giró sin decir palabra.

Tenía la sensación de saber cuál era su objetivo al besar a Renee.

Y tenía la sensación de saber por qué era tan secreto.

Asumí que, por el momento, el secreto iba a ser solo nuestro.

Para mi alivio, todavía no me había topado con Will. Sabía que, inevitablemente, iba a pasar en algún momento, pero todavía no estaba listo para ese encuentro. Ya era lo bastante abrumador tratar de navegar entre clase y clase. Que, a todo esto, cabía destacar que también habían estado desprovistas de Will. De momento, nuestros horarios no se habían cruzado ni una sola vez, y solo me quedaban Lengua y Apreciación de la Música por estrenar. En ese momento no veía a Will en la clase de Lengua, que iba a empezar en cualquier momento. Y ni muerto iba a ir Will a Apreciación de la Música. Ni siquiera sabía la diferencia entre un piano y un teclado la última vez que hablamos del tema. Parecía que estaba a punto de hacer un *home run*. Ni una clase compartida con Will Tavares.

La pregunta era: ¿me alegraba o me decepcionaba?

Antes de decidirme, la pregunta se volvió redundante. El profesor, un hombre tan joven que podría haber sido el hermano mayor de cualquiera de nosotros, se disponía a cerrar la puerta cuando un grupo de chavales se coló por debajo de su brazo como un limbo a toda velocidad.

Era Will. Will y otro par de chicos con los que estaba anoche. Al parecer, no había reparado en mí. Matt y él se habían fijado en un pupitre solitario al fondo del aula y hacían una carrera estirándose de la camiseta para ganar algo de ventaja. Dios, estaba guapísimo. Se lo veía seguro de sí mismo. Parecía el tipo de chico con el que nunca jamás en la vida tendrías una oportunidad.

Matt ganó a Will por escasos centímetros y se zambulló en la silla. Will lo cogió del brazo y lo zarandeó, juguetón, mientras le ofrecía sobornos para convencerlo de que le dejase el sitio.

—Will, siéntate —dijo el profesor, cansado, desde su lugar al frente de la clase.

Will se puso recto y se giró.

—Oye, señor Theo, ¿qué hay? No sabía que íbamos a pasar otro año juntos. ¡Guay!

Matt camufló una risa con una sonora tos y Will le dio un empujón acompañado de una sonrisa irónica.

—Esperaba que te hubieras quedado un año por detrás. Rezaba por tener una escapatoria —respondió el señor

Theo—. Pero, de nuevo, el destino se burla de mí. Toma asiento. —Le indicó un pupitre en segunda fila, a pocas sillas de mí por la derecha. Era un ángulo demasiado cerrado como para poder mirarle la nuca a Will durante mucho rato. Vaya decepción.

Will meneó la mochila mientras caminaba, haciendo repiquetear las correas contra los pupitres y las patas de las sillas metálicas.

—Cualquiera diría que no está usted contento de verme —comentó Will con una falsa nota de lástima en la voz, y se presionó la mano que tenía libre contra el pecho.

—Nunca he sido masoquista, Will.

La clase entera vibró con una risa suave, pero no parecía que fuera a costa de Will. Había una clara broma interna que me estaba perdiendo. Lo que, a decir verdad, describía de manera eficaz el noventa por ciento de mis experiencias hasta la fecha como «el chico nuevo».

—Es un gusto que se adquiere, pero siga trabajando y quizá se sorprenda —dijo Will, y la clase rompió a reír. Le lanzó una sonrisa amplia al señor Theo y echó un vistazo por toda el aula para disfrutar de su momento de gloria. Entonces me vio. De repente, la sonrisa se le resbaló de la cara como si hubiera estado pegada con gomina. Abandonó la bravuconería y se dejó caer en la silla adoptando un ángulo que lo alejase de mí, mientras el señor Theo levantaba las manos para pedir silencio.

En mi escuela de California teníamos a un chico en clase, se llamaba Pierce. Era uno de esos chicos. Los que fanfarronean en lugar de andar, que siempre tienen una vacilada lista para disparar y hacen la fotosíntesis con la atención de los demás. Pierce era popular. En plan, superpopular. Mi gente no tenía nada que ver con él y sus amigos. Supongo que por si esa petulancia insufrible era contagiosa. Aparte de eso, imaginábamos que Pierce no iba a lograr nada de provecho en su vida.

En algún lugar de las alturas, el Ser Etéreo se reía de mí desde el cielo con un puñado de palomitas, porque Will era Pierce. Había pasado todo el verano con un chico dulce, atento y… respetuoso. Para descubrir que en la vida real era su antítesis. Un chico que ignoraba mis mensajes, que me evitaba delante de sus amigos y, al parecer, tenía un pelín de complejo de superioridad.

Porque el lago no era la vida real. De todos modos, parecía sacado de una película. Todo era sospechosamente perfecto. ¿Cuántas veces había pensado que Will era demasiado perfecto para existir?

Bueno, pues al final me la habían colado.

Lo era, en pasado.

## CAPÍTULO 5

Una semana más tarde aún me perdía más que la chica de la película *Dentro del laberinto,* pero yo ni siquiera tenía a David Bowie en medias como recompensa por mi esfuerzo. Estaba de camino a mi tercera clase (o, por lo menos, yo pensaba que estaba de camino, pero era posible que fuera en dirección contraria) cuando me fijé en un cartel que había en el tablón de anuncios. SE BUSCA BAJISTA.

Las palabras iban acompañadas de una imagen borrosa de un bajo con la marca de agua de Getty Images impresa en el centro, del nombre «Izzy» y de un número de móvil. Me olvidé de la existencia de mi clase y me dejé llevar por la emoción. Normalmente, tocaba la guitarra, pero me las apañaba bien con el bajo. A decir verdad, podía aprender a tocar el arpa si eso me permitía volver a estar en un grupo. Hacer *riffs* con la pared de mi habitación no era el colmo de la inspiración y mis padres eran el público más reacio del mundo.

Mandé un mensaje al número.

> Toco el bajo. En las circunstancias adecuadas. ¿Qué tenéis en mente, peña?

«Peña» terminó siendo una chica con el pelo arcoíris llamada Izzy, un chico en sudadera con la cara redonda llamado Emerson y un chaval más bien flacucho con unos bíceps impecables llamado Sayid. Cuando por fin encontré el aula 13b (que resultó estar en el sótano, algo que pensé que Izzy podría haber mencionado en el mensaje para ahorrar tiempo a todo el mundo, dado que tuve que seguir el eco distante de la música para encontrarla), ya ensayaban la versión de una canción que reconocí vagamente. Parecía que era un aula para estudiantes de música, con un piano en el rincón, varias fundas de instrumentos apoyadas contra la pared y varios amplis más viejos que yo. Era una pena que mi asignatura de Apreciación de la Música no se impartiera aquí. Me pareció un sitio guay.

Ellos estaban tocando contra la pared del fondo. Izzy a la batería, Sayid al teclado y haciendo los coros de voz sin distorsión, y Emerson a la guitarra solista y haciendo coros de voz gutural. Desde luego, les iría bien incorporar un bajo, pero, en general, hacían un buen trabajo de *metalcore*. Quedé impresionado al instante. Por aquello valía la pena sacrificar mi descanso para comer, después de todo.

No llevaba mi bajo conmigo, porque no me lo llevaba cada mañana al instituto por si alguien me pedía unirme de impromptu a su número musical, pero Sayid me pasó uno de los de la escuela. Era de los baratos y estaba desafinado, pero fui capaz de tocar algunas notas.

—No está mal —dijo Izzy haciendo girar una baqueta—. ¿Sabes improvisar? —Sin esperar a que respondiera, se sentó a la batería y empezó a marcarse un ritmo. La seguí tan de cerca como pude, inventándome la melodía sobre la marcha e ignorando los ojos observadores de Emerson y Sayid. De todos modos, al cabo de poco dejé de notarlos. Lo único que me importaba era el ritmo, las cuerdas del bajo entre mis dedos y la fusión perfecta de los dos instrumentos. Solo habían pasado un par de meses desde la última vez que toqué con los otros, pero había olvidado lo maravilloso que era. Como enlazar tu alma con la de otra persona durante tres minutos y medio. Por primera vez desde que había puesto un pie en esta escuela, me sentí a gusto y en calma. Podía ver cómo me salía la tensión por los poros como un gas nocivo.

De repente, Izzy paró, se levantó de la batería y se acercó a saltitos.

—¿Estás libre los martes y los jueves después de clase? Es cuando solemos quedar. Por supuesto, también tendremos bolos, y eso sería los viernes o sábados, por norma general.

Parpadeé y dejé el bajo en el suelo.

—Sí, por supuesto. No tengo muchos compromisos aparte de ser canguro, pero puedo ser flexible.

—Genial. Entonces, ¿mañana? ¿A las tres y media?

—Un segundo, ¿pero ya estoy dentro? —pregunté.

Emerson me dio una palmada en el hombro y Sayid sonrió mientras desenchufaba el teclado.

—Tío —dijo Sayid—. No esperábamos que respondiese nadie. Este tipo de música no es muy popular, que digamos, en este instituto, por si no te habías dado cuenta. Bienvenido a los Absolución de los Encadenados. Podríamos ser muy grandes si hubiéramos nacido en un pueblo con mejor gusto musical.

—Qué manera de hacer que parezcamos desesperados, Sayid —se quejó Izzy—. Le gustamos bastante a la gente. Lo único malo es que tenemos que moderar un poco los gritos cuando actuamos.

—O lo que es lo mismo, ponerme una mordaza —repuso Emerson—. Solo me lo paso bien de verdad cuando tocamos fuera.

—Tenemos que conocer a nuestro público, chicos, como os digo siempre —insistió Sayid.

Entonces sonó el timbre.

—Sí, por supuesto —convine—. Nos vemos mañana. A por todas.

Se les dibujó una sonrisa en la cara. Así de fácil. Así se interactuaba con la gente sin repeler a todo el mundo a tres metros de ti. Hablando tan poco como fuera posible y llenando el vacío con música.

Recordatorio: llevar el bajo conmigo a todas partes y hacer un solo espontáneo cada vez que alguien me obligue a entablar conversación.

A prueba de tontos.


Al día siguiente, en cuanto nos dejaron salir de clase, me encaminé hacia el aula de música. Había llegado a la mitad del pasillo cuando me topé con Juliette y Niamh. O tal vez ellas se toparon conmigo. Parecía que Juliette se alegraba bastante de verme. Aunque eso era habitual en ella.

—Ollie-hop —dijo, dando un brinco. Si alguien tenía que ser la personificación humana de Tigger, esa era Juliette. Lo que me convertía en Piglet, supongo—. ¿Quieres ir a dar una vuelta con Lara y conmigo? Vamos a pillar unas patatas fritas y luego iremos al centro comercial un rato.

Por muy tentador que sonase pasar la tarde con Lara...

—No puedo, lo siento. Tengo ensayo con el grupo ahora mismo en el aula de música.

—¿El grupo?

—Sí. Se llama Absolución de los Malditos. No, espera... Apocalipsis de las Cadenas, creo. ¿Puede haber un apocalipsis de unas cadenas? ¿Qué creéis que supondría?

Por alguna extraña razón, a ninguna de las dos le pareció bien filosofar sobre las diversas formas potenciales del apocalipsis.

—Oh, ¿te refieres al grupo de Izzy? —preguntó Niamh. Al mismo tiempo, Juliette saltó con:

—¡No sabía que tocabas!

—Mmm, sí. La guitarra y el bajo. ¿Y tú?

—El clarinete.

—Entonces son géneros ligeramente distintos —dije.

—Es buenísima —dijo Niamh, y Juliette hizo un gesto con las manos como diciendo que no estaba para nada de acuerdo, pero en el fondo sabía que así era.

—Bueno, toco normal —dijo Juliette. Pero todo el mundo sabe que eso es como decir «de pequeña era mejor que Mozart en su mejor momento, pero qué más da» en clave—. Lo más importante es que tú tocas. Creo que necesito tu ayuda. Tengo que elegir una pieza para la audición del conservatorio de música y estoy atascada entre un par de opciones. ¿Podrías echarle una mano a una servidora algún día?

Estaba a punto de decir que claro. Por supuesto. Sé nada y menos de música clásica, pero lo haría lo mejor que supiera.

Estaba a punto de decir todo eso. Pero terminé por mirar al fondo del pasillo con la mente en blanco. Seguramente ya me tendría que haber acostumbrado a verlo, pero no era el caso. Lo había visto en clase de Lengua varias veces (era difícil no fijarse en él, dado que tenía que hacerse notar casi con cada frase que decía el profesor), y también por los pasillos y en la cafetería. Y, aunque ya lo odiaba de manera definitiva y no tenía nada que ver con el chico del que me había enamorado, verlo hizo que se me encogiera el corazón. En ese momento andaba en mi dirección, con su grupo de chicos del baloncesto flanqueando a su capitán, Matt, como si fueran sus discípulos, formando un mar de blanco y negro. Fuera hacía veintiséis grados, por el amor de Dios. Siempre llevaban esas chaquetas, parecía que si se las quitaban durante un segundo, el resto de los mortales olvidaríamos cuál era su posición en la jerarquía social.

Que, para que no queden dudas, era «por encima del resto».

—¿Eso es un no? —preguntó Juliette.

Me esforcé en volver al presente. Ah, sí. El clarinete.

—No, no, claro que te ayudo. Claro. Es, eh… genial, es una idea genial. Guay. Maravilloso.

Niamh me lanzó una mirada dubitativa, como la que me lanzó cuando me pasé con los cumplidos en la fiesta de principio de curso.

—Bueno, gente, me tengo que dar prisa si quiero llegar a la clase de *spinning,* pero os veo luego.

A veces me cansaba solo de estar cerca de Niamh. Ya era la séptima vez que iba directa al gimnasio después de clase en muchos días. A saber de dónde sacaba el tiempo para hacer los deberes.

Juliette se cruzó de brazos al mirar en dirección a los chicos del baloncesto mientras desaparecían por el pasillo.

—Problemas con Will, ¿eh? ¿Has hablado con él desde la fiesta?

Puse mi mejor expresión de «Will, ¿y ese quién es?». Que seguramente fue igual de convincente que la cara de «soy mediocre con el clarinete» de Juliette.

—No, pero da igual. Lo que pasa en verano se queda en verano, ¿verdad? Tampoco es que seamos enemigos. Solo…

¿Solo qué?

Juliette asintió como si tuviera todo el sentido del mundo.

—Sí, lo pillo. A veces comemos con los chicos del baloncesto, ¿sabes? Sobre todo porque Lara y Matt son íntimos. Ayer nos sentamos juntos. Me olvidé de decírtelo.

Mi estómago se marcó un triple mortal al estilo de Salchow. Entonces, si no me hubiera saltado el almuerzo para conocer a

Izzy y a los demás, ¿me habría sentado a la mesa con Will? No estaba seguro de si la idea me horripilaba o si era algo por lo que intercambiaría mi bajo.

—Oh —dije—. Genial. Qué bien.

—Te aviso para lo de la audición, ¿vale? Nos vemos mañana. Pásalo bien en el ensayo.

Se fue pasillo abajo. Bueno, por lo menos ahora estaba preparado. Seguramente, en un futuro próximo, me encontraría atrapado en las inmediaciones de Will. Will, el que había pasado todos los días de su verano conmigo. Will, el que ahora parecía haber desarrollado una reacción alérgica aguda a mí. Estaba bien. Estaba muy bien. Tenía todas las herramientas necesarias en mi vasto kit de sabiduría social para lidiar con esto sin incomodar a nadie.

La verdad era que la única opción que me quedaba era que me dejase de gustar. Estaba claro que no iba a pasar nada, así que tenía que cortar por lo sano tan rápido como fuese posible. Paso uno: borrar su número de mi teléfono.

Ya estaba. Hecho. Eso solo supuso un 95 % de agonía. Cada día era más fácil pasar página. Con algo de suerte, no me llevaría mucho tiempo que pasase de ser una herida abierta a convertirse en cicatriz.

Caminé con la cabeza alta hasta el aula de música con una sonrisa de satisfacción en la cara. «Ahí va Ollie Di Fiore. Dueño de sus propios sentimientos, experto en desapegos, apenas hecho polvo».

Ya tenía algo que grabar en mi lápida.

# CAPÍTULO 6

—Me estás vacilando —dijo Will, acercándose como un rayo para quitarme la pelota de baloncesto—. No puedes ser tan malo.

Dijo el subcapitán del equipo de baloncesto. Tuve la esperanza de que fuese más alentador con los miembros de su equipo en sus días malos.

Di un paso hacia atrás e intenté driblar con la pelota, pero en lugar de eso di golpes al aire mientras esta perdía altura.

—Te juro que no —le respondí—. Estas habilidades son innatas. No podría simularlas ni queriendo.

Will se adelanto a por la pelota y yo me lancé sobre ella, enterrándola bajo mi cuerpo.

—Sigue siendo mi turno. ¡Tiempo muerto!

—Has perdido tus privilegios.

—No puedes discriminarme por ser torpe, Will.

—Puedo hacer lo que me dé la gana, es mi casa. Ven aquí, vamos. —Will dio un par de palmadas y me levanté todavía aferrado a la pelota—. Muy bien, venga. Luego repasamos los regates. ¿Me acercas la pelota?

—¿Me estás preguntando si puedo acercarte las pelotas, Will? —Sonreí, y él salió disparado para quitármela de las manos—. Vale, vale, ¡lo siento! Ha sido malísimo. Ya me concentro. Por favor, explícame cómo se hacen los pases.

Antes de que Will pudiera determinar si mi expresión seria era auténtica, su padre asomó la cabeza por un lado de la casa.

—Vosotros dos. Voy a comprar. ¿Alguna petición para la parrillada de esta noche?

Will tomó la distracción como oportunidad para reclamar la pelota. Me la quitó de las manos. Los padres de este chico no le habían enseñado a jugar limpio.

—Mmm, sí, ¿podemos hacer hamburguesas, papá? —preguntó.

—Claro. ¿Y para ti, Ollie?

Will me lanzó una mirada de advertencia de reojo. Sabía lo que quería decir. Ni se te ocurra decir salchichas. Casi lo hice, solo por ver su reacción. Pero opté por no hacerlo. Los dobles sentidos eran graciosos cuando estábamos solos, pero sería significativamente menos gracioso si su padre se oliera la tostada y le prohibiese volver a verme durante el resto del verano.

—Las hamburguesas me parecen bien, señor Tavares.

El señor Tavares hizo un chasquido que daba vergüenza ajena y nos disparó con pistolas imaginarias mientras se alejaba.

Me giré hacia Will y sacudí la cabeza con una sonrisa.

—Siempre esperas lo peor de mí.

—Porque te conozco.

—Eso es lo de menos.

Will se encogió de hombros, miró hacia atrás y tiró la pelota por encima del hombro. Pasó dentro del aro. No pude evitar alabarlo, muy impresionado.

—¡Hostia! Eso ha sido brutal.

—Espera, ¿ha entrado?

—Directo a canasta.

—¿En serio? Vaya chiripa. —Se dio la vuelta y se golpeó el pecho.

—Qué modesto, este chico.


—Tengo los dedos demasiado pequeños —se quejó Crista mientras extendía la mano como una estrella de mar sobre los trastes.

Me giré sobre las caderas hacia el otro lado para verlo yo mismo. Por un lado, estaba en lo cierto. Tenía los dedos cortos y finos como las patitas de una araña. En el mejor de los casos, acabaría con unas agujetas mortales al cabo de unas pocas progresiones de acordes. Por otro lado (esto no pretendía ser un juego de palabras), había visto a una niña de cuatro años clavar un tema de Santana en el programa de *Ellen*, así que, en realidad, ya llevaba varios años de retraso.

No le podía explicar a mi prima pequeña que su débil voluntad era una deshonra para la familia y que, a este paso, Ellen nunca la querría. En lugar de eso, cogí el mástil junto a ella.

—Mira: pon un dedo aquí, en la quinta cuerda. ¿Te acuerdas de cuál era? Perfecto. Y ahora este dedo en esta. —Le cogí el dedo corazón y se lo subí—. Aquí arriba, en la sexta cuerda. Y esta de abajo la aguanto yo. ¿Te acuerdas de cuál era?

—La primera.

—Muy bien, eso es. Ahora, ¿puedes hacer un rasgueo?

—Está demasiado lejos, Ollie. Hazlo tú.

—Lo hago yo —nos interrumpió Dylan. Hasta ese momento, había estado jugando a un videojuego de cerditos en el iPad al lado de la cama, como un buen hijo del siglo XXI. Me tendría que haber dado cuenta de que se estaba fijando en lo que hacíamos Crista y yo con la guitarra. Si Crista lo hacía, Dylan querría hacerlo también. Por suerte para la salud mental de toda la familia, a Crista no le importaba incluirlo. La había pillado un par de veces mirándolo cuando dormía, con una expresión algo delirante, mientras le susurraba «Que duermas bien, Anna». Asumí que Crista estaba en pleno juego de rol de *Frozen*, así que no pregunté nada. Bueno, por eso y porque, en secreto, estaba aterrorizado de que me saliese con algo espeluznante tipo: «Anna era la niña que vivía aquí hace cien años y ahora mismo está durmiendo al lado de Dylan».

Lo que quiero decir es que he visto suficientes películas de terror como para tener una desconfianza sana hacia los niños.

—Pon la mano así y toca, Dyl —instruyó Crista. Dylan hizo lo que le habían dicho y la verdad es que no lo hizo nada mal. A lo mejor estaba poniendo mis esperanzas en el primo equivocado al que llevar a *Ellen*.

—Maravilloso, chicos. Así es como suena el sol séptima.

La sonrisa de Crista era tan enorme que parecía que acababa de terminar un concierto en un anfiteatro con todas las entradas vendidas.

—¿Puedes volver a tocar esa canción, por favor?

—¿Cuál?

—La que hace algo así como laaa-la-laaa-la-la-la…

Por desgracia, la habilidad de Crista tarareando era cuestionable, así que seguía perdido. Me encogí de hombros mientras Dylan rasgaba la guitarra sin ton ni son.

—Eh... ya no me acuerdo de esa.

Crista suspiró como si fuera el mayor idiota que había conocido. Oh, no. Ella también no.

—La que tiene todos esos acordes.

Ah, claro, esa. Aquello me lo ponía mucho más fácil.

—Porque me enseñaste el de do y el de la menor, y entonces no podía hacer el de sol y me dijiste que me lo enseñarías esta noche.

De repente, caí. No hablaba de una canción real que conociera, era solo una progresión que me inventé sobre la marcha la otra noche cuando vigilé a los niños mientras estaban en la bañera. Cogí la guitarra y toqué lo que fui capaz de recordar, narrando al progresión.

—Primero va el do..., el la menor..., el fa... y el sol séptima, como el que acabáis de tocar vosotros.

Crista se puso en pie de un brinco y empezó a dar vueltas, con los rizos al vuelo a su espalda.

—¡Suena a «Suéltalo»!

A ver, no mucho. No.

—Oh, tienes razón, un poco.

¿Por qué mentimos a los niños?

Seguí tocando la progresión y Crista hizo ver que se quitaba un guante imaginario mientras Dylan daba vueltas detrás de ella. Antes de que Crista se viniera arriba con la canción, algo de lo que estaba un noventa por ciento seguro que iba a hacer, la tía Linda abrió la puerta. Ni siquiera había oído que alguien entraba en casa. Era imposible predecir cuánto tiempo estaría de canguro cuando la tía Linda tenía citas de oncología. A veces, el tío Roy y ella volvían a casa en media hora. Otras, me llegaba un mensaje con sus credenciales de la tarjeta de crédito para que pidiese comida china a domicilio. De ahí que dejara la guitarra en su casa. Decidí que por lo menos tendría algo productivo que hacer si el turno se me alargaba.

—Hola, pequeñajos —dijo mientras envolvía a Dylan en un abrazo—. ¿Qué hacéis despiertos todavía?

—Bueno, pues te vas a reír —dije mientras dejaba que Crista se encargase de la guitarra—. He ido al baño un segundo, te lo juro, han sido diez segundos máximo. Y, al salir, un cuarto del bote de Nutella había desaparecido por arte de magia.

—¿Por arte de magia? —repitió la tía Linda con las cejas arqueadas. Ni Dylan ni Crista hicieron contacto visual con ella.

—Por arte de magia —confirmé—. Sé que no ha tenido nada que ver con estos dos, porque me han dicho que no, y sé que nunca mienten. Entonces, tía Linda, lo más gracioso ha sido que después de limpiarles la cara y las manos de Nutella, estaban llenos de energía. Como si se hubieran tragado un carro de azúcar.

—Qué misterioso —comento la tía Linda mientras dejaba a Dylan en el suelo. Parecía que le faltaba el aire solo de haberlo tenido en brazos ese ratito—. Y estoy segura de que la Nutella de sus caras también ha sido una coincidencia, ¿verdad?

—Coincidencia total.

Intercambiamos una mirada de complicidad. Se notaba que no estaba enfadada, pero al verla me sentí culpable por no haber intentando lo suficiente que los niños se fueran a dormir a la hora. Tenía los ojos hinchados y rojos, y las arrugas de la cara parecían más marcadas de lo habitual.

—Vale, chicos, es hora de irse a la cama —declaré mientras me levantaba—. En serio.

—Está bien, Ollie, yo me encargo —dijo ella—. Roy está listo para llevarte a casa. Ya llevas mucho tiempo aquí.

—No me importa, de verdad —insistí—. Serán cinco minutos. Ni siquiera te has quitado la chaqueta todavía.

Esa era otra. Aquel día la temperatura era de veintiséis grados. Nadie en su sano juicio necesitaba llevar chaqueta con ese tiempo, pero, últimamente, la tía Linda siempre necesitaba una chaqueta o un abrigo. Los vestidos de verano que siempre llevaba cuando yo era pequeño se habían desterrado al fondo del armario.

La tía Linda titubeó. Tenía muchas ganas de aceptar mi oferta, así que di el pistoletazo de salida de la rutina de irse a dormir, que ya me resultaba bastante familiar.

—Oye, Crista, ponte el pijama. No vas a dormir con esa camiseta. Dyl, ve a buscar tu nenené. —Su nenené era una cosa andrajosa llena de bacterias, supuestamente de lana, que se llevaba a todas partes. En teoría, tenía que parecerse a un animal, pero más bien se asemejaba a mis pesadillas. Para gustos…

Los niños hicieron lo que les mandé. Como había dicho, eran unos santos. Una vez, la tía Linda me dijo que no siempre se habían portado tan bien. Era como si notasen que necesitaba un descanso.

La tía Linda no se movió durante unos segundo, pero al final se rindió:

—Vale, bueno, entonces voy a poner el té a hervir. Gracias, Ollie. Nos has ayudado mucho.

—No es nada, en serio.

Sonrió y apoyó la cabeza contra el marco de la puerta.

—Te he oído tocar. Me alegra mucho que hayas seguido con la música. Siempre has tenido mucho talento.

—No es para tanto, es solo que me gusta. Pero gracias. —Mientras lo decía, supe que sonaba como Juliette.

—Mamá, Ollie me ha enseñado a tocar «Suéltalo» con la guitarra —exclamó Crista con la voz amortiguada por la camiseta del pijama mientras se la pasaba por la cabeza.

La tía Linda me lanzó una mirada que era mitad puro terror, mitad caza de brujas. Era la mirada de alguien que estaba en pleno apogeo de saturación de *Frozen*.

—No es cierto, te lo juro —articulé con la boca sin emitir sonido alguno mientras hacía el gesto de «corta, corta» delante del cuello.

Dylan me salvó al volver con su nenené, que al parecer había encontrado en la despensa, al lado del bote de Nutella. La tía Linda se retiró a la cocina y yo seguí con la rutina de irse a dormir; comprobé si había monstruos debajo de la cama (sin hacer ni una sola broma sobre cómo el verdadero peligro era nenené) y leí el mismo libro de ilustraciones de cincuenta palabras unas cincuenta veces, más o menos.

Dylan fue el primero en caer rendido. Crista tenía los ojos cerrados, por lo que pensé que estaba a punto de quedarse KO. Casi había llegado a la puerta cuando oí:

—¿Ollie?

Tan cerca y a la vez tan lejos.

—Dime.

—¿Cuándo volverá a venir Will?

Mierda. Oír su nombre fue como si me hubieran empujado hacia el borde de un precipicio. Si estás preparado para ello, no pasa nada. Pero si te pilla con la guardia baja, pumba, ahí que te vas. De repente, y de una forma ridícula, tuve la necesidad de sincerarme con alguien de corazón. Con alguien que lo entendería. Alguien que supiera lo cercanos que habíamos sido el uno con el otro todo el verano. Para no sentir que me lo había imaginado por completo. Pero incluso yo sabía que una niña de siete años no era la mejor confidente en asuntos románticos, así que, en lugar de eso, tuve que apagar la maquinaria. Del todo.

—Will estaba en el lago, ¿te acuerdas? No vive aquí. Ya no podemos verlo.

—Jo. —Crista se dio la vuelta—. ¿Estás triste?

Forcé una sonrisa.

—A veces solo podemos ser amigos de alguien durante un tiempo corto. Por eso siempre hay que hacer que valga la pena, ¿verdad?

—Verdad. Buenas noches, Ollie.

—Buenas noches.

# CAPÍTULO 7

Me miró.

No, estoy seguro de ello. Había veces en las que habría jurado que Will me estaba mirando cuando en realidad miraba algo que tenía detrás, o encima, o debajo, o más allá de mí, pero en esta ocasión estaba segurísimo de que me miraba a mí. No era un farol.

Sí, había sido solo un segundo, pero daba igual. Se giró cuando lo vi. Era demasiado sospechoso para ser un accidente. Además, su mesa estaba en la otra punta de la cafetería. Si no me hubiera estado mirando directamente a mí, ni de coña se habría dado cuenta de que yo también lo miraba.

«Respira. Respira, Ollie. Will ya no te importa, ¿te acuerdas? El mero hecho de que por fin le haya venido a la cabeza que llevas semanas existiendo cerca de él no borra del mapa su comportamiento tan estúpido. Y, por supuesto, no se trata de una petición de matrimonio».

—Guau, Jules, me han dicho que masticar ayuda —dijo Lara con el tenedor a medio camino de la boca mientras observaba a Juliette.

Juliette se encogió de hombros, abrió bien los ojos y puso mejillas de hámster.

—*Ouwi* y yo *vamoz* a...

—No, no, para —la interrumpió Niamh levantando una mano—. Traga. Respira. Prosigue.

Juliette obedeció. Cuando terminó de coger aire, continuó.

—Ollie y yo vamos a elegir mi canción para la audición. Necesitamos el máximo tiempo posible en el aula de música.

La verdad es que me había olvidado de eso, pero claro, sí, estaba de acuerdo. Sería guay si... oh, no, lo hizo otra vez. ¿Por qué me miraba? ¿Alguien había dicho algo? ¿Estaba guapo hoy? Me miré el modelito. Podría decirse que vivía en esos vaqueros, así que no era eso. La camiseta me hacía unos brazos más grandes, ¿quizá era por eso? ¿O tal vez se tratara del pelo? Fuera lo que fuese lo que había hecho con él, solo tendría que asegurarme de replicarlo cada día hasta mi muerte. Fácil.

—Venga, Ollie —dijo Juliette—. Apenas has comido.

De algún modo devolví mi atención a la mesa.

—Perdona. De todos modos, creo que estoy lleno.

Lara se giró hacia atrás. Para ver con qué me había distraído, supongo. Cuando se giró de nuevo llevaba puesta su sonrisa de villana de Disney. Que, en el poco tiempo en el que la conocía, nunca había traído nada divertido. Por lo menos para mí.

—Hace un montón que los chicos no se sientan con nosotras —dijo.

Y ahí estaba. Tendiendo la trampa. Me llené la boca de ensalada de patata con el tenedor para tener una excusa y no caer en ella.

Niamh hizo los honores por mí.

—Sí, la verdad es que sí. ¿Crees que es por Ollie?

Juliette le echó una mirada intensa de reojo. Como si no se me hubiera ocurrido a mí solo sin que Niamh lo hubiera señalado abiertamente.

La risa de Lara fue un pelín demasiado alta. Me preparé.

—No, ni de coña. Matt me contó por qué. Es por Jess.

Niamh y Juliette pusieron sendas expresiones de confusión.

—¿Jess Rigor? —preguntó Juliette.

—Sí. Al parecer, se estaba poniendo celosa de que Will se sentara tanto con nosotras y le pidió que parase, aunque también estuvieran el resto de los chavales. Las chicas guapas se sienten amenazadas con mucha facilidad, ¿no lo habíais notado?

«Ensalada de patata. Ensalada de patata. No levantes los ojos de la dichosa ensalada de patata».

Mi falta de reacción debió de decepcionar a Lara, porque lo llevó todavía más lejos.

—Ollie, ¿Will alguna vez te mencionó a Jess? Es su ex. Eran uña y carne, ¿verdad, Niamh?

Me rendí y volví a la superficie para unirme a la conversación. Aunque Niamh había pillado qué estaba haciendo Lara. Por lo menos, no pareció impresionada.

—Supongo —dijo—, hasta que ella le puso los cuernos. Eso fue hace un tiempo. Me sorprende que todavía hable con ella.

—Pues sí, todo el rato —comentó Lara. Cruzó las piernas debajo de ella para estar más alta.

—Bueno, yo no la he visto nunca —repuso Juliette como quien no quiere la cosa mientras se levantaba—. En fin, vamos, Ollie. Tenemos que ir tirando, en serio.

Me apresuré a seguirla. Mientras lo hacía, eché un último vistazo a la mesa de Will.

Will apartó la mirada y fingió que estaba absorto en lo que fuera que hiciera Darnell. Estalló a reír y un par de los chicos le dieron palmaditas en la espalda y en los brazos. Fuera lo que fuese de lo que se estuvieran riendo, parecía ser con Will, no de él. Seguro que de alguna broma superhetero sobre su antigua relación superhetero con esta tal Jess. Una parte malévola de mí quería pedir a las chicas que me la señalasen entre la muchedumbre para encontrarle defectos. A lo mejor era más sosa que un helado de agua. O incluso mejor: una de esas personas con una risa tan odiosa que te hace querer llenarte los canales auditivos con gasolina y prenderles fuego. O a lo mejor era una terraplanista convencida. Aceptaría cualquiera de las opciones anteriores siempre y cuando me permitieran odiarla alegremente.

Cuando los chicos dejaron de reír, los ojos de Will volvieron a apuntar hacia mí. Apartamos la mirada al mismo tiempo Él, para girarse hacia su grupo; yo, hacia la pared del fondo. En parte porque no tenía otro lugar donde mirar, y también porque desde ese ángulo, todavía podía darle un repaso a Will con mi visión periférica.

De repente, estaba desesperado por no irme con Juliette. ¿Por qué Will tenía que haber elegido ese día para acordarse de mi existencia? ¿Por qué no podía quedarme sentado en esa silla durante las próximas doce horas contando cuántas veces nos aguantábamos la mirada?

—No tengo ni idea de qué mosca le ha picado a Lara —dijo Juliette cuando vaciamos las bandejas en la basura—. Lo está haciendo a propósito. No te creas que Niamh y yo no nos hemos dado cuenta.

—Creo que no le caigo demasiado bien —admití.

Juliette hizo el paripé de sacudir la cabeza con los ojos abiertos como platos, horrorizada.

—¡Por supuesto que sí! No es eso, para nada.

No ofreció más explicaciones, pero tampoco insistí. En dos semanas, estas chicas se habían convertido en las mejores candidatas para ser mis amigas. En realidad, no, eso era injusto. Juliette y Niamh me caían bien de manera genuina. Solo era por Lara. Me llevaba bien con los otros miembros de Absolución de los Encadenados, pero no quedaban juntos fuera de los ensayos, así que no tenía una forma fácil de ser su amigo. Básicamente, si quería mantener la paz con las dos personas que podía considerar amigas en este instituto, tenía que lidiar con doña Maldad Personificada. Solo era un pequeño sacrificio, ¿no?

En el aula de música, Juliette se sentó en una silla y dejó una pila de partituras de unas tres novelas de grosor en el atril.

—Bien, pues estas son las cuatro piezas de entre las que tengo que elegir. Creo que lo he reducido a dos opciones finales, pero apreciaría muchísimo tu *feedback*. Mira, tengo que mantener el equilibrio entre las que toco mejor y las que son más complicadas a nivel técnico. Creo que es mejor hacerlo genial con una canción más fácil que hacerlo no tan genial con una canción más difícil, pero... ¿tú qué crees?

Me senté en el banco del piano y toqué un par de notas.

—¿Y no puedes, en plan, hacerlo genial con una canción compleja?

Me tiró un trozo de partitura arrugado ante la pregunta. Por lo visto, no.

Una pieza tras otra, Juliette tocó. No era un juez experto del clarinete, pero era evidentemente buena. Muy buena. Se equivocó una o dos veces durante la primera canción, pero después de eso fue bastante impecable. O esa era la canción «difícil» o estaba nerviosa. No estaba seguro de cómo le sería de ayuda porque a mí ambas me sonaban iguales.

Imaginarme cómo sonaría el clarinete haciendo una versión de una canción de Nightwish o algo por el estilo (seguramente, épico) cuando empezó a tocar la última canción. Y, por fin, algo sonó distinto. Por la expresión de su cara, esta era su clara favorita. Algo de esta pieza me hizo pensar en llorar, en el vacío y en la muerte. Francamente, fue horrible. Me pasé la mitad de la canción mirando a la pared, mientras pensaba en la tía Linda, en lo hundidas que tenía las mejillas y en qué pasaría si no lo superaba. Entonces pensé en mis amigos de siempre y en cómo seguramente apenas me echaban de menos, y en que ahora tendrían un montón de recuerdos juntos de los que yo no formaría parte. Y de repente solo quise irme a casa, meterme en la cama y dormir hasta sentirme mejor.

En el momento en el que Juliette paró, dije:

—Toca esta.

Quizá suene raro, pero incluso aunque esa canción me hiciera sentir horrible, al menos me hizo sentir algo. Y ese era el objetivo de la música, ¿no?

—¿En serio? ¿Por qué esta? —Pero parecía satisfecha. Claramente, le había dicho lo que quería oír.

—Se notaba que la sentías de verdad.

—Sí. Pero no es tan difícil como la segunda.

—No importa. Cualquiera puede tocar las notas de una partitura. El talento va de lo que haces con esas notas, ¿o me equivoco?

Juliette apoyó el clarinete entre las rodillas y se sonrojó.

—¿Crees que tengo talento?

—Bah, se te da fatal. Solo estaba siendo majo.

Se rio y me ofreció una media sonrisa de las suyas.

—Estoy muy contenta de haberte conocido, Ollie-hop. ¿Sabes qué? No eres tan gracioso con los demás. ¿Te has dado cuenta?

Bueno, eso era porque cada frase que decía cerca de Lara era como apretar el gatillo de una ruleta rusa muy cabrona; como que arruina un poco cualquier intento de humor.

—No soy bueno con los grupos —dije—. Soy un inepto social.

—No eres un inepto social —replicó la chica que insistía en que yo no le caía mal a Lara. Supercreíble—. Pero podrías probar a relajarte más. Que no te dé miedo hablar con nosotras, ¿vale? Eres un amor, nos encanta tenerte cerca.

Amor. Qué palabra más fuerte. Pero, de alguna manera, me reanimó. Me giré para estar de cara al piano. Era más fácil hablarle a un instrumento, aunque fuera uno con el que solo sabía hacer lo básico.

—A lo mejor si comiéramos aquí, estaría más relajado.

Juliette empezó a recoger su clarinete.

—Oh, Dios mío, ya te digo. La música tiene algo, ¿no crees? Hace que todo sea mucho más fácil y bonito.

Toqué el acorde de do con el piano y asentí.

—En casa, todas mis amistades nacían de la música. Todos escuchábamos cosas parecidas, tocábamos juntos... Aquí no parece que le deis tanta importancia.

—Supongo que depende de con qué grupos te juntes. Pero tienes razón, eres la primera persona con la que he podido hablar de tocar.

—Es un honor —sonreí.

—Mis padres no se lo toman en serio. Al parecer, lo he heredado todo de mi abuelo. Se ha saltado una generación.

—Ellos se lo pierden, supongo.

—Mejor dicho, yo me lo pierdo. Quiero decir, no es que sean horribles al respecto. Han soltado toda la pasta para las clases privadas. Pero lo ven como un *hobby*, no como una carrera.

—Entonces, ¿qué piensan de esta audición?

—No piensan nada. Nada de nada. No se lo he contado.

Me quedé boquiabierto.

—¡Vaya una rebelde!

—Es más fácil pedir perdón que pedir permiso, Ollie-hop. Las necesidades deben cubrirse.

—Puedes citar tantas frases cliché como quieras, que seguiré igual de sorprendido.

No me podía imaginar hacer algo tan gordo a espaldas de mis padres. Lo más rebelde que había hecho hasta el momento era escaparme para ver a Will en su última noche en el lago, y podía culpar a las hormonas irracionales por ello.

Estaba inyectado de esas hormonas irracionales. Como Romeo y Julieta, pero un pelín menos estúpido.

Cogí el móvil mientras Juliette recogía sus partituras y solo entonces me di cuenta de que tenía un mensaje nuevo. Supuse que el sonido había quedado ahogado por el clarinete. Lo desbloqueé con la esperanza de que fueran Ryan o Hayley diciéndome que me echaban de menos o algo por el estilo en una conexión rara de telepatía.

Pero era algo todavía más raro.

Era Will. Reconocí los últimos dígitos.

¿Podemos hablar?

Mierda.

Mierda, mierda, mierda, mierda, hostia puta, mierda, joder. No estaba preparado para esto, por Dios.

Mi primer impulso fue responderle rogándole que nos viéramos en ese preciso instante.

El siguiente fue borrar esa conversación para no estar tentado de responderle jamás. Estaba a punto de hacer esto último, pero me rajé. No era tan fuerte. ¡Oh, ay de mí!, y todo eso.

Al final elegí la opción número tres. No contestar, por ahora. Esperaría hasta que se me ocurriese la respuesta perfecta. Si algo me había enseñado la experiencia, era que la respuesta perfecta nunca era la primera que te venía a la mente. Dejé que pensara que estaba ocupado. Lo estaba, al fin y al cabo. Ocupado construyendo una vida nueva aquí. Una vida que no tenía que girar alrededor de Will Tavares, alias el Irrelevante.

En cuanto tomé esa decisión, una ráfaga de poder fluyó a través de mí. Por fin, después de todas esas semanas, tenía la oportunidad de ser yo quien lo ignoraba. Podía acostumbrarme a permanecer en este lado de la balanza de poder.

No respondí durante el resto de la jornada lectiva. Lo llevé de una manera supercalmada, tal y como lo describiría yo mismo. Estaba un noventa por ciento seguro de que era por todo el *mindfulness* que practicaba con mi madre. Cuando me di cuenta de eso, hice un ejercicio de visualización. De Will mirando el móvil cada cinco minutos con el corazón en un puño, como yo había estado haciendo las últimas semanas de verano. Y me sentí tan bien, que estaba seguro de que lo había manifestado. Al final resultó que me transmitía buenas energías regodearme en la desgracia kármica ajena.

Crista y Dylan estaban en casa. La tía Linda había tenido un «bajón» durante el día, según mi madre, y volvía a pasar la noche en el hospital. Los niños parecían bastante tristes (y para ser del todo sincero, los adultos también), así que decidimos salir a cenar hamburguesas. Era uno de esos sitios con animadores en disfraces malrolleros antropomorfos de ardillas, patos y osos, con unos ojos desorbitados, como si se hubieran metido algo fuerte. Los animales, quiero decir, no los animadores. Aunque sus ojos no estaban a la vista, así que era difícil determinar algo al respecto, supongo.

De todas formas, a Crista y a Dylan les encantaba y se pasaron más rato siguiendo a una de las ardillas que comiendo. Me parecía ridículo que los asustaran cosas como la oscuridad o el crujido de los árboles en el jardín, y no tener ni una pizca de miedo de los disfraces de ardilla. Con esos ojos anchos que miraban fijamente y esas bocas espeluznantes semiabiertas... No había nada que gritase más «me alimento de niños» que la cara de la Ardilla Charlie, si me preguntáis.

Aunque todavía estaba ignorando a Will, abría constantemente la conversación, como si hubiera cambiado algo desde la última vez que la había mirado, treinta segundos antes. Una parte de mí se preguntaba si Will había visto el «leído». Si se estaba obsesionando por lo menos un poquito con el tema, tratando de racionalizar internamente por qué no le había respondido.

¿Podemos hablar?

¿Hablar de qué, Will? ¿De cómo me llevas ignorando desde... bueno, desde esa noche? ¿O de tu reacción en la fiesta? O quieres que analicemos por qué eras básicamente el niño Jesús en el lago y ahora estabas oposición para Anticristo? Porque, por muy interesantes que suenen esos temas de conversación, preferiría invitar a la Ardilla Charlie a mi habitación para que me observe cada noche mientras duermo a oír cómo me cuentas lo poco que te importo.

Cada vez que sacaba el móvil, mis padres empezaban a hablar en voz baja, como si de algún modo fuera a perderme algo de lo que decían al otro lado del reservado redondo. Estaba distraído, pero no tanto. Hablaban de la tía Linda. El tema estrella estos días. Capté los cachitos de conversación suficientes como para enterarme. «No responde al tratamiento... Cambiar de medicación... Pedir unos analgésicos mejores... Dice que no quiere estar mareada, pero...».

Me vibró el móvil en la mano y di un brinco de un kilómetro. Entonces vi quién me estaba llamando y silencié la conversación de mis padres.

Will. Will me estaba llamando. Will estaba en algún lugar ahí fuera, ahora mismo, llamándome. Pensando en mí. Queriendo que le cogiera el teléfono.

A lo mejor mi madre tenía razón con esto de la teoría de «manifestar», después de todo.

Casi se lo cojo. Casi. Pero volví a sentir ese poder cosquilleante. Y la verdad era que había algo más. Cuanto más había pensado en su mensaje, más sospechaba que lo que quería era rogarme que no lo sacase del armario. O decirme que lo que pasó en verano no significó nada y que ya nos veríamos por ahí. Por el amor de Dios, no quería oírle decir eso. Lo arruinaría todo. Como si en el mismo segundo en el que lo oyese decirlo, se me borrase toda la felicidad. Con todo lo que estaba pasando con la tía Linda, además de estar lejos de mis amigo y tener que lidiar con Lara, esos recuerdos eran todo lo que tenía. Necesitaba que duraran un poco más.

Así que miré la pantalla del móvil en silencio hasta que dejó de sonar.

Lo siento, Will.

Estoy demasiado ocupado.

Igual que lo has estado tú.

# CAPÍTULO 8

Me tendió una emboscada.

A la mañana siguiente, llegaba más de diez minutos tarde. Había terminado de ensayar mentalmente delante de mi taquilla la excusa que le daría a la señorita Hurstenwild cuando tuve esa sensación siniestra tan rara. Esa que te dice que hay alguien, posiblemente-barra-probablemente un asesino en serie, justo detrás de ti. Me giré para encontrarme con Will que invadía mi espacio personal, y me miraba como si fuera un torero o algo así.

—¿Imagino que no recibiste mi mensaje? —dijo de forma airosa, como si no le importase un comino. Habría sido creíble si no estuviera en el proceso de arrinconarme en un pasillo vacío.

Estaba nervioso, pero hice todo lo posible por que no fuera obvio.

—Le dijo la sartén al cazo —respondí todavía más airoso. Tanto que estaba a punto de salir volando como el helio. Bueno, vale, a lo mejor sí que era obvio.

Se metió una mano en el bolsillo del pantalón tipo chino y un dedo de la otra en la boca para morderse una cutícula. Tuve un *déjà vu* al verlo. Es lo que hacía en verano cuando lo pillaba con la guardia baja. Mordisquitos en la cutícula, mirada lejana, alternar el peso de pierna en pierna. Me era tan familiar. Lo conocía. Con toda seguridad, mejor de lo que cualquier persona debería conocer a alguien de cuya existencia es consciente desde hace solo unos pocos meses.

Se sacó el dedo de la boca. Ahí vamos. Un tiempo de respuesta considerado, meditado.

—Tienes razón. Soy un completo hipócrita.

De nuevo. No era lo que me esperaba. Y ahí había estado yo, reforzándome con sermones sobre cómo no me debía nada o cómo en verano había entendido cosas que no eran. Era una respuesta sorprendentemente madura para alguien que llevaba dos semanas largas evitando mirarme a los ojos.

Eso hizo que me relajase un poco.

—Sí. ¿Me vas a dar alguna explicación o...?

—De eso quería hablar.

—Bueno, pues aquí estoy. Así que hablemos, supongo.

Nos intimidamos el uno al otro con la mirada. El dedo de Will había vuelto a deambular hasta su boca. Procrastinador. La señorita Hurstenwild iba a matarme, ahora en serio.

Cerré la taquilla y empecé a caminar hacia atrás.

—Mira, Will, si no tienes nada que...

En ese momento, pasaron dos cosas.

Un poco más al fondo del pasillo, se abrió una puerta y un alumno salió a mitad de la clase. Solo se le veía la cabeza por detrás; había parado para hablar con la profesora mientras salía, pero por el peinado *afro* y la chaqueta estilo *letterman* blanca y negra, parecía que era Matt, el amigo de Will.

Y he aquí, estaba en lo cierto. Con un pequeño aullido, Will se precipitó hacia adelante, abrió una puerta cercana y me empujó dentro del aula.

Antes de que me diese tiempo a orientarme, Will había entrado conmigo y había cerrado la puerta, dejándonos en la oscuridad. Intenté dar un paso atrás y pisé un cubo de fregar. O, por lo menos, parecía un cubo de fregar, a juzgar por el chasquido del plástico. Levanté la mano para sostenerme y me di contra una suerte de estantería. Varios objetos no identificados cayeron sobre el suelo de hormigón y sobre mis pies. Maldije, dolorido, cuando una botella particularmente pesada se hizo añicos contra mis dedos. La madre que la parió.

—Por Dios, Ollie, estate quieto —siseó la voz de Will en la oscuridad.

—¿Qué haces? ¿Es un atraco? ¿Debería gritar?

—No quería que Matt nos viera.

—Ah. Deshaciéndote de los testigos. ¿O sea que sí es un atraco?

—Venga ya, Ollie, ponte serio.

Lo estaba bastante, la verdad.

—¿Y qué más da si Matt nos ve?

Aunque no veía un carajo, mi tercer ojo se inventó un movimiento de masticar cutículas.

—¿Tienes que preguntarlo?

¿Qué mierdas se suponía que significaba eso?

—Eh... Dado que lo he preguntado... ¿Sí?

Pausa larga. Las pausas largas nunca son buenas. Algún día escribiría una tesis sobre la historia de las pausas largas y los sentimientos heridos que las seguían un 200 % de las ocasiones. Fue igual que esa vez en décimo curso en, que me rapé un lado de la cabeza y al día siguiente le pregunté a Roy cómo me quedaba. Solo que esta pausa larga estaba durando más y, Dios mío, iba a dolerme mucho, ¿verdad? Que les den a las pausas largas. Moción para prohibirlas de la interacción social, por favor.

—Bueno, ya sabes...

No. Pero estaba a punto de saberlo, ¿verdad?

—En plan... la mayoría del instituto ha deducido que eres gay.

—Oh. Interesante. No he conocido a la mayoría del instituto, así que no sé cómo lo habrán logrado.

—Sí, pero...

Sabía a dónde quería llegar. No importaba. En fin. Tampoco es que fuera un secreto de Estado ni nada de eso. Y, eh, si la gente ya se lo imaginaba, me libraba de tener que debatir sobre mis preferencias sexuales con gente que ni siquiera sabía si prefería los sándwiches de jamón dulce o los de mantequilla de cacahuete. Que, por cierto, la respuesta era «ambos, a la vez».

—¿Y qué? —pregunté—. ¿Y qué pasa si saben que soy gay? ¿Por qué exactamente eso significa que no te pueden ver conmigo? ¿Soy contagioso? Porque supongo que eso explicaría muchas cosas. —Creo que esta explicación podría ganar un premio a la creatividad. «Perdona, dejé de escribirte porque mi cepa de "gay" era temporal. Un poco como la salmonela».

Will suspiró a un volumen particularmente alto y feroz en el reducido espacio. La claustrofobia hace que te pase eso.

—Los chicos están siendo unos capullos con el tema. Es como una broma recurrente. No paran de intentar «juntarse» contigo durante la hora de comer.

Bueno. Me gustaría decir que después de llevar años fuera del armario y de haber hecho las paces conmigo mismo, con la homofobia y todo lo demás, fui capaz de esquivar ese comentario. Pero me dolió. Siempre dolía un poco, por lo menos el saber que la gente hablaba de ti sin soltar muchos halagos, que digamos. Aunque ser el nuevo en el instituto y que la gente ya tuviera una opinión formada sobre mí... Y que Will estuviera involucrado... ¿Había intentado defenderme, al menos? ¿O se había reído con ellos?

—Ajá —dije en un tono inexpresivo.

—Yo no participo —añadió enseguida.

«Pero ¿haces que paren?».

De repente, me eché a reír. La risa borboteó de mí como la sangre de una herida reciente. Y brotó y brotó y brotó.

—¿Qué te hace tanta gracia?

—Estamos en un armario.

—Ya te lo dije, no quería...

—Me has arrastrado hasta meterme en un armario para tener esta conversación. ¿Lo has hecho a propósito o qué? Es increíble.

—No... —empezó a decir Will, hasta que lo pilló—. ¿En serio, Ollie? Supermaduro.

—¿Yo soy el inmaduro? Eres tú quien tiene miedo de que te vean hablando conmigo. ¿Hemos terminado? —Era gracioso. Después de todo este tiempo, había experimentado muchas emociones distintas. Dolor. Traición. Tristeza. Aceptación. Tal vez un poco (bueno, vale, mucho) de añoranza. Pero no había estado enfadado. O, al menos, no me había dado cuenta de que estaba enfadado. Y allí me encontraba, sin embargo, efervescente hasta las nubes. Cabreado como nunca.

—Ni siquiera hemos empezado. ¿Puedes darme una oportunidad para explicarme?

¿Una oportunidad? Llevábamos hablando por lo menos cinco minutos.

—... ¿Ollie?

—Que sí, que vale, te estoy escuchando. Venga.

—No te ignoraba, te lo juro. Mis padres me pillaron volviendo a casa esa noche y se volvieron locos. Me confiscaron el móvil, no me dejaban abrir el portátil ni nada. Durante tres semanas. Fue ridículo.

Sí, sí, ya lo sabía. Consideré señalar que le había dicho a la gente que esa noche estaba con chicas, pero ni siquiera me iba a molestar en tirar por ahí. Solo complicaría las cosas.

—Está bien. En serio. Me preocupa más cómo actuaste en la fiesta. ¿Qué fue eso? Esa conversación con tu amigo debía ser muy fascinante para que olvidaras tan rápido que yo estaba allí.

Mi vista empezó a adaptarse a la oscuridad. Ahí estaba. Apoyado contra la pared, con una mano en la barriga y un dedo de la otra en la boca. Por lo menos, me miraba directamente. De repente me dio vergüenza. ¿Estaba guapo hoy? ¿Me había esforzado lo suficiente esta mañana al prepararme? ¿Había comprobado cómo tenía los dientes antes de salir de casa?

—Les hablaste de mí a las chicas. Me asusté, ¿vale?

—Lo siento. De verdad, yo...

—¡Ya sé que lo sientes! No estoy enfadado. Sé que no lo hiciste a propósito. No tenías ni idea. Pero eso no significa que todo esté bien, ¿sabes? Quiero decir, ¿qué pasa si se lo cuentan a alguien?

—Todavía no lo han hecho.

—Todavía. Si mis padres se enterasen... Ollie...

No respondí. Porque, ¿qué podía contestar a eso? Se me puso la cara roja de culpabilidad; había olvidado el enfado de manera temporal. Era todo culpa mía, que estuviese en esa situación. Lo hubiera hecho a propósito o no. ¿Por qué no me había callado la boca? Ni siquiera conocía a esas chicas y les conté toda la historia de mi vida. O, por lo menos, toda la historia de mi verano. Que era más apasionante que todas las experiencias del resto de mi vida juntas, la verdad.

Will se envolvió con ambos brazos y miró al suelo.

—No he sido lo bastante bueno para que me dieran una beca de baloncesto, así que dependo de su apoyo. No puedo mandar nada a la mierda este año o estaré acabado.

Y mandar algo a la mierda incluye... claro.

—Ya veo.

—No sabía qué hacer. Quiero decir, por Dios, tampoco te esperaba aquí. Es todo tan ridículo.

Eso era otra cosa que Will hacía . Todo era «ridículo», desde el menor inconveniente hasta un evento que te cambiaba la vida. Tuve que tragarme una sonrisa al volver a oír esa palabra. Aunque en esta situación sí que tenía algo de sentido usarla.

—Estaba asustado, ¿vale? Lo que hice en verano... o sea, lo que hicimos, no es algo que haría con alguien de por aquí. Pensaba que era seguro.

Bien. Vamos que contaba con no volver a verme jamás. Bum. Au.

—Y entonces fue como, oh, guau, Ollie está aquí, joder, y ahora hay gente que lo sabe, y ya estamos, se va a enterar todo el mundo. —Hizo una pausa para dejarme hablar. Como no lo hice, prosiguió—. Pero tenía que verte. No he pensado en otra cosa desde la fiesta. Solo estaba asustado. O sea, es que estás aquí.

Me tocó el brazo. Aunque me provocó un escalofrío, me aumentó en varios grados la temperatura de la sangre y se me revolvió el estómago; me aparté. El enfado había vuelto y esta vez para quedarse, y no iba a permitirle tonterías románticas a mi cuerpo.

Will parpadeó mientras me miraba, dolido.

—Estoy muy contento de verte —probó.

—Sí, ya lo veo —repuse, haciendo un gesto hacia la pared. Tan contento que no podía dejar que lo vieran hablando conmigo. Tan contento que había tardado dos semanas en escribirme después de que le devolviesen el móvil. Claramente, estaba eufórico.

—Tengo que volver a clase —dije, intentando pasar a su lado.

Me cortó el paso.

—Espera.

—Tengo claustrofobia.

—No es cierto.

—Por muy romántico que me parezca charlar entre palas y trapos, Will, creo que voy a tener que rechazar tu propuesta. Avísame si alguna vez quieres hablar en algún sitio con oxígeno, pero hasta entonces, buena suerte con la universidad.

—No te enfades conmigo.

—No estoy enfadado. —La mentira era tan descarada que Will se burló con un soplido. No me importaba—. Llegamos tarde. Vamos.

—No.

—Vale. Pues haz lo que te dé la gana. —Pasé por su lado y abrí la puerta. Luz y aire fresco.

Will titubeó. Como si esperase que volviera a entrar y estuviera con él un rato más. ¿Para hacer qué? ¿Tener una conversación un pelín desgarradora? ¿Besarnos? ¿En un maldito (ni siquiera me puedo creer que esté diciendo esto) armario? Ni de coña.

Al ver que no me seguía, le dediqué una sonrisa dulce y le cerré la puerta. En las narices. Clavé la mirada en la puerta, sorprendido por mis propias agallas. No sabía que guardaba tanta insolencia bajo la superficie. Me sentí un poco culpable, pero sobre todo, estaba impresionado conmigo mismo.

Con una risita que sonó sospechosamente a un sollozo (algo que no era posible, porque me había prometido no llorar más) me di la vuelta sobre mí mismo y me apresuré a ir a clase sin girarme a mirar si Will había salido o no.

Había ganado esa ronda. Mi parte rencorosa le estaba sacando brillo a un trofeo con una sonrisa de satisfacción.

Pero entonces, ¿por qué el resto de mi persona se sentía tan vacía?

# CAPÍTULO 9

—¿Quiénes dices que son estos chicos?

La mejilla de Will se encontraba a escasos centímetros de la mía. Estábamos tumbados en mi cama, uno al lado del otro, y compartíamos auriculares. Era una de esas tardes poco habituales en las que me las había arreglado para tener la casa para mí solo. Dábamos pasitos de araña con los dedos alrededor de las yemas del otro, ambas manos apoyadas sobre mi muslo.

Levanté el móvil para encenderlo delante de su cara.

—Letlive. Son buenos, ¿verdad?

—Sorprendentemente, sí.

—¿Es sorprendente porque eres un esnob de la música?

Will sonrió e hizo chocar su sien contra la mía.

—Anda, calla —dijo en un tono de voz cálido y tierno. Como hablan los chicos con alguien que les gusta mucho. Conocía ese tono. Era la primera vez que le oí usarlo. Una parte de mí murió de felicidad. Se hizo una bolita y murió—. Supongo que cuando oigo la palabra punk, pienso en cosas tipo Blink-182 o Fall Out Boy.

—Los dos son buenos grupos. Más te vale no despreciarlos.

—Un poco sí.

—Podemos aceptar nuestras diferencias.

—Son un poco más... simples que esto.

—Se podría decir, sí. Son la comida basura del pop punk.

Will se rio.

—Me encanta. Es perfecto. La comida basura del pop punk.

Revitalizado, ojeé los álbumes que tenía.

—Si ellos te gustan, deberías dar una oportunidad a estos chavales. Hacen una cosa con las armonías que, simplemente, uf..., y el batería, Dios, podría escuchar un álbum entero compuesto únicamente de sus solos. Espera, que los busco... ¿qué pasa?

*Will me miraba con una sonrisita divertida.*

*—Nada. Es muy adorable lo apasionado que te pones con la música. Tengo la sensación de que podrías convencer a Bach de que lo que le faltaba era una línea de bajo fuerte.*

*—Es que me gusta mucho la música. No es culpa mía.*

*—Ya, bueno, a mí me gustas mucho tú. No es culpa mía.*

**Martes, 16:02**
Lo siento.

No volví a hablar con Will desde esa mañana en el armario. Trató de escribirme una vez ese mismo día, más tarde, pero me obligué a ignorarlo. Me conocía a mí mismo, y sabía que no era una persona de las de «podemos seguir siendo amigos». Si no cortaba de raíz con Will, terminaría enganchado a él, dolido, no correspondido y *hopelessly devoted,* como cantaba Sandy en *Grease.* Bueno, o sea, más de lo que ya lo estaba.

Pasé parte de la semana recreando en mi mente cómo había reaccionado. Dependiendo de mi estado de ánimo, interpretaba el recuerdo de manera distinta. A veces me felicitaba a mí mismo por haber tenido la fuerza para escaparme de ahí con un portazo. Lo único que faltó fue una canción de las Destiny's Child como introducción y habría sido el mejor «que te den» desde el de Rhett Butler en *Lo que el viento se llevó.*

Otras veces, me convencía a mí mismo de que Will todavía sentía algo por mí y que había arruinado un futuro precioso (que habría culminado con una boda y tres niños adoptados), acompañado de un berrinche de cinco segundos. Esas veces era mucho menos divertido.

Una noche, en mitad de uno de esos ataques de desesperanza, le pregunté a mi madre si se arrepentía de algo que hizo cuando era adolescente. Al parecer, pensó que la respuesta apropiada a esa pregunta era hacer un homenaje desafinado de «Let It Be» de los Beatles. Palabra por palabra. De principio a fin. Un espectáculo que debía ver entero. Me hice una nota mental para no volver a pedir consejo sentimental a mi madre nunca más.

En el instituto, empezaba a coger el ritmo. Juliette y yo nos escapábamos a menudo al aula de música durante la hora de comer. Con los ensayos del grupo de los martes y los jueves, el aula de música enseguida se convirtió en mi lugar favorito de la escuela. Todo lo que había, desde los pósteres horteras inspiradores colgados en la pared, pasando por la colección de guitarras y violines de dudosa calidad, hasta los micrófonos y amplificadores guardados en el recoveco al fondo del aula, me era familiar. Reconfortante. La música es música, ya sea en California o en Carolina del Norte.

Los jueves tenía Apreciación de la Música justo antes de comer. Cuando sonó la campana, recogí mis cosas y me encaminé hacia la taquilla, soñador y feliz. Estaba muy ocupado viviendo en mi propio mundo de melodías y ritmos avanzados para fijarme en nada más cuando entré a la cafetería. Pero ya te digo si me fijé cuando llegué a nuestra mesa y encontré a Will sentado en mi sitio.

Sentado en mi maldito sitio como un engreído ladrón de asientos que...

Oh, no, un segundo, los otros chavales también estaban allí. Habían acercado más sillas y se habían apelotonado alrededor del perímetro de la mesa, hombro con hombro, para que cupieran todos. Mi primer pensamiento fue que Will los había obligado a venir para que él pudiera hablar conmigo. Mi segundo pensamiento fue: «joder, eres la definición gráfica del narcisismo, Oliver Di Fiore. No todo gira a tu alrededor, supéralo». Juliette había mencionado que algunos de los chicos del baloncesto se sentaban con nosotros de vez en cuando. Bueno, pues esta era una de esas veces. No te estreses. Estate tranquilo.

Por favor, por el amor de Dios, estate tranquilo.

Entonces, oh, sí, tonto de mí, recordé que odiaba a esos chicos por hacer chistes homófobos a mi costa. Así que, en realidad, que les jodan a todos y cada uno de ellos.

—Ollie-hop, te he guardado un sitio. —Juliette me llamo la atención con un gesto de la mano y señaló el asiento vacío que tenía al lado. Por si pensaba que se refería a uno de los asientos ocupados, supongo.

En cuanto Juliette dijo mi nombre, Will ladeó la cabeza y me echó un vistazo de una manera no muy sutil. Sin mirarlo, pasé por su lado e hice un Tetris con mi bandeja de la comida para que cupiera en el pequeño hueco que había entre la de Juliette y la de Niamh.

Matt estaba sentado frente a mí, con Will a su lado izquierdo. Al otro lado de Matt, Darnell, uno de los amigos de Will, apoyaba los codos sobre la mesa para hablar con Niamh. Darnell no era un chico bajito ni por asomo, pero comparado con sus amigos, era como un duende. Tenía la piel cálida, un poco morena, con un toque de pecas sobre la amplia nariz y unas cejas arqueadas que le daban una mirada de preocupación constante. Por la manera en la que estaba enfocado en Niamh, parecía que se había olvidado de que había más gente sentada a la mesa.

—Básicamente, no comes nada durante casi dos días —decía—. El año pasado recaudé doscientos pavos. No es tan difícil.

Niamh se echó el pelo hacia atrás y sonrió de manera afectada, muy poco de su estilo. Estaba acostumbrado a la Niamh complaciente y un pelín bobalicona. Esta Niamh tenía una misión. Una misión que implicaba a un buenorro.

—Suena un poco a esa dieta de ayuno que está por todo Instagram. ¿No interfiere con tu entrenamiento?

—Pues no —contestó el chico.

—Sí —intervino Matt por encima de él—. Era un inútil durante toda la semana después del ayuno del año pasado.

Eso hizo que se ganara una mirada severa del Príncipe Azul de Niamh. El mensaje fue claro: «me estás cortando el rollo y tienes solo un segundo para dejar de hacerlo».

—Es para una obra benéfica, tío.

—Ya, sí, si pudieras ayudar a los pobres cuando no tenemos partido contra Williamstown, sería maravilloso.

Will se quedó en silencio, observando la conversación. Me echaba miraditas, como una paloma que se siente bastante a salvo, pero que también quiere comprobar que no están a punto de tenderle una emboscada. ¿Eso es lo que creía? ¿Que iba a hacer algo para sacarlo del armario delante de sus amigos? Aunque sería lo justo, había dejado bastante claro que actuar como si lo conociese lo condenaría de por vida. Porque podría contagiarle lo de ser gay, después de todo. Seguro que ni siquiera les había contado a los chicos que nos conocíamos. Y… este se suponía que era mi Príncipe Azul. Tuve la sensación de que Niamh tenía un mejor partido.

Niamh revolvió el puré de patatas con un tenedor. Se había pasado más rato jugando con su comida que comiéndosela. ¿Acaso no quería comer delante de los chicos? ¿O había perdido el interés?

—Creo que es muy altruista —dijo—. Debería probarlo algún año.

—Podrías hacerlo coincidir con un *casting* —sugirió Lara con la boca llena de pan.

Niamh frunció el ceño. No pareció que ni Juliette ni los chicos se dieran cuenta, pero yo sabía demasiado bien cómo era ser el blanco de las pullitas de Lara. Hacerlo coincidir con un *casting* para que a Niamh le diera tiempo a perder algo de peso. Eso es lo que quería decir. Incluso aunque lo hubiese dicho inocentemente. Esa fue la primera vez que vi a Lara dirigir su maldad a alguien que no fuera yo. Debió de haberse levantado con el pie izquierdo. O tal vez no le gustaba la atención que le estaba dando Matt a Niamh en ese momento.

Me mantuve al margen de la conversación. No me metí. Tampoco era muy raro para mí estar callado durante la hora de comer, y no había modo de que me sintiera cómodo para hablar ante este público. Lo raro fue que Will tampoco habló. Era la primera vez que lo veía de tan cerca con sus amigos del baloncesto, así que al principio no tenía ni idea de si era un comportamiento raro en él o no. Entonces Matt le preguntó algo dos veces porque estaba empanadísimo y obtuve mi respuesta.

Ambos disimulábamos fatal las miraditas que nos echábamos el uno al otro. Lo pillé casi las mismas veces que él me pilló a mí. Y, por lo que a las mariposas en la barriga respecta, estaba a punto de comprarme un insecticida, porque empezaba a cansarme. No importaba que le viera esa piel tan suave por debajo del cuello de su camiseta, o que tenía las pestañas más gruesas de lo habitual, o que su recodo fuera tan bonito que me distrajera. Era un capullo. Así que tenía que estar muerto para mí. Organizad ya el funeral, por favor.

Finalmente, los chicos se levantaron a por el segundo plato, a por el postre o a por ambas cosas. En cuanto se fueron, me calmé. Al parecer, hoy no había practicado suficiente *mindfulness,* porque llevaba un rato un pelín nervioso.

Hubo una breve pausa y, entonces, Juliette y Lara se giraron hacia Niamh como hienas.

—Oh, Dios mío, le gustas a Darnell —dijo Juliette.

Niamh parpadeó.

—Qué va.

—Niamh, venga ya —insistió Lara mientras golpeaba la bandeja de la comida para enfatizar—. Había tal densidad de feromonas que las notaba en el sabor de mi bocadillo. No te hagas la tonta. Ollie, a Darnell se le caía la baba, ¿sí o no?

Guau. Lara me hablaba como si fuera una persona humana por primera vez. A lo mejor empezaba a caerle bien.

—Tendré que responder con un claro sí —le dije a Niamh, como pidiéndole perdón.

—Chicos, que no. Somos amigos.

—¿Y cuál es el problema? —preguntó Lara—. Está como un tren. Si no lo quieres, me lo quedo yo.

—Tú ya tienes a Matt, déjale una oportunidad a Niamh —intervino Juliette.

Lara sonrió con suficiencia.

—Tal vez tenga a Matt, pero Matt no me tiene a mí. Y ahora que lo dices, él y Darnell tienen cierta chispa. ¿Creéis que les parecería bien hacer un trío?

—A Darnell quizá sí, si Niamh fuera la número tres.

Niamh sollozó y echó la cabeza hacia atrás.

—Volverán pronto. Que no os oigan.

—Vale, necesitamos un plan de ataque —declaró Juliette.

Lara resopló.

—No, no, no lo necesitamos. Nosotras no vamos detrás de los hombres. Los hombres vienen a nosotras y nos dignamos a prestarles atención si así lo escogemos.

—Mmm, Lara, estos no son hombres. Son chicos. Son especies diferentes, ¿recuerdas?

—Es lo mismo, solo tienen los músculos más pequeños.

—Y los cerebros.

A ver, que yo estaba sentado ahí mismo.

Niamh dio un golpe en la mesa con las manos, lo que provocó que el resto diéramos un brinco.

—Parad. No intentéis juntarme con Darnell. No quiero atarme a nada aquí, ¿vale? No me puedo permitir nada serio con nadie si voy a mudarme a Nueva York.

—¿Quién ha dicho nada de algo serio? —preguntó Lara con una sonrisa malévola—. Y, aparte de eso, no puedes apostarlo todo a una misma carta. Si lo de Nueva York no funciona, te arrepentirás de no haber mantenido la posibilidad de Darnell aquí.

La cara de Niamh se endureció. Estaba bastante seguro de saber por qué. Se acordaba del comentario de antes de Lara a propósito del ayuno.

—¿Y por qué no iba a funcionar lo de Nueva York?

Juliette se aclaró la garganta. Yo estaba con ella. ¿Podíamos inventarnos una excusa para escapar antes de que se desatara el apocalipsis? Intenté hacer una lista de posibles razones, pero la mente se me quedó en blanco de forma poco oportuna.

—No digo que no vaya a funcionar. Pero es un mundo competitivo, ¿sabes? Son muy exigentes. Incluso las chicas perfectas tienen problemas para que les vaya bien un *casting*.

—No es que tú no seas perfecta —añadió Juliette enseguida.

Lara se encogió de hombros.

—Niamh es preciosa. Obviamente. Pero eso no siempre es suficiente, ¿verdad?

—¿Qué más hay detrás? —preguntó Niamh.

—Bueno, como he dicho, es competitivo. Para algunas chicas es, en plan, toda su vida. Se entregan a ello por entero.

—Yo me entrego a ello por entero.

—Más o menos —dijo Lara—. Pero, ya sabes...

—No.

—Bueno, en plan, las chicas con las que compites... no comerían puré de patatas, por decirlo de algún modo.

Joder. Ahí estaba. A Juliette y a mí nos dio un escalofrío. Sentí el dolor como si Lara me hubiese dado una bofetada a mí personalmente.

A Niamh se le puso la cara roja y no estaba seguro de si se iba a echar a llorar. Estaba listo para levantarme a darle un abrazo o tocarle el brazo, o darle un empujón a Lara para que se cayese de la silla, no sabía muy bien el qué. Entonces Niamh se levantó.

—Solo porque tú seas tan insegura contigo misma que necesites tirarte a cualquier cosa que se mueva para sentirte validada, no significa que puedas pagarlas conmigo. Hay cosas más importantes en la vida que los chicos, ¿vale, Lara? Y si crees que eres mejor que yo porque puedes ir por ahí en vaqueros de la talla 34 y liarte con Renee delante de un grupo de chicos inmaduros para ponerles los huevos azules con una fantasía lesbiana falsa, por favor, no lo hagas. Es muy feo, y Juliette y yo nos avergonzamos de ti.

Con eso, Niamh se fue furiosa y dejó atrás la bandeja con la comida. Sabía Dios que no se merecía esos ataques y quería que supiera que me tenía de su lado. Pero algo me detuvo de dejar a Lara sola. Una vocecita que decía que, tal vez, Lara también necesitaba a alguien. Y que, tal vez, con todas sus zarzas y espinas, Lara no recibía mucho consuelo.

La observé con atención mientras Juliette nos dejaba a solas. Era como si se hubiera olvidado de que yo todavía estaba aquí. Mientras miraba a Juliette, su expresión estoica se desplomó tan deprisa que pensé que me lo había imaginado. Entonces volvió a parecer divertida y distante. Me pilló mirándola y levantó las cejas, desafiante.

—¿Qué?

—Nada —dije. En realidad, eso no era cierto. Estuve a punto de añadir algo, pero parecía que me quería convertir en su próxima víctima, y la valentía enseguida me abandonó.

—Bien. —Estuvo sentada en silencio durante un rato, pinchando la comida con el tenedor, hasta que cogió la bandeja y se fue.

Los chicos volvieron, desconcertados.

—¿A dónde ha ido todo el mundo? —preguntó Darnell.

Will tenía una expresión preocupada y dirigió la bandeja de la comida hacia la puerta por la que había salido Lara.

—¿Está bien? —preguntó.

Y, de repente, volvíamos a estar en el lago. Allí, Will siempre era el primero en darse cuenta de si alguien no estaba del todo bien, así como el primero en tratar de arreglarlo. Así nos habíamos conocido. Era una de las cosas que más me habían gustado de él. ¿Dónde se había ido esa dulzura, y por qué volvía ahora a propósito de Lara, de entre todas las cosas? ¿Quién era el Will real? Llevaba tantas máscaras puestas que ya no tenía ni idea de cómo era su cara de verdad.

—De hecho, creo que voy a ver cómo está —dije—. ¿Puedes guardarme la bandeja? Tengo que pillarla y hablar con ella.

Will asintió y me hizo un gesto para que me fuera, y de nuevo sentí que estábamos en el mismo equipo. A pesar de que mis intenciones fuesen apagar cualquier tipo de afecto hacia él, una pequeña chispa de felicidad se me encendió en algún lugar del pecho. La mantuve alejada de la cara.

Encontré a Lara al lado de las taquillas. Había cogido los libros y merodeaba delante de las clases; era demasiado temprano para entrar. Me vio acercarme a la legua, sacudió la cabeza, irritada, y me dio la espalda para apoyarse contra la pared con los libros apretados contra el pecho.

—Hola —saludé mientras ralentizaba el paso al llegar hasta ella.

—¿Qué? —espetó.

Ignoré el hecho de que claramente no me quería allí y me uní a ella apoyado en la pared. Durante un rato no hablamos, hasta que reuní la valentía suficiente.

—Puedes besar a quien te dé la santa gana —dije, por fin—. Y no es problema de nadie, salvo el tuyo.

Se giró, sorprendida.

—¿No habrás pensado que me ha molestado lo que me ha dicho, no? —preguntó, con una risa de superioridad—. Por favor. Como si me importase una mierda lo que piensen los demás de lo que hago.

El espectáculo era convincente. Pero...

—Creo que a todo el mundo le importa lo que los demás piensen de ellos, un poquito. Aunque no quieran.

De repente, la estaba observando otra vez.

—Bueno, entonces es que no me conoces demasiado.

—Supongo que no. Si de veras no te importa, te envidio.

—Bien. Deberías hacerlo.

—Aunque, si alguna vez necesitas hablar...

—No lo necesito.

—Bien —dije. Bueno, al menos lo había intentado. A lo mejor me equivocaba. La información que tenía era que a Lara no le gustaba besar a esa chica, Renee, del modo en que me había parecido. Era posible que hubiese interpretado mal su expresión de hacía un rato, en la mesa. Pero si no era eso, entonces, bueno... si yo no hubiese tenido a nadie con quien hablar cuando pensaba en salir del armario, me habría vuelto loco. No quería que nadie tuviera que pasar por eso si yo podía evitarlo. Ni siquiera esta pariente lejana de Medusa allí presente.

Me encontraba a mitad del pasillo cuando me giré para echarle un vistazo a Lara. Justo a tiempo para descubrir que ella también me miraba.

# CAPÍTULO 10

Últimamente la tía Linda tenía cada vez más días malos. Parecía que vivía en un día malo permanente, en mi opinión. Tampoco es que nadie me la hubiese pedido. Además, dejaron de contarme las cosas. Lo que hacían, sobre todo, era mandarme a cuidar de Crista y Dylan mientras los adultos iban a solucionar cosas de adultos. Imaginaba que pensaban que no soportaría oír lo que estaba pasando. O a lo mejor pensaban que, cuanto menos supiera, menos probabilidades había de que se me escapase delante de los niños lo grave que era la situación. ¿Quién sabe? De cualquier modo, no importaba cuánto presionara a mis padres, me seguían manteniendo en la inopia.

De alguna extraña forma, era algo bueno. Si nadie me contaba lo mal que iban las cosas, todavía podía obligarme a creer, de manera infantil, que era algo temporal. Que solo era una incidencia pasajera.

Sea como fuere, con mi nuevo contrato de guardián de Crista y Dylan desde que acababan las clases hasta la hora de irse a la cama, no tenía mucho tiempo para tocar el bajo. De tocar en serio, por lo menos. Y los chicos de Absolución de los Encadenados eran todo lo serios que se podía ser. Los demás no cometían errores. No me echaban la culpa si me equivocaba en los ensayos y hacía ir mal al resto, pero era bastante obvio que era el único que metía la pata. Así que empecé a saltarme las comidas en grupo para, en su lugar, atrincherarme en el aula de música a repetir las líneas de bajo más difíciles, una y otra vez, hasta que se volvieran parte de mí.

Durante una de esas comidas de principios de octubre, estaba tan concentrado en lo que hacía que no oí cómo se abría la puerta. No fue hasta que vi algo que se movía por el rabillo del ojo que reparé en Will. Solo el hecho de ver a alguien, y que fuese Will ya ni os cuento, cuando no esperaba a nadie, me dio un susto tan grande que salté de la silla y maldije en voz alta.

Will arqueó las cejas, divertido.

—Perdona. Pensaba que me habías oído entrar.

Puaj. Estaba especialmente guapo aquel día, y mira que el listón ya estaba alto. Llevaba esa camiseta de manga larga que le definía la figura, de un color a medio camino entre el marrón y el ciruela, con unos pantalones tipo chino igual de apretados, de color caqui. Por si fuera poco, el olor dulce a almizcle de su colonia me llegaba desde el otro lado del aula. Era la misma que se puso todo el verano. Si los olores no trajeran recuerdos, habría sido capaz de mantener los sentimientos lejos de mi expresión facial.

Sacudí un poco la cabeza, como si fuera una pizarrita *Telesketch* y, con la cara en blanco de nuevo, volví a mi práctica de bajo.

—¿Qué haces aquí? —pregunté.

—Juliette me ha dicho donde estabas.

Traidora.

—No se me ocurre por qué ha pensado que es información que deberías saber.

—Le he preguntado dónde has estado. Has desaparecido.

«Sigue tocando. El instrumento es mucho más interesante que Will».

Se aclaró la garganta.

—No estaba seguro de si se debía a algo que tuviese que ver conmigo. Puedo pedir a los chavales que dejen de ir a tu mesa, si ayuda en algo.

Dejé de tocar.

—No tiene nada que ver contigo —espeté—. No he podido practicar en casa, así que tenía que hacerlo en algún lado.

Will arrastró una silla de la pared y se sentó del revés, apoyando los brazos en el respaldo. Bien. Entonces se estaba acomodando. Qué bien que no hubiese pedido permiso, porque no se lo habría dado.

—¿Por qué no puedes practicar en casa? —preguntó.

—Crista y Dylan están por ahí cada noche. No tengo oportunidad de hacerlo.

Se le suavizaron los rasgos.

—¿Cómo están? Echo de menos a esos críos.

—Están bien. —Me puse a tocar otra vez. Si algo podía dejar claro que estaba demasiado ocupado para hablar, era eso.

—¿Cómo está tu tía? —preguntó con cautela.

No me lo esperaba, pero se me cerró la garganta y el corazón empezó a darme batacazos como si intentase escapar de mi pecho. Noté el sabor a bilis. Mis dedos dejaron de moverse sobre el bajo.

Will pareció afectado.

—¿Está...?

—Está viva —croé.

Will me examinó. Ya me aguantaba las miradas durante más tiempo del habitual, pero ahora era como si tuviera miedo de parpadear. Parecía que estuviera catalogando cada una de mis células de la piel. Como si le contaran lo que yo no le estaba diciendo.

—Me sabe mal —dijo. Sonó sincero.

Quería darle las gracias por preocuparse por mí. Me hubiera gustado decirle que no le había contado lo de la tía Linda a nadie más de por aquí, porque no quería que se sintieran incómodos. Tenía ganas de pedirle que me diera un abrazo y que me convenciera de que todo iría bien.

—Cuidado —respondí, en lugar de eso—. Alguien podría verte aquí a solas conmigo. Quién sabe qué pensarán.

Will encogió un hombro.

—Lo dudo. Nadie baja nunca aquí. Estaremos en paz.

Respuesta incorrecta. Se me volvió a erizar la piel y retomé el bajo.

Will suspiró.

—No soporto cómo han ido las cosas entre nosotros. Lo siento por cómo me porté en la fiesta aquella noche. De verdad. Dime cómo puedo compensártelo y lo haré.

A decir verdad, si pensaba que todavía estaba enfadado por lo de la fiesta, se encontraba muy lejos de pillar por qué estaba enfadado en ese momento. Además, no tendría que estar pidiéndole que no se avergonzara de mí. Si tenía que suplicarle que me aceptase también en los pasillos, no significaría una mierda si al final lo hacía. Tenía que salir de él. Si no, ¿qué sentido tenía?

—No pasa nada —dije—. En fin. He venido aquí a ensayar, así que intento concentrarme en eso.

Will asintió con cuidado y de repente quise retirar lo que había dicho. «No. No te vayas. Di algo que me haga ceder. Di algo que me convenza de que ya no debería sentirme herido».

—Te dejo practicar, entonces —respondió en su lugar. Se me hundieron los hombros. No tendría que haber esperado otra cosa. Al fin y al cabo, había insistido en que se fuera—. Si alguna vez quieres ensayar de noche, tráete a los niños. Kane todavía los recuerda, y estoy seguro de que le encantaría jugar con ellos. Puedes usar nuestro garaje o mi habitación. Puedes estar solo, si quieres.

Eso me sorprendió.

—Gracias. Tal vez.

Me ofreció una sonrisa ruborosa y cerró la puerta tras él.


El lunes siguiente, apareció en Apreciación de la Música. Tan casual como la vida misma, como si cursara esa asignatura.

Entonces se acomodó en un pupitre vacío a un par de filas de mí, y, mierda, era alumno de esa asignatura. Tenía que haberse cambiado. ¿Qué narices? ¿Desde cuándo era el tipo de chico que cursaba una clase de música? Mi primera reacción fue echar chispas. ¿Cómo se atrevía a venir aquí a arruinarme la clase? Si la liaba, tendría que acorralarlo al final de la lección y obligarlo a cambiarse de nuevo enseguida. Esta clase era importante para mí. No iba a permitir que la convirtiera en una broma.

Intenté captar su mirada durante toda la lección, pero no me miró ni una sola vez. Mantuvo la atención en el profesor y en el libro de texto. Ni un comentario, ni una risa, ni una mirada irónica hacia los alumnos.

Esa era exactamente el tipo de broma que al Gran Ser Etéreo le gustaba gastarme para que las cosas siguieran siendo interesantes. Lo imaginaba ahí arriba con decenas de otras figuras místicas de todas las religiones existentes, mirando esto desde su tele mágica en las nubes y riéndose como tontos por mi expresión perpleja.

Después de una eternidad, sonó la campana. Sabía que Will no quería que le hablase donde la gente podía vernos, pero me la sudaba muchísimo. Fui directo hacia él y puse una mano sobre su pupitre.

—¿Qué pasa? —pregunté.

Parpadeó, inocente.

—Oh, hola, Ollie. Había olvidado que dabas esta clase.

—Eso no es verdad.

Will me sonrió. Bueno, era genial que le pareciese tan divertido.

—El orientador vocacional me dijo que tenía que dejar tutorización de compañeros y cambiarlo por una asignatura que me diera créditos. Y pensé, ¿por qué no esta? Me mostrará como alguien polifacético de cara a las solicitudes universitarias.

Me crucé de brazos, exasperado.

—Esta asignatura no es coser y cantar, que lo sepas. ¿Puedes siquiera nombrar un periodo histórico de la música?

Sacudió la cabeza mientras metía el libro en la mochila.

—Asumí que si me costaba entender algo, tenía un amigo bastante bueno en música que podía ayudarme.

—Oh, ¿en serio? ¿Y quién es? ¿Imagino que es alguien con quien pueden verte? —dije fríamente.

Will tardó un segundo en responder.

—Exacto. Hablando de eso, hoy Darnell quiere sentarse con vosotros en la cafetería. Está colado por Niamh, ¿te has dado cuenta? ¿Te vas a quedar aquí practicando o vas a ir a comer?

—Hoy iba a ir a comer. —En realidad, planeaba quedarme a ensayar, pero seguro que era lo que él esperaba oír. Y no quería darle eso. Lo fulminé con la mirada, retándolo en silencio a que me pidiera que me saltase la comida para que no tuviera que preocuparse por si le hablaba en la mesa.

—Genial. Entonces vamos juntos. —Se levantó, listo para irse.

Me quedé quieto. Entendía lo que había dicho, pero no terminaba de confiar en él. Una parte paranoica y salvaje de mí incluso se preguntó si había alguna cámara oculta por algún lado. Antes de recordar que estábamos en la vida real.

—Mmm...

—¿Qué?

«Qué», preguntó. Como si la semana anterior no hubiera estado tan aterrado de que lo vieran cerca de mí como para empujarme contra un cubo de fregar.

Pero claro. Le seguiría el rollo.

—Vale. Vamos —dije.

Durante todo el rato estuve esperando a que se inventara una excusa para irse. O a que me dijera que era broma. O a que, de manera inexplicable, hiciese aparecer un cubo de fregona de la nada y lo tirase delante de mí para ralentizarme en su huida.

Pero no lo hizo. Simplemente anduvo conmigo todo el camino hasta la cafetería y hablamos de su familia, del equipo de baloncesto y de los amigos de mi instituto. Nadie nos acusó de estar enamorados. Ni tampoco se materializó ningún agujero negro para destrozar la estructura del universo. Ni siquiera desencadenamos ningún desastre natural.

¿Qué narices había provocado este cambio repentino?


—Ollie, tu móvil ha hecho un ruido —chilló Crista desde el salón.

Estaba a mitad de hacer tres tazas de chocolate caliente en la cocina pocos días después del inesperado cambio de clase de Will. Más concretamente, estaba aguantando en alto a Dylan para que llegase a la encimera y mezclara el polvo con la leche. La tía Linda y el tío Roy habían vuelto a casa del hospital más temprano de lo esperado, justo después de que les hubiera prometido a los niños unas bebidas calientes. El tío Roy se ofreció para llevarme a casa, pero no tenía ninguna prisa en particular. Había terminado mis deberes durante una emocionante maratón de *La patrulla canina*. Así que se fue directo a la ducha. Seguramente, la primera en días, dado el ajetreo que llevaban él y Linda.

—¿Puedo leerte el mensaje? —continuó Crista cuando no respondí.

Esa misma tarde había estado hablando con Ryan sobre mi nuevo grupo, así que imaginé que sería una respuesta suya.

—Adelante —le dije.

—Oye… ¿Quieres… sentarte a… mi lado… mañana en… música? Te… ¿*plo… meto*? ¿*Plometo*? Mamá, ¿qué es esta palabra?

La vida me pasó por delante de los ojos, despegué a Dylan del chocolate caliente con una risita para esprintar hasta el salón, todavía con él en brazos.

—N... no, no leas el resto, está bien, ya lo leo yo.

Crista ya le estaba pasando el móvil a la tía Linda, que se encontraba estirada en la butaca bajo una batamanta azul clarito. La tía Linda levantó una ceja con expresión traviesa y me pasó el teléfono.

—¿Y esto de parte de quién es? —preguntó.

—De nadie. —Aplasté a Dylan contra mi cadera para llegar hasta el móvil.

—¿Es un chico?

—Venga ya.

—Por favor, Ollie, déjame ser la tía guay —insistió la tía Linda—. Antes me lo contabas todo. Quiero cotilleos.

—Nada de cotilleos.

—Voy a usar la carta del cáncer.

Le arrebaté el móvil.

—Uf, no, eso no es justo.

—El cáncer tampoco lo es.

La miré y Dylan se abrió paso hacia el suelo para unirse a Crista y su iPad. Bajé la voz para que Crista no lo escuchara. Lo último que quería ahora mismo era que se volviera a formar el club de fans de Will.

—Está bien. Es Will.

—¿Will, el del lago?

—Bingo.

—Oh, Dios mío —chilló Linda—. No me habías dicho que vivía en Collinswood.

—Vive en Napier, pero va al Instituto Collinswood.

—¿Es tu novio?

Mi sonrisa fue un poco dolorosa. Seguramente no fue tan merecedora de un premio como mi debut musical como arbusto, digámoslo así.

—Qué va. No ha salido del armario, así que no tenemos nada que hacer juntos.

—Al parecer quiere sentarse a tu lado en clase. Eso no parece que sea «nada».

**Miércoles, 18:47**

Oye, ¿quieres sentarte a mi lado mañana en Música? Te prometo que no te distraeré. ¡Me cuesta seguir el ritmo! Soy tonto. :(

No me extraña que le cueste seguir el ritmo. No sabía nada de música. Tenía cero sentido que se hubiera cambiado a esta clase.

—Sí, bueno, pero nada tan serio como para que se arriesgue a que lo vean a solas conmigo —dije, saliendo de la aplicación de mensajería—. Así que da lo mismo.

La tía Linda bajó el volumen de la tele con el mando. Eso significaba que el asunto era serio. Era la hora de ponerse intensos, al parecer.

—Me acuerdo de que, cuando cursabas segundo de secundaria, estabas enamorado de ese chico más mayor. ¿Cómo se llamaba?

—Ben.

—Ben. Estabas loco por él.

Ya te digo si lo estaba. Ben, el de la voz de cantante perfecta y los ojos de un verde claro. ¿Quién no iba a estar loco por él? Una pena que a Ben le gustaran los hombres lo mismo que a un gato el agua.

—¿Y?

—Bueno, pues que aunque tú me contaras todo lo de Ben, no se lo contabas a todo el mundo.

Por supuesto que no. En aquel entonces, casi nadie sabía que yo era gay. No salí del armario como tal hasta cuarto de secundaria.

—Sí, aún no había salido del armario. Te entiendo, pero es distinto. Yo nunca podría haber estado con Ben, de todos modos. Si me hubiera dicho que le gustaba, habría hecho lo que fuera.

—Bueno, a lo mejor estabas preparado antes que otros. También tenías una familia que te apoyaba y buenos amigos. No todo el mundo lo tiene tan fácil.

No me inmuté.

—Si yo le gustase a Will del modo en que Ben me gustaba, por lo menos me hablaría en público.

—¿La clase de música no es en público?

—Sí, pero me ha estado ignorando durante semanas hasta hace nada. En los pasillos, en la cafetería, en clase de Lengua…

—Pero en la clase de música ya no. A mí me parece un progreso. Es pequeño, pero es algo. Creo que lo está intentando.

Puaj. Odiaba cuando los adultos tenían razón.

—Intenta no tomártelo como algo personal si no va tan rápido como a ti te gustaría —dijo la tía Linda—. Si todo lo que puede ofrecer ahora es amistad, no cortes con todo solo porque esperabas más. A lo mejor, si tienes suerte, algún día estará preparado para algo más. Y si no, lo peor que sacarás de esto será un buen amigo en una escuela nueva.

Lo pensé, intentando buscar algún fallo en su hipótesis. No me parecía atractiva la idea de que Will pudiese ser solo un amigo. ¿Era porque, en el fondo, esperaba que de la noche a la mañana volviese se convirtiera en el Will de antes?

Tal vez la tía Linda tenía razón. A lo mejor había sido injusto al esperar eso de Will. Ahora que lo pensaba, sí que lo había intentado. Sí, es verdad que no había hecho lo que yo tenía más ganas de que hiciera: declarar su amor por mí públicamente desde la platea durante un número musical grandilocuente, pero eso no significaba que tuviera que obviar los pasitos que iba dando, ¿no?

Me mordí el labio y le respondí al mensaje.

No eres tonto en absoluto. Podemos sentarnos juntos si quieres. Incluso puedo darte uno o dos pases de distracción, si tienes suerte.

La tía Linda me dedicó una sonrisa cansada pero genuina.

# CAPÍTULO 11

—Para, para, para. Ha sido un desastre.

Paré la grabación, obediente, pero sacudí la cabeza.

—Estaba bien. ¿Qué problema ha habido?

Juliette bajó el clarinete y me miró como si dudara de la legitimidad de mis oídos.

—Mmm. Todo. Todo ha sido un problema. Una vez más, ¿vale?

Estábamos atrincherados en su cuarto, aprovechando la luz natural de finales de octubre para grabar su audición para el conservatorio. Una tarea que nos estaba llevando más de lo que esperaba. En plan, mucho más. Había tocado la pieza tantas veces que ya me la sabía del derecho y del revés. Las últimas cinco veces había tenido que reprimir el tarareo.

—Vale, pero en serio, tenemos que terminar pronto. Debo estar en el Lost and Found a las cinco y media para la prueba de sonido.

Esa noche tenía mi primer bolo con los Absolución de los Encadenados. Sí, era en un bar que solía estar más vacío que la nevera de un piso de estudiantes, pero seguía siendo importante. No quería liarla con nada, y eso incluía no llegar tarde. Además, tenía una buena razón para esperar que contáramos por lo menos con algo de público esa noche. Juliette y las chicas tenían un par de contactos en el instituto a los que iban a arrastrar con ellas, incluso Will había prometido que traería a los chicos del baloncesto. Sí, es verdad que había dicho que era para que Darnell tuviera la oportunidad de hablar con Niamh a solas, pero lo apreciaba de todos modos.

—Vale, una vez más —dijo Juliette, haciendo un gesto con la mano para captar mi atención—. Haz la cuenta atrás.

Lo hice y volvió a empezar. Hacía volar los dedos sobre los agujeros y las llaves con la mirada distante, mientras el pecho le ascendía y le descendía a un ritmo acompasado. Estaba en otra parte. Lo que era prometedor. Las últimas tomas había echado miraditas a la cámara hasta que le prometí que no era probable que explotase sin avisar.

Canté mentalmente al compás hasta que me di cuenta de que no me sabía esta parte. Había llegado más lejos que de costumbre. Aguanté la respiración, con la voluntad de que continuara, de que mantuviera la racha. Lo consiguió un segundo más. Y luego otro. Seguro que la pieza estaba a punto de terminar. Seguro.

Entonces tocó una última nota y exhaló. Esperé a su confirmación, esperanzado.

—Apágala, Ollie. —Se rio—. Bien. Esta ha estado bien. Por lo menos la he tocado entera.

—Hemos ganado —dije, mientras apagaba la cámara con una floritura—. Hemos terminado. Bien hecho, Valentina Lisitsa.

Valentina Lisitsa era una pianista que Juliette me había enseñado en YouTube unas pocas semanas antes, cuyos dedos se movían tan rápido que parecía que miraras el vídeo al doble de velocidad. Juliette veía dicho canal como una prueba, en cierta manera; como una demostración de que alguien de Carolina del Norte se podía convertir en músico famoso. Que conste que yo nunca lo había puesto en duda, pero algo me decía que una vocecita en la cabeza de Juliette sí que lo había insinuado alguna que otra vez.

—Valentina es pianista.

—Vale, pues ponte pedante. Bien hecho, equivalente en clarinete de Valentina Lisitsa. ¡Ya estás a medio camino de la universidad!

Juliette se acercó a coger la cámara.

—No tan rápido. Me tengo que asegurar de que está bien antes de mandarlo. Necesito que sea perfecto.

—Míralo mañana. Si no te gusta, mándame un mensaje y vengo a hacer la segunda ronda. No tengo planes.

Juliette se subió a la cama deshecha, a mi lado, y se puso de pie.

—Eres el mejor, Ollie-hop. Muchísimas gracias.

Me levanté de un salto y la cogí de las manos.

—Ya lo tienes. Lo has hecho genial.

Ella también saltó un par de veces y estalló en una risa nerviosa.

—Eso espero. Por Dios, eso espero. —Soltó un gritito y levantó los brazos—. Ahora hay que llevarte a tu prueba de sonido, Bon Jovi.

—Bon Jovi, ¿en serio?

—Y es una comparación más acertada que la de Valentina. Venga, Ollie-hop, vamos, vamos, vamos. Esta noche va de ti, a partir... de... ya.

Di un salto dramático desde su cama e hice una reverencia al aterrizar.

—Me alegro de compartir el foco de atención. Pero solo contigo.

Juliette me aplaudió y me cogió del brazo para balancearlo de un lado al otro.

—Esta noche viene Will. ¿Estás nervioso?

—¿Porque viene Will? —pregunté—. No.

Sí.

—Ha estado hablando mucho de ti a la hora de comer.

Parpadeé.

—¿En serio?

—Sí. De manera ocasional. En plan, «¡Oh! Ollie piensa esto», u «Ollie me contó una historia sobre esto una vez». Bueno, lo hizo durante un tiempo. Luego Matt le preguntó que cuándo era la boda. Y no te ha vuelto a mencionar desde entonces, ahora que lo pienso.

El golpe amargo que acompañaba a el chiste gay fue, por una vez, eclipsado por un sentimiento más cálido. Will había hablado de mí. Cuando yo ni siquiera estaba allí.

Nos habíamos sentado juntos en Apreciación de la Música desde su mensaje de hacía dos semanas. Cinco clases en total. Era fácil llevarse bien con él en clase, pero una parte de mí imaginaba que era porque sus amigos no estaban cerca. Llevaba todo el día en secreto aterrorizado por si me daba plantón esa noche. Incluso después del discurso de motivación de la tía Linda, no había manera de pasar por alto que me ignorara por completo. Pero si me aceptaba delante de los chicos del baloncesto, sería distinto.

A lo mejor sí que podíamos ser amigos, después de todo.


Pues «unas cuantas personas» resultó estar más cerca de la centena. Al parecer, se había propagado por nuestro curso que el Lost and Found era el sitio donde había que ir ese viernes noche. Yo tenía más que una ligera impresión de que estaban implicados en ello los chicos del baloncesto. Me pregunté cómo sería tener ese poder. Tener la capacidad de decidir qué iban a hacer con sus vidas gente que apenas conocías, solo por el hecho de hacerlo tú.

Sayid y Emerson se pusieron un pelín nerviosos cuando vieron al público. Y con eso quiero decir que Sayid de verdad intentó irse con la excusa de tener que hacer deberes que había olvidado hasta ese mismísimo segundo, y Emerson temblaba tan fuerte que se tiró por encima la mitad de la botella de agua mientras bebía. Aunque Izzy disfrutaba de cada segundo. Se pasó la media hora antes de la actuación corriendo de aquí para allá para informar de cómo había aumentado el público, con los ojos llameantes. Tenía una buena razón para estar emocionada: ser capaces de atraer a tanto público haría maravillas para la reputación de la banda. Ahora no tendríamos problema en encontrar un local para el siguiente bolo. El Lost and Found seguramente iba a ganar más esa noche con los refrescos y tentempiés vendidos en la barra que el resto de la semana junta.

Antes de que pudiera darme cuenta, ya nos tocaba salir. Por suerte, Emerson y Sayid se calmaron en cuanto subimos al escenario. De hecho, eso ni siquiera le daba a Sayid el mérito que se merecía. Para haberse puesto como una moto antes, en el escenario parecía estar en su salsa como nunca antes lo había visto en un ensayo. Se movía de aquí para allá sin problema, entre el teclado y el micro del centro; saltaba por todas partes, se acercaba a mí y a Emerson e involucraba al público. Estaba bastante seguro de que nuestra música era lo opuesto a lo que escuchaba el 99 % de nuestro público por elección propia, pero era difícil no divertirse con Sayid.

En cuanto a mí, no me equivoqué. No demasiado. Tal vez en una nota o dos, pero nada perceptible. De cualquier forma, nadie se dio cuenta, así que lo consideré como un éxito rotundo. Por suerte, mi madre y mi padre me habían educado para apuntar bajo, para incentivar una alegría sana al llegar al nivel estándar.

Y entonces, de repente, ya había terminado. Al cabo de pocos minutos de recoger nuestros instrumentos, íbamos de camino a unirnos a la muchedumbre creciente mientras un DJ se acomodaba.

Juliette me envolvió con los brazos en cuanto salí.

—Ollie-hop, ha estado genial. ¡Joder! Eres como una estrella del *rock*, lo sabes, ¿verdad?

—Ha estado muy bien, Ollie —añadió Niamh, rozándome el brazo. Su voz se oía más flojita de lo habitual, y sus ojos parecían pesados y cansados. Era el problema de salir una noche entre semana, supuse.

—Espectacular —soltó Lara, inexpresiva y manteniéndose al margen. Como era habitual, no tenía ni idea de si era sincera o no. Probablemente no.

Todas las chicas tenían vasos de refresco, y Juliette me pasó uno. Lara echó un vistazo al camarero de la barra y se giró a un lado para mostrarme el bolsillo. Vi un destello de una botellita plateada.

—¿Quieres un poco de cierta cosa para celebrarlo? —preguntó.

Por supuesto. Me pregunté si todas estaban bebiendo o si solo era Lara. Tampoco era probable que ella fuese la única que tenía una petaca.

—No, gracias —respondí, algo tenso. Tenso porque sabía cuál sería su reacción.

Puso los ojos en blanco sin tratar de disimularlo siquiera.

—¿Para qué me molesto? —masculló para sus adentros.

—Tómatelo con calma, ¿de acuerdo? —le dijo Juliette a Lara—. Nos van a echar si la lías mucho.

—Sí, mamá.

En ese momento Matt y Darnell se acercaron para hablar y, mientras Lara saludaba a Matt, Niamh sacudió la cabeza y nos miró a Juliette y a mí.

—Tiene que ser guay comer y beber lo que te venga en gana sin hacer ejercicio nunca y sin tener que justificar tu estilo de vida ante nadie.

Juliette se encogió de hombros, pero fue un gesto comprensivo. Ella y Niamh se unieron a la conversación de los demás sobre el partido de la semana siguiente; mientras tanto yo escaneé a la muchedumbre con curiosidad. Y… sí, ahí estaba, charlando cerca de los baños con un grupo de chicas de cuarto. Entre ellas, la pelirroja con la que Lara se había enrollado al principio de curso. Renee. Me pregunté si Lara tenía la esperanza de besarla esa noche. Si era ese el motivo por el que a las siete y media ya estaba bebiendo.

Entonces me di cuenta de que Will había venido con nosotros y, de repente, la conversación volvió a interesarme. Lara le lanzó una mirada traviesa y le vertió algo en la bebida, y también a Matt, todo a una altura por debajo de la cadera para esquivar los ojos inquietos de los camareros. Esto se podía poner interesante. ¿Estaría Will igual de ansioso por reconciliarse conmigo ahora que su equipo entero de chaquetas *letterman* era testigo activo?

—Oye, tío —le dijo Matt a Will al darle una palmada en el hombro—. Ayúdanos a resolver esto. Si tuvieras que elegir entre liarte con un labrador que se convierte en chica en cuanto paráis, o liarte con una chica que luego se convierte en labrador, ¿qué harías?

Will se apoyó contra la barra, cruzó una pierna por delante de la otra y se apartó el pelo de la frente hacia atrás. Si yo hiciera eso, parecería un intento fallido de emular a James Dean. Pero a Will le funcionó.

—¿A qué tipo de conversación me acabo de unir?

—Responde la pregunta.

—Mmm… bueno, ¿de quién es la conciencia? ¿Entonces besas a un labrador que está en el cuerpo de una chica y luego retoma su forma verdadera? ¿O a una chica que cambia de forma?

—La primera. El caso es que ha sido un labrador todo este tiempo y es en plan, ¿¡quééé!?, ¡sorpresa!

—Vale, lo pillo. ¿Cómo de buena está la chica?

—¿Cómo de buena…? ¿Y eso por qué es relevante?

—Bueno, si voy a ser el príncipe que besa a la rana, pero con un labrador, por lo menos espero salvar a una chica con la que querría salir.

Darnell lo paró ahí.

—Espera, entonces si no fuera una tía buena, ¿dejarías que se quedara en el cuerpo de un perro para siempre? Eso es muy turbio.

—Entonces, ¿tú te liarías con el labrador?

—Joder, no, yo no me lío con ningún labrador, ¿qué tipo de fetiche bestial crees que tengo?

La misma actitud de malote, juguetona y de dar puñetazos que me había molestado de Will en clase era mucho más palpable fuera del aula. La postura engreída y el arqueo de ceja irónico todavía me quitaba el interés, pero a una parte de mí le gustaba lo mucho que los otros chicos admiraban a Will y el modo en el que se habían abalanzado sobre él en el momento en el que se unió al grupo. De algún modo, hasta me ponía celoso. Parecía que las cosas que decía no importaban, lo horribles que eran sus bromas, o que la cagara hablando; se lo tragaban todo. Era su energía. Era inefablemente carismático. La vida se le hacía fácil.

De repente, una vez resuelta la paradoja del labrador, para la satisfacción de todo el mundo, los chicos se desperdigaron. Matt se fue a hablar con Lara, Darnell a hacer de satélite alrededor de una Niamh un poco más animada y los otros hacia la salida. De repente, Will y yo estábamos solos en una sala abarrotada. Tragué saliva y me puse rojo. ¿Iba a fingir que no me conocía? ¿O a retirarse para que no lo vieran conmigo? Si lo hacía, decidí que hasta ahí habríamos llegado. Basta de segundas oportunidades.

En lugar de eso, se metió las manos en los bolsillos y se acercó.

—Eres una caja de sorpresas, ¿eh?

—¿Y eso?

—Parecías muy… distinto ahí arriba. Como relajado y confiado.

No pude evitarlo, sentí de una chispa de placer.

—¿Ah, sí? Supongo que estoy cómodo actuando. Llevo años haciéndolo.

Dio un trago a su mezcla de Cola y entonces adelantó la mano con la que sostenía el vaso.

—Oye, ¿quién crees que hace mejor pareja? ¿Darnell y Niamh o Lara y Matt?

Solté un ruidito y me relajé ante el tema de conversación. Era como hablar con el Will de la clase de Música. O el Will del lago.

—¿Lara y Matt? Ni de coña. A ella le gusta otra persona.

—¿Ah, sí? ¿Quién?

¿Por qué estaba tan interesado? Me encogí de hombros.

—Eso es cosa suya. Aunque yo ya sé a qué caballo apostar. Me doy cuenta de cosas.

—Ya. Eso ya lo sé.

Matt se apoyaba contra la barra, con toda su atención puesta en Lara.

Desde luego, le gustaba, cualquiera podía verlo. Ella le seguía un poco el rollo, eso seguro. Con las risitas, jugueteando con el pelo y tal. Pero no dejaba de mirar a su alrededor por toda la sala, como si estuviera pendiente de alguien.

Darnell y Niamh, por otro lado, se habían apartado del grupo. Él soltó una risotada fuerte por algo y le dio un empujoncito en el hombro. Ella se frotó el punto donde él la había rozado con una amplia sonrisa y se enrolló sobre un dedo varios mechones rizados de ese pelazo largo y glorioso que tenía.

—Definitivamente, Darniamh —decidí—. Es inevitable.

—Darniamh —repitió Will—. Es perfecto, ¿verdad?

—Otra razón por la que Lara y Matt no funcionan. ¿Cómo se pueden combinar esos nombres?

—¿Latt? ¿Mara?

—¿Larmatt? —probé, y Will se ahogó con la bebida.

—Es ridículo. Suena a producto de limpieza —dijo mientras se limpiaba la barbilla.

—¿Tú crees? Yo pensaba que era más como un lugar. En plan, eh, te veo en el Larmatt.

—Vamos a echarnos unas canastas en la pista de Larmatt.

Ni siquiera era tan gracioso, pero empezamos a reírnos hasta que no pudimos más. En parte me daban risa las estupideces tan grandes que soltábamos, pero también estaba relacionado con lo agradable que resultaba hablar con Will en público.

Cuando me calmé, cosa que me llevó un tiempo vergonzosamente largo porque cada vez que Will y yo cruzábamos las miradas volvíamos a reírnos, sin importar las miraditas de extrañeza que empezaban a echarnos, me puse recto y me di cuenta de algo.

Al otro lado, junto al escenario, Renee, la pelirroja (la Renee de Lara), se encontraba de pie con un chico al que no conocía. No es que eso fuera raro. Lo que sí era raro era lo cerca que estaba de él. Cogida de su mano. Y con la mejilla apoyada en su hombro.

Ese no era el lenguaje corporal de alguien que flirtea, ni siquiera el de alguien que está a punto de liarse con otra persona. No, damas y caballeros del jurado, eso era, sin lugar a duda, el lenguaje corporal de alguien que está en una relación.

No se veía a Lara por ninguna parte. Hice un barrido rápido del bar con la vista. Niamh y Juliette no parecían haberse dado cuenta de que había desaparecido. Aunque, a decir verdad, parecía que Niamh se había olvidado de cualquier otra cosa en esa sala que no fuera Darnell.

A lo mejor Lara estaba en el baño. Pero a lo mejor no.

—Oye, vuelvo en un minuto —le dije a Will. Y, al parecer, una parte naíf de mí quería comprobar que Lara se encontraba bien. Por alguna razón inexplicable, me importaba.

Bueno, estaba claro que no se hallaba entre la muchedumbre. No estaba en el *backstage,* ni charlando en la acera como otros tantos. Salí y me quedé de pie fuera, con los brazos cruzados y mirando a mi alrededor, y entonces decidí volver a entrar. Pero justo antes de hacerlo, deambulé por un lado para echar un vistazo al callejón. Y ahí estaba Lara. Se encontraba sentada en el borde de la acera, con el halo de su falda de tul rosa pálido a su alrededor sobre el hormigón sucio, y sus piernas cubiertas con medias estiradas delante de ella. Agarraba su chaqueta de cuero contra el pecho para mantener el calor y miraba hacia delante, hacia la nada.

Sin decir palabra, me senté a su lado, me dejé caer justo por encima del desagüe.

Ni siquiera me miró.

—¿Sí?

—He visto a Renee ahí dentro. Quería ver si estabas bien.

Soltó una risa breve.

—¿Por qué no iba a estarlo?

—¿Quieres que te lo diga?

Hubo un largo silencio. Entonces agitó una mano y sus pulseras de plata tintinearon.

—Que le den. No importa.

—Total. Puedes conseguir a alguien mejor. Pero aun así es una mierda, así que…

Lara levantó una pierna y se pellizcó la bota. Se le arrugó la cara, como si tratara de rascarse la nariz sin tocársela.

—¿Cuánto tiempo lleváis enrollándoos? —pregunté.

Suspiró, claramente resignada con el hecho de que no iba a dejar el tema en paz.

—Pues como un año, supongo. Solo pasaba en fiestas. No significaba nada.

Lo que suponía. De ahí, la bebida. Porque si podías culpar al alcohol, no tenías que lidiar con ninguna conversación incómoda. En plan, «yo, lesbiana, ¿qué dices? Qué va, solo es un efecto secundario del alcohol. Visión borrosa, incapacidad para caminar recto, deseo repentino e insaciable de desvestir a otras chicas. Espera, ¿esto no le pasa a todo el mundo? Qué raro».

—¿Crees que significaba algo para ella, o…?

—Nunca hablamos del tema. Seguramente no. De todas formas, ¿a ti qué más te da? Oh… —dijo mientras se golpeaba la frente con tanta exageración que podría haber sido un personaje de los Looney Tunes—. Es por Will, ¿verdad?

La examiné y me encogí de hombros.

—Tal vez. Por eso y porque imagino que no tienes a mucha gente con la que hablar de esto.

Se relajó de verdad al oír aquello y puso cara de haberla pillado por sorpresa. Parecía una trampa, pero decidí darle el beneficio de la duda.

—Entonces, ¿cómo va el tema? —preguntó—. ¿Está fingiendo que nunca ha pasado nada o está jugando limpio?

—No estoy seguro. ¿No dijiste que ha estado pasando tiempo con su ex? —pregunté.

Lara dejó caer las manos sobre el regazo.

—Me lo inventé. No han estado hablando. No que yo sepa, al menos.

—Oh, gracias a Dios —sonreí. Para mi sorpresa, ella también me sonrió y no tuvo ni el más mínimo indicio de Reina Malvada. No me había dado cuenta de que era capaz de eso cuando se trataba de mí.

—¿Crees que todavía le gustas? —preguntó.

—¿A Will? No lo sé. No tengo ni idea.

—Puaj. No seas ese tipo de persona. Entérate de eso, ¿vale? No soporto a la gente que se dedica a pulular y estrujarse las manos mientras esperan que alguien se dé cuenta de lo especiales que son. Si lo quieres, ve a por él. Si no, encuentra a otra persona y asegúrate de restregárselo por la cara todo lo que puedas. Eso es lo que yo voy a hacer, te lo aseguro.

Esa era la Lara a la que yo conocía. Aunque hablara mal, estaba hablando mal conmigo, no de mí. Sacudió la cabeza, pero también sonrió. Dios mío, ¡estábamos progresando! A este paso, con un poco de manifestación positiva y una pizca de *mindfulness,* para Fin de Año estaríamos haciéndonos pulseritas de la amistad e inventándonos saludos secretos.

El sonido de unos pasos en la boca del callejón nos hicieron subir la mirada. Juliette y Niamh nos habían encontrado, y sus tacones repiqueteaban sobre el hormigón.

—Os estaba escribiendo a los dos —dijo Juliette—. ¿Dónde os habíais metido?

Lara se puso en pie y se cruzó de brazos.

—No estaba muy a gusto ahí dentro. Llámame anticuada, pero prefiero una fiesta en una casa antes que un grupo de niños de escuela colocándose con azúcar. Un tanto infantil, ¿no crees?

—Lara, en caso de que no te hayas dado cuanta, esta noche no va de ti. Estamos aquí por Ollie. ¿No puedes fingir que te lo estás pasando bien durante una hora o así? —le espetó Niamh.

Juliette parpadeó, parecía impactada. Incluso a mí me pilló por sorpresa. Niamh había estado bastante callada con Lara desde el gran incidente del puré de patata de 2019, pero no esperaba que se enfrentase a ella abiertamente.

Lara y Niamh se pusieron cara a cara. Parecía que iban a lanzar el guante. Eso o quizá Lara iba a pedir perdón. En lugar de eso, Lara se sacó la petaca del bolsillo, dio un trago largo y se la pasó a Niamh. Supongo que era un gesto de paz, aunque no fuera exactamente una disculpa.

—¿Para qué fingir? —preguntó Lara.

Niamh examinó la petaca, con la cara de piedra.

—Venga, vosotras dos —dije en voz baja—. Habladlo o soltadlo ya. Guardar rencor no solucionará nada.

Lara se cruzó de brazos.

—No soy yo la que...

Juliette y yo le lanzamos una mirada severa y se detuvo a media frase.

Niamh suspiró, giró la petaca entre los dedos un par de veces, se la llevó a los labios y echó la cabeza hacia atrás.

Juliette y yo nos miramos aliviados. Una tregua temporal sellada con un chupito de vodka. Ni siquiera tuve que hacer una *performance* en solitario de «Give Peace a Chance». Me lo tomé como una victoria, si es que existían.

# CAPÍTULO 12

—Dylan, sal del agua ahora mismo —dije, con la que se suponía que era su voz de «padre firme». Aunque tenía un deje de pánico, y seguramente era un pelín demasiado agudo para infundir miedo a alguien. Estaba dividido entre no quitarle los ojos de encima por si se ahogaba y tratar de ver lo que le estaba haciendo a Crista. Se hace difícil limpiar con delicadeza unos diez litros de sangre de una herida misteriosa sin mirarte las manos de vez en cuando.

—No.

—¡Dylan! —Que Dios me ayude.

—¡Quiero jugar! ¡Quiero nadar!

—¡Au, Ollie! —aulló Crista entre lágrimas, apartándome la mano—. Para.

—Tengo que limpiar la herida.

—Me haces daño.

—Solo va a escocer un segundo, te lo prometo.

—No lo estás limpiando bien. No puedes limpiarla con una servilleta. Me va a dar una septicemia.

Bueno, una servilleta era todo lo que tenía. ¿Y cómo leches sabía ella lo que era una septicemia? La ignoré y me gire de nuevo hacia el lago.

—Dylan Thomson, como no vengas aquí en los próximos cinco segundos... —No terminé la amenaza porque no sabía cuál era el castigo adecuado para alguien que no tenía ni tres años. Era mi tercer día allí y el primer día que vigilaba a mis primos sin ningún adulto cerca. Normalmente, los amenazaba con ir a buscar a la tía Linda o al tío Roy. Pero se encontraban Dios sabe dónde con mis padres. Así que aquí estaba, intentando mantener una dictadura mientras mis dos ciudadanos llevaban a cabo un golpe de Estado.

La servilleta empezó a deshacerse. Era de un color rojo oscuro, igual que mis manos, y pensé que iba a vomitar. ¿Cómo narices se lo había hecho? ¿Debería llevarla a urgencias? ¿Iba a perder la pierna? ¿Debería llamar a la tía Linda? ¿O a emergencias?

Una sombra se cernió sobre nosotros y, de la nada, alguien se arrodilló a mi lado.

—Hola —dijo ese alguien—. ¿Necesitas una mano? No parece que la servilleta vaya a cortar la hemorragia.

Crista y yo levantamos la mirada a la vez. Nuestro ángel guardián era un chico más o menos de mi edad, con el pelo oscuro y espeso, con las puntas ligeramente onduladas y la piel de un moreno suave; y con un kit de primeros auxilios.

Dije algo prácticamente ininteligible.

—Mi padre me obliga a traer este kit cada vez que vengo aquí con Kane —comentó el chico mientras abría la bolsa y pescaba varios trapos y vendajes—. Es mi hermano pequeño. Está ahí mismo, en el agua. Aunque esta es la primera vez que el kit nos viene como anillo al dedo.

Hablando de primeras veces, esa fue la primera vez que vi a Crista cerrar la boca. Miraba al chico como si se hubiera montado en unicornio. Tuve una sensación desagradable al ver que yo lo miraba igual.

El chico sacó un pack de toallitas desinfectantes.

—¿Esto está bien? —preguntó.

¿Estaba mojada el agua? ¿Hacía calor ese día? ¿Eran acaso sus pecas perfectas? Por supuesto que estaba bien. Nunca nada había estado tan «bien» en toda la historia de la humanidad. Alguien tenía que escribir una balada sobre lo bien que estaba eso. Necesitaba tomarle una foto para mandarla al diccionario, como sustitución de la definición de «bien».

Creo que asentí levemente.

—¿Cómo te llamas?

Por desgracia, no me lo preguntaba a mí.

Crista fue solemne.

—Crista.

—Qué nombre tan bonito. Yo soy Will. Crista, ¿te importa que te limpie la pierna? Tiene pinta de doler un montón.

*Crista también asintió levemente.*

*Will levantó la vista hacia mí.*

—*Si querías ir a buscar a Dylan, puedo defender el fuerte por aquí un segundo.*

*Un momento, ¿conocía a Dylan? ¿Me conocía? ¿Ya nos habíamos conocido? De repente, me acordé de la cantidad de veces que había gritado el nombre de Dylan desde la orilla. Bien. Tenía sentido.*

—*Sí —conseguí articular—. Gracias.*

*Entonces nos miramos el uno al otro de verdad y fue como si me hubieran puesto en mi sitio. No habría podido parpadear ni aunque alguien me hubiera ofrecido un billete de lotería ganador. No era la primera vez que miraba así a un chico. Pero a lo mejor era la primera vez que un chico me miraba a mí del mismo modo.*

—*No hay de qué —dijo. Y sonrió.*


—Todavía no pillo cuál se supone que es la diferencia entre mayor y menor.

Mantuve los ojos sobre el bajo sin detener el punteo.

—No te estoy escuchando.

Will insistió girando el libro de texto del revés y ladeó la cabeza en un ángulo de noventa grados. Estaba sentado hacia atrás en una de las sillas metálicas, con las piernas cruzadas por delante a la altura del tobillo. Tenía el pelo demasiado largo y le caía por la cara en forma de tirabuzones oscuros y ondulados.

—En serio, Ollie. ¿Cómo decides si una nota es triste o contenta?

Me quedé parado, incrédulo.

—No existen las notas menores. Existen escalas y acordes menores.

—¿Pero las notas menores no son las negras?

Ahora yo estaba igual de desconcertado que él.

—¿Notas negras? ¿Tienes sinestesia o algo?

—¿Eh?

—¿Oyes o saboreas los colores?

—No seas ridículo —dijo Will mientras se ponía de pie de un salto, y dio una zancada hasta el piano. Tocó varias notas en orden ascendente—. Nota negra. Nota negra. Nota negra.

De repente, lo entendí. Hablaba de las teclas del piano. Estaba más jodido de lo que pensaba. Me eché a reír y dejé el bajo para acercarme al piano con él.

—No, espera. Mira: esto, todo esto, son teclas. Teclas del piano.

Will levantó las manos, frustrado.

—Bueno, ¡yo qué sé!

—Claramente, nada —sonreí con suficiencia—. Múltiples notas crean acordes. Puedes tocar un acorde de un solo golpe o haciendo un arpegio, así... —Toqué un do, un mi y un sol con un movimiento rápido de muñeca—. Y son las notas que conforman un acorde las que hacen que sea mayor o menor. Este es un acorde mayor. Se oye, ¿lo ves? ¿Ves que suena más alegre?

—¿Estás seguro de que no eres tú el sintético? —preguntó Will.

—Sinestesia.

—Pa-ta-ta. No veo que suene contento. Solo suena... no lo sé. Bah...

Will no había convertido en hábito exactamente lo de venir conmigo al aula de música durante la comida, eso habría sido demasiado notorio para los chicos del baloncesto, pero estas últimas semanas me había seguido de forma ocasional. Aquel día era una de esas ocasiones. Siempre les decía a los demás que le daba clases particulares y nadie parecía sospechar.

En nuestra defensa, lo que ocurría en cuanto cerrábamos la puerta del aula tampoco es que fueran exactamente escenas de porno depravado. Y, por desgracia, ni si quiera era porno normal, sin lo de depravado. Nunca hacía ademán de tocarme, de sentarse demasiado cerca o de lanzarme un cumplido cargadito. Solo pasábamos el rato, hablando de música, de la vida o de nada en absoluto. Aunque no era capaz de olvidar el hecho de que no les admitía a sus amigos que le gustaba pasar tiempo conmigo, me rendí y dejé que me acompañara cada vez que me lanzaba esa sonrisa. La tía Linda estaría orgullosa.

Entre estas visitas de la hora de comer, Apreciación de la Música y las conversaciones ocasionales después de Lengua, en las que siempre aparentaba hacerme una pregunta hasta que sus amigos salían del aula, se me hacía más fácil ajustarme a la idea de ir a su ritmo. No tenía la energía para oponer resistencia a sus ofrendas de paz en forma de ramas de olivo. Aunque a veces se parecieran más a unos palitos de madera que a una rama de olivo. Además, era mucho más placentero derretirme que luchar por mantenerme de hielo.

Pero, a pesar de nuestra frágil tregua, una parte de mí por lo menos quería aclarar si eramos totalmente platónicos o si debía dejar de hacerme el ciego y, por qué no, el mudo. Pero me daba demasiada vergüenza sacar el tema de la nada. O sea, ¿qué pasaría si me decía que lo del lago habían sido imaginaciones mías y que tenía que lidiar con la información irremediable de que poco a poco me estuviese volviendo loco? Llamadme dramático, pero empezaba a sentir que me lo había imaginado todo.

Tal vez a Will le pareciese normal, pero a mí me resultaba rarísimo. Quiero decir, ¿cómo te las arreglas para ser solo el amigo de alguien de quien conoces el sabor de su lengua al detalle? Entre otras cosas.

Pero tampoco quería asustarlo. Estaba claro que, por lo que a él respectaba, todo lo que había ocurrido en el lago pertenecía al pasado. Incluida su orientación sexual, al parecer. Por lo menos había algo de ritmo en nuestra nueva pantomima de amigos sin derecho a roce. Desde que habíamos empezado este baile, no me había empujado contra un solo cubo de fregona.

Will deslizó un dedo por todas las teclas del piano, de la más aguda a la más grave. Asombroso. Este chico tenía un talento innato.

—¿Qué vas a hacer por Acción de Gracias? —preguntó.

—Estar en casa. Van a venir la tía Linda y los niños. Seguramente será bastante tranquilo. Mientras pueda comer mi peso en coles de Bruselas, estoy contento.

Will dio un golpe con la mano sobre el piano e hizo un ruido sordo con las teclas.

—Espera, ¿que qué?

—¿Qué?

—¿Coles de Bruselas? ¿Es una broma de mal gusto?

—Nunca bromeo a propósito de las coles de Bruselas. Son lo mejor, así tostaditas, con trocitos de beicon y un poco de salsa... —Bajé la voz, soñador. Se me pasó por la cabeza que mis sentimientos por las coles de Bruselas rozaban lo sexual.

Will parpadeó.

—Ollie, es asqueroso. Puaj. De haber sabido que tenías tan mal gusto nunca te habría... —Se mordió la lengua y, de repente, se interesó por el piano de nuevo. Oh, ahí estaba. Empezaba a reconocer lo del verano. Se autoengañaba si creía que no iba a aprovechar esta oportunidad.

—¿Nunca me habrías qué?

—Ya lo sabes.

—¿No me habrías hecho la declaración de la renta?

—No.

—¿No me habrías acompañado a hacer parapente?

—Nunca fuimos a hacer parapente.

—Lo tengo en la lista. Y, si somos sinceros, tampoco me has hecho nunca la declaración de la renta. ¿Acaso sabes hacerla?

—Eres ridículo.

—Oh —dije, desencajé la mandíbula y susurré—: ¿te referías a que nunca me habrías dejado jugar con tus pelotas de baloncesto?

Will soltó un ruidito que no habría sonado raro de provenir de un perro sorprendido. Me dio un codazo.

—¡Shhh!

Me iba a reír, pero se me borró la sonrisa de la cara. ¿En serio? ¿No podíamos ni siquiera discutirlo en privado? ¿No era eso un pelín dramático?

—¿Qué? —pregunté, en voz alta—. ¿Tienes miedo de que toda la gente que hay en esta clase se entere de que te enrollaste conmigo y piense que eres gay?

—Ollie, en serio.

Di un paso hacia atrás alcé los brazos a los lados y di una vuelta sobre mí mismo.

—Aquí no hay nadie, Will. Entiendo que no quieras poner un anuncio que diga que me conocías de antes del instituto, pero ¿debemos seguir fingiendo que no tenemos una historia también cuando estamos a solas? Me hace sentir un poco incómodo. No sé en qué punto nos encontramos.

Will cerró la tapa del piano y se dio la vuelta sobre el banco. De repente, tuve un *flashback* de una tarde que pasamos en el lago. No recordaba exactamente cuándo o qué habíamos hecho ese día. Solo el atardecer que arrojaba un brillo lavanda sobre el agua y las libélulas que pasaban volando cerca de mi cabeza, mientras estaba de pie al borde del embarcadero. Will se mantenía a flote, con la cabeza y los hombros sobresaliendo de la superficie del lago. Solo sonreía en mi recuerdo. En la vida real, allí mismo y en ese momento, parecía aprensivo. Como si estuviera preocupado por si le hacía daño. Si la verdad era un arma, entonces tal vez sí.

—No quería que fuera raro —dijo, al fin—. ¿Para qué sacar el tema si va a ser incómodo?

Anda, ¿pero qué me estás contando? Sí. La verdad, en definitiva, era un arma. Hombre herido.

—¿Por qué tendría que ser incómodo? ¿Te arrepientes?

En ese momento, mantuvimos una especie de duelo. Nos miramos el uno al otro, como si el primero que parpadease fuera el que sentía algo por el otro. El que podía sentirse herido. Will cedió primero.

—No. No me arrepiento.

—Entonces, ¿podemos reconocer lo que pasó, por favor? —salté, casi pisándole las palabras.

—Oh, claro.

—Di que me besaste —dije.

Juro que escaneó la habitación como si estuviera preocupado por si alguien había entrado en los últimos treinta segundos sin que nos diéramos cuenta.

—Te besé.

—Susurró a regañadientes —añadí.

—Te besé —repitió Will, más alto esta vez.

—Muchas veces.

—No tantas veces como me besaste tú —replico Will, y noté cómo la tensión se desvanecía. Ahí. Ese era el Will que yo conocía. Se suponía que, de los dos, él era el seguro de sí mismo, no yo.

—No llevaba la cuenta —respondí.

—Pues tómame la palabra.

—Tendré que hacerlo.

Se levantó y se acercó a mí, sin romper el contacto visual.

—Recuerdo algo más que besos, por cierto.

—No me digas.

Por el amor de Dios, soné como un asaltacunas de cuarenta y cinco años.

¿«No me digas»? ¿En serio? Manden ayuda, no sé flirtear. Guau, un segundo, se acercó un paso más, y otro, y me miraba a la boca. La observaba de manera descarada. De repente, solo podía contemplar cómo me miraba la boca.

Entonces estuve seguro. Iba a besarme.

La gente dice que cuando te mueres te pasa toda la vida ante los ojos. Bueno, pues en ese preciso momento, me pasó todo mi futuro ante los ojos. Y Will estaba muy dentro del armario y, claramente, no se sentía cómodo con esto, con nosotros, con lo que habíamos tenido. Incluso aunque en ese momento intentara besarme ahora mismo, hacía un minuto que había comprobado si había espías en la habitación. No podía estar menos tranquilo con todo aquello.

Uf, pero podía olerlo. Mucho. Y aunque eso me causaba tanto mareos como debilidad, la verdad era que habría intercambiado a mi propia abuela por la oportunidad de besarlo... Si lo besaba, si volvía a probar su sabor, regresaría a la casilla de salida. Me iría a casa flotando, dando vueltas y grititos esta noche, y esperaría a que me escribiera. Pero tal vez, probablemente, no lo haría. Y tal vez, probablemente, mañana estaría rarísimo conmigo en el instituto. Y allí estaría yo. Compadeciéndome en el pútrido resplandor de un infierno no correspondido.

Durante el último mes, había tenido el control de las cosas. Teníamos un ritmo. Era calmado. No podía abandonarlo. No podía volver a estar desesperadamente colgado y a la espera de que me fallara de nuevo. Ni siquiera por un beso de Will.

Ni siquiera aunque tuviera muchas, muchas, muchas, muchas (oh, mierda, que estoy a punto de rechazarlo), muchísimas ganas.

Así que, mientras me obligué a no tener ganas, di un salto hacia atrás.

—Tienes razón —dije—. También recuerdo mucho baloncesto. En fin, ¿me das un par de minutos? Estaba a punto de terminar con esta línea.

Me escabullí a coger el bajo y lo mantuve entre ambos, como si fuera ajo y Will, un vampiro rompecorazones. Mantuve la mirada fija en mis manos y volví a tocar como si los últimos cinco minutos nunca hubieran existido. No miré a Will. No, no lo hice.

Hasta que sí. Pero ay, qué pena, había regresado a su silla a leer el libro de texto como si no hubiera pasado nada.

Solo que esta vez se sentó correctamente. Y se inclinó en dirección contraria a mí.


Es una verdad innegable que una de las mejores cosas de las vacaciones es poder dormir hasta tarde. Esperar a que sean los rayos de sol los que te saquen del coma, remolonear en la cama o incluso volver a dormirte un par de veces. Y, entonces, salir rodando de la cama hasta el comedor para dejarte caer delante de la tele, con el móvil en la mano, el bol de cereales en el regazo y la clase de Lengua siendo un sueño remoto.

La víspera de Acción de Gracias me metí en la cama satisfecho y con ganas, con la certeza de que no tenía ninguna alarma puesta para el día siguiente. Mi mayor problema era si elegiría Cheerios o Golden Grahams. Lo último que recordaba antes de caer frito era decidir que combinaría ambos cereales en un bol monstruoso, a lo mejor con batido de cacao en lugar de leche sola.

Tres horas más tarde, me despertaron a lo bruto. Forcé la vista a través de la mirada nublada en la oscuridad total de la habitación, tratando de descifrar qué pasaba. Un brazo en mi hombro. Una voz que me pedía que me levantara. Una voz que no era una alarma. ¿Pero por qué tenía que levantarme antes que el sol? ¿No era el día de Acción de Gracias? ¿Me había quedado dormido de alguna manera?

—... hospital. Venga, coge una muda de ropa. No te tienes que vestir, puedes dormir en la cama de Roy y Linda. Rápido, Ollie, vamos.

Era mi padre. Salí de la cama tambaleándome y me tiró una camiseta y unos vaqueros contra el pecho. Tanteé el suelo con los pies en busca de mis zapatos e intenté formarme una imagen coherente de la situación en silencio. Mi padre musitaba para sus adentros en pánico, mientras rebuscaba por mi cajón de la ropa interior.

—Por dios, Ollie, ¿por qué no aparejas los calcetines?

—Coge dos de los que sean. No importa.

—Sí importa. Deberías doblar los calcetines de par en par. ¿Cuán perezoso hay que ser para tirar los calcetines sin más en el cajón? Ni siquiera tienes que hacer la colada, ni tenderlos. Todo lo que te pedimos es que mantengas la habitación limpia. Es una petición mínima.

Me froté los ojos mientras trataba de seguir el ritmo. Mi padre apenas entraba en mi habitación. Nunca le había importado si estaba ordenada hasta ahora.

—¿Y qué? Son solo calcetines.

—Ya tienes dieciocho años, Ollie.

—Tengo diecisiete.

Cerró el cajón de un golpe tan fuerte que tumbó el lapicero que había en el escritorio.

—Joder, Oliver.

Mi padre nunca decía tacos. Nunca jamás. Cerré la boca y me senté en la cama con las mejillas ardiendo. No hacía falta ser ingeniero para darse cuenta de que había pasado algo con la tía Linda. Seguramente, algo peor de lo habitual.

—¿Quién está con los niños? —pregunté.

—Roy. Pero tiene que ir al hospital. Tenemos que llevarte allí ahora.

—Espera, ¿nosotros no vamos?

—Usa el cerebro, Oliver. Son las tres de la madrugada. Crista y Dylan están durmiendo.

Pero yo quería ir con los adultos. No quería quedarme en casa sin saber qué sucedía. Poniéndome siempre en lo peor. Pero discutir con mi padre en este humor era como chocarle los cinco a una avispa. Con algo de esfuerzo me obligué a aclararme la mente y cogí las cosas que imaginé que necesitaría durante el día. En el último momento, me di la vuelta para coger el cargador del móvil antes de seguir a mi padre escaleras abajo.

Mi madre estaba alborotada, con los ojos hinchados e inyectados en sangre; estaba cogiendo revistas y toallitas limpias, y se colocaba mantas bajo el brazo.

—Métete en el coche —me ladró mi padre. Como si yo le hubiera hecho esto a la tía Linda. Empecé a caminar hacia el garaje y titubeé.

—¿Qué? —inquirió.

—Mmm… eh… si conduzco mi propio coche, mañana podría llevar a Crista y a Dylan al hospital si fuera necesario.

Mi padre me miró como si hubiera dicho la estupidez más grande del planeta. Rebusqué en la memoria para averiguar si había hecho algo para cabrearlo. No se me ocurrió nada.

Por suerte, mi madre vino al rescate.

—Gran idea, cielo —dijo, y pasó por mi lado para meter sus cosas en el asiento trasero del Honda—. Puedes seguirnos.

Fui tras ella, todavía con todas mis cosas en las manos. Mi padre fue en línea recta hacia el Honda y me dijo que me diera prisa.

Mi madre cerró la puerta trasera, se giró y me envolvió en un fuerte abrazo.

—Todo va a salir bien —susurró—. Piensa en cosas positivas por mí. Tenemos que combinar nuestras energías. Juntos somos más fuertes.

—Vale —le respondí. Pero era mentira. Mi mente ya estaba con los preparativos del espectáculo de los horrores que le gustaba proporcionarme en momentos de crisis. La tía Linda ya estaba muerta. La tía Linda estaba sola en el hospital, llorando porque llegase el tío Roy, sin nadie a su lado. El cuerpo de la tía Linda estaba bajo tierra con bichos hurgando entre sus uñas para poner huevos.

El camino hasta la casa de Linda y Roy tuvo lugar entre una neblina borrosa. Mi cuerpo conducía con el piloto automático mientras la mente flotaba en algún lugar cerca del techo del coche, cantando «catástrofe, catástrofe, catástrofe» como si estuviera en trance. Supongo que lo estaba. En trance, digo.

Mamá y papá se quedaron en el coche y yo tomé el relevo del tío Roy. Él, al hospital. Yo, con los niños. Trabajo en equipo.

Me sentí rarísimo al dormir en la cama de la tía Linda y el tío Roy, así que rebusqué en el armario de la ropa de cama hasta que encontré una manta. Me hice un ovillo en el sofá y mullí tanto como pude los duros cojines. Entonces procedí a clavar la mirada en el techo. Como si fuera a dormir ahora…

Era divertido cómo podías pasar semanas, meses o a veces incluso años mentalizándote para una pesadilla que era más prorrogable que evitable. Entonces, mientras te autoengañas pensando que has aceptado el fin del mundo y que cuando empiece podrás aceptarlo… de repente, te golpea y no puedes encajarlo. Colapsas, te quedas sentado donde estabas, totalmente abrumado por una pérdida para la que nunca estuviste preparado.

¿Cómo podía haber pensado que llevaría bien la pérdida de la tía Linda? La realidad de todo ello me hacía sentir desamparado. Mi vida se extendía ante mí, compuesta por cientos de millones de horas, compuestas por aún más millones de minutos, compuestos por billones de segundos. Y ahora, cada segundo me acorralaba como si fuera un edificio derrumbándose. De algún modo tendría que pasar por todos esos billones de segundos sin que la tía Linda estuviera ya viva en este mundo.

Tic-tac.

Tic-tac.

Tic-tac.

# CAPÍTULO 13

Me levanté con tres llamadas perdidas y un mensaje. Se me retorció el estómago y me armé de valor para abrir el mensaje.

**Jueves, 7:16**
Linda va tirando. Trae a los niños cuando puedas.

Va tirando.

Ir tirando es bueno.

Me moví como en una burbuja, desperté a los niños, los vestí y les di de comer. Resultó que ninguno de los dos tenía idea de que su madre estaba en el hospital, y no sabía cómo se suponía que se lo tenía que pintar. Al final, simplemente traté de minimizarlo, lo hice pasar por un incidente menor, intenté sonar tan alegre como pude. Que fue un esfuerzo descomunal, considerando que había dormido unas cuatro horas. Por suerte, los niños no parecían sospechar. Estaban demasiado ocupados charlando sobre lo que querrían comer para la cena de Acción de Gracias. La tía Linda les había prometido que haría el gratinado de patatas con trocitos de beicon y que, si se portaban bien, podrían tomar un vaso de Coca-Cola.

Mierda. Ni siquiera había pensado en la cena. Alguien debía decir a los niños que no tenía mucha pinta que la cena de Acción de Gracias se llevase a cabo. Pero ese alguien no iba a ser yo. Ya había sido el portador de suficientes noticias en vacaciones. De hecho, decidí que yo no iba a contribuir a que su día fuera más mierda de lo ya era. Así que cuando Crista se quiso poner el traje de Elsa, junto con unas bailarinas con taconcito, aunque estuviéramos a cinco grados en el exterior, la dejé. Y cuando Dylan quiso un batido de plátano como desayuno «especial», tuvo su anhelado batido de plátano. ¿Qué más daba, al fin y al cabo? La vida es corta.

En el hospital, la tía Linda estaba tumbada en la cama, sostenida por cojines rígidos blancos de hospital y la cama en sí, que estaba elevada por un lado. No llevaba el pañuelo de la cabeza. Aunque hacía un tiempo que había empezado con la quimioterapia, no tenía el cuero cabelludo totalmente calvo. En lugar de eso, le quedaban unos pocos mechones cortos de los rizos que le solían caer hasta el cuello. Y tenía la cara muy limpia. Jamás, y me refiero, jamás de los jamases, iba sin maquillaje. Aunque solo fueran las cejas y la raya de ojos. Descubierta de esta manera, se la veía Enferma, con E mayúscula.

Mis padres estaban sentados de lado en un feo sillón floral para dos, y el tío Roy estaba desplomado en la silla que había al lado del cabezal de la tía Linda. Cuando nos vio entrar, saludó a los niños con una sonrisa cansada y les tendió la mano.

Crista y Dylan fueron directos hacia la cama.

—Pensaba que estabas haciendo quimio —preguntó Crista con una voz tan suave que me morí un poco por dentro.

La sonrisa de la tía Linda se veía incluso más exhausta que la del tío Roy.

—Feliz día de Acción de Gracias a ti también, Elsa. Me he encontrado un poco mal mientras dormíais, así que hemos venido aquí a que me pusiera mejor. No te preocupes ni un poquito.

—¿Te duele? —insistió Crista.

La tía Linda y el tío Roy intercambiaron una mirada rápida y, entonces, la tía Linda se encogió de hombros.

—Nada que no pueda soportar. Pero, señorita Pequeñaja, discúlpeme. ¿Dónde está su abrigo? Hace un frío tremendo.

Levanté la bolsa de los niños.

—Lo llevo yo. Las zapatillas también.

—No quiero zapatillas.

—Elsa se pone unas cuando termina de desfilar en esas bailarinas —dijo la tía Linda.

—Eso no es verdad.

—Créeme que sí. Elsa tendría que tomarse un paracetamol por hora si tuviera que llevar esos zapatos todo el día. Solo con las ampollas... Y no me hagas hablar de lo poco práctico que es lo de andar sobre hielo en tacones. La tía Catherine lo probó una vez. Pregúntale cómo terminó eso. —La tía Linda le guiñó el ojo a mi madre, que estalló a reír.

—Esa es una historia para cuando seas mayor —le respondió mi madre a Crista—. Muy mayor.

El resto de la mañana fue relativamente tranquila. Los niños colocaron los iPads contra la pared y se sentaron en el suelo, devorando películas y videojuegos sin rechistar. Ni de coña me portaba yo así de bien cuando era pequeño, pero de nuevo, estos dos no eran niños corrientes. Dylan no recordaría una época en la que la tía Linda no estuviera enferma, y si Crista podía, sería un recuerdo borroso. Últimamente, el hospital era como una extensión de su casa.

Los adultos rotaban entre hacerle compañía a la tía Linda y conectarse al móvil mientras ella echaba una siesta. Sus siestas no eran de sueño profundo, más bien se debían a su incapacidad de mantener los ojos abiertos durante periodos de más de diez minutos. Una parte de mí se preguntaba si no preferiría que nos fuéramos todos y la dejásemos a solas para que descansara de una vez. Pero, de nuevo, era el día de Acción de Gracias. No podías abandonar a tu familia el día de Acción de Gracias, aunque tuvieran muchas, muchas ganas de que lo hicieras.

Hacia las once, los niños empezaron a lloriquear un poco. Y, en su defensa, diré que habían estirado el buen comportamiento de manera impresionante. Después de unas miradas de súplica no muy sutiles por parte de mis padres, me llevé a los niños escaleras abajo para que corrieran por los jardines del hospital. Me acomodé en un banco ornamentado de madera debajo de un arce azucarero rojo para poder echarles un ojo y volví a mi móvil.

Snapchat era, básicamente, una oleada interminable de gente cocinando y fardando de ello. Bien, pastel de calabaza listo, #afortunado, #ComidaSana, #EraBromaxd. A decir verdad, era raro ver a la gente vivir este día de manera normal. Porque, si mi día de Acción de Gracias se había ido al traste, de algún modo también se tendría que hacer trizas el de los demás.

Sin noticias de Will. Que daba igual. Tenía su propia vida. Seguramente estaría ocupado con su familia, sus amigos, con música, risas y cursiladas varias.

Me daba completamente igual.

—Ollie, ¿nos podemos hacer una *selfie?* —Crista apareció de la nada y me miró el móvil por encima del hombro. Dylan, como era habitual, se puso de puntillas a su lado. Crista dio un salto hacia delante—. ¿Le puedes enseñar mi vestido a todo el mundo? —Mientras hablaba, se deshizo del abrigo grueso que llevaba. Para presumir hay que sufrir, después de todo—. Espera, espera. Te digo cuándo tienes que tomarla. Prepárate.

Abrí mi Snapchat, cambié a la cámara frontal y aguanté el móvil tan alto como pude para que me cupieran los dos. Crista se agachó en el suelo.

—Estoy lista.

—Vale, voy. —Crista se levantó en ese preciso momento, y arrojó al aire un montón de hojas del color del atardecer. Tomé la foto justo cuando las hojas empezaron a caer sobre nosotros. Dylan se rio al fondo, se puso a aplastar las hojas que iban cayendo y Crista le tiró un manojo a la cara con una risa chillona.

De pie de foto escribí «mejor que el pastel de calabaza», que tal vez fuera mentira y era definitivamente presuntuoso, y se lo mandé a todo el mundo menos a Will. Si Will me hablaba, quería que fuera porque había pensado en mí, no porque yo lo había incitado. Y, al parecer, por muy platónicos que nos hubiésemos vuelto, todavía me importaba que fuera detrás de mí. #Patético.

Me vibró el móvil. ¿Will? Que sea Will, que sea Will, que sea Will.

No era Will. Era un mensaje de Lara.

Ja, ja. Creo que conozco a esos niños.

Aunque Lara y yo habíamos llegado a una especie de tregua, hablar fuera de situaciones grupales todavía no era algo normal entre nosotros. La había añadido a mi lista de Snapchat, sí, pero también se lo había mandado a cien personas más. Después de un rato tratando de averiguar si intentaba tenderme alguna trampa, le respondí.

Son mis primos.

Pasó un minuto, y contestó.

¿En serio? Antes iban a mi iglesia.

—Ollie, tengo hambre. —Dylan apareció a mi lado, con esos ojos de cachorrito mirándome.

Claro. Sí. Era la hora de comer, ¿no? Consideré ofrecerme a llevar a los niños al McDonald's o algo así, pero entonces recordé que la tía Linda podía no estar despierta para la cena. Fuera lo que fuera lo que comiésemos ahora, seguramente sería la comida del día de Acción de Gracias. Teníamos que hacer algo. Cogí a Crista y a Dylan y nos pasamos por la cafetería del hospital, además de por la máquina expendedora del pasillo. Cuando volvimos a la habitación de la tía Linda, íbamos cargados de patatas fritas, perritos calientes, croquetas de patata, lasaña, chocolatinas Hershey, unas cuantas tartaletas de mantequilla de cacahuete, un trozo de pastel de calabaza de verdad (el último que quedaba en la cafetería) y unas botellas de Coca-Cola (Dylan insistió).

Por suerte, la tía Linda estaba despierta, así que pudimos echar el botín en el centro de la cama. Crista y Dylan claramente pensaban que el contenido de esta comida era la mejor racha de suerte que habían tenido nunca.

Mi madre levantó una ceja.

—¿Nada de verduras? —preguntó mientras cogía un perrito caliente.

—Buena suerte encontrando alguna. —Me encogí de hombros—. Creo que este es el plan de rentabilidad del hospital. No ofrezcas nada con vitaminas, así los visitantes se ponen enfermos y tienen que venir al hospital. Entonces sus visitantes también se ponen enfermos. Es un círculo vicioso.

—¿Por qué no comes, mamá? —preguntó Crista con la boca llena de mantequilla de cacahuete y chocolate.

La tía Linda levantó la cabeza de la almohada. Parecía que le pesaba veinte kilos.

—He comido antes, cielo. No sabía que íbamos a comer juntos. ¡Ahora tengo envidia!

No me creí ni por un segundo que había comido antes. Pero tenía la piel de un tono verdoso, así que no la forcé.

Por cómo solían ser las comidas de Acción de Gracias, era modesta, pero aun así estaba bien. Nadie se quejó, en cualquier caso. Mi madre, mi padre y el tío Roy hablaron y bromearon como siempre. Y aunque la tía Linda estuviera demasiado cansada para unirse, sonrió todo el rato. Aunque apenas apartaba la vista de Crista y Dylan.

Cuando terminamos de comer, mis padres decidieron llevar a los niños de paseo otra vez. Daban vueltas como si fueran pulgas brincando sobre palos saltarines en un castillo hinchable. Culpa mía. Había olvidado el lado negativo de la ingesta de azúcares.

Nos sumimos en un silencio espeluznante cuando las voces de los niños se apagaron por el pasillo. Linda cerró los ojos e imaginé que sería para echarse otra siesta. Entonces me di cuenta, impactado, de que estaba llorando.

—¿Estás bien? —pregunté mientras el tío Roy se apresuraba a cogerla de la mano.

—¿Qué te duele, cariño? —preguntó, pero ella le hizo un ademán para quitarle importancia.

—Nada. Nada, perdona. Es solo que… Es que… —Se secó los ojos con el dorso de la mano e inspiró—. No los veré crecer más. Nunca veré a Dyl ser mayor. Y Crissy con su vestido… algún día tendrá un vestido de baile de graduación. Y yo no lo veré. No estaré allí. Pasará sin mí.

El tío Roy parecía afligido. Deseé con todas mis fuerzas haberme ido con mis padres. Aquello parecía un momento privado. Pero ahora no había forma de excusarme sin parecer un gilipollas integral.

—No tiene por qué ser así, mi amor. Hay una posibilidad…

Ella se rio por la nariz.

—Roy, no lo hagas.

—La hay.

—Un cuatro por ciento no es una posibilidad. Es una sentencia. —Se le humedecieron los ojos y sacudió la cabeza como un perro que intenta sacarse el agua de encima. Como si pudiera deshacerse de las lagrimas—. Necesito que me prometas algo. Prométeme que no dejarás que nadie les diga que no son preciosos. Tú también, Ollie.

Asentí, mudo.

Se le cortó la voz.

—A mí me dijeron que no era bonita cuando era pequeña. Pero es que ellos son los niños más bonitos del mundo. Son listos, graciosos y creativos. No estaré aquí para recordárselo, así que tendréis que hacerlo vosotros. Los dos. Cada día. ¿De acuerdo?

Asentimos. El tío Roy todavía le apretaba la mano, como si fuese a pasar algo terrible si se la soltaba. A él también se lo veía sensible.

Al cabo de poco, mis padres volvieron con una Crista agotada y un Dylan fuera de combate en los brazos de mi padre. Dispusieron a ambos niños en el sillón a dormir la siesta y cogieron un par de sillas individuales de la habitación.

—No hace falta que estéis todos aquí —dijo la tía Linda, finalmente—. En serio. Me encuentro bien, solo quiero dormir.

—Puedes dormir —respondió el tío Roy—. Estaremos aquí cuando te despiertes.

—No, de verdad. Si os vais ahora por lo menos podréis hacer parte de la cena. Quizá el pavo no, pero sí el resto. Y tal vez me podríais traer un poco de pastel de boniato mañana.

Puso la misma expresión que estoy bastante seguro de que yo pongo cuando quiero algo poco probable, como comer pizza del día anterior para desayunar o un adelanto de mi paga semanal. Llena de esperanza en estado puro, pero igual de resignada.

—Eso no va a pasar.

—Roy, los niños.

—No les importa.

—Llevan esperándola toda la semana.

—Podemos compensarlo cuando vuelvas a casa.

—Estaré demasiado cansada para cocinar, lo sabes…

—Ya cocino yo.

—No sabes cocinar. ¡Ni siquiera sabes lo que es la paprika! Tiene que hacerlo Catherine. Cathy, cielo, podrías…

—No, Catherine no lo va a hacer, porque los niños y yo nos quedamos aquí. Es Acción de Gracias. Tienen que estar con su familia.

—Llevan aquí todo el día, Roy. Han estado conmigo. Cuando están aquí siento que tengo que sonreír, mantenerme con energía y asegurarme de que no se preocupan, y llevo así todo el día. Estoy cansada. Solo quiero echarme una siesta, ver una peli mala y quejarme y gimotear sin arruinarles el día. Es un día especial para ellos. Por favor.

El tío Roy titubeó.

—Yo no me voy a ir.

—¿Cathy?

Mi madre miró a la tía Linda, luego a mí, a continuación a mi padre y, finalmente, a los niños.

—Yo… Linda, no creo que pueda. Si no estuviera aquí, estaría preocupada y distraída. Prefiero quedarme.

Tres… dos… uno. Al unísono, todos los adultos se giraron hacia mí.

Yo tampoco quería irme del hospital, la verdad, pero era quien tenía menos derecho a ponerse egoísta de entre todos los allí presentes.

—Bueno… Mirad, si ayuda en algo, me alegrará llevar a los niños al McDonald's. Y luego les puedo traer de vuelta aquí o llevarlos a casa para jugar a algún juego.

La tía Linda lanzó la primera sonrisa de oreja a oreja del día.

—Ollie, eres lo mejor que me ha pasado. Te doy algo de dinero y les dejas comer lo que les apetezca, ¿vale? Lo que sea. No me importa si quieren un Big Mac con salsa de caramelo caliente, pueden pedirlo. Hoy no hay reglas.


Madre mía, cómo se ilusionaban los niños con el McDonald's. A ese payaso hay que concederle una cosa: sabe cómo acceder a su público vulnerable. Cualquier otro señor de mediana edad vestido con un traje de payaso que atrajera a los niños con juguetes, música y azúcar estaría detenido, pero no el viejo Ronald.

Cuando nos detuvimos en el *parking*, Crista y Dylan estaban literalmente saltando en sus asientos. Bueno, en realidad era Crista, porque sabía cómo desabrocharse el cinturón.

Vi que se me iluminaba la pantalla del móvil cuando apagué el motor. Primero supuse que sería mi madre o la tía Linda, pero... ¡pero! ¡Era Will! Por fin, por fin, por fin.

¿Qué tal las coles de Bruselas?

Miré el numerito del reloj. El mensaje había llegado hacía quince minutos. Era un lapso de tiempo razonable. Tomé una foto rápida de la señal del McDonald's y se la mandé, junto con el mensaje:

Pues no lo sé :(

Antes de llegar siquiera a la puerta trasera para ayudar a Dylan a salir, me empezó a vibrar el móvil.

—¿Dónde estás? —preguntó Will en cuanto le cogí la llamada.

—Mmm, en el McDonald's. Es un buen restaurante familiar. ¿Nunca has oído hablar de él?

—¿Qué haces en el McDonald's? ¿Se os ha quemado la casa o algo?

—Oh, pues casi. La verdad es que hemos tenido un incidente con la tía Linda. Todo el mundo está en el hospital.

—Vaya. ¿Se encuentra bien?

—Sí, de momento. Solo que llevamos ahí desde primera hora y los niños tenían hambre, así que... nos hemos escapado a por comida.

Hubo una breve pausa, y entonces:

—Venid aquí.

—¿A qué te refieres? ¿Dónde estás? —El primer pensamiento salvaje que se me ocurrió fue que Will también se hallaba en el McDonald's.

—En mi casa. En serio, esto está abarrotado, han venido todos mis primos. Hemos tenido que mover las cosas fuera y poner tres mesas. Pero nuestro porche de atrás es cubierto y tenemos calefactores, así que ni siquiera pasaríais frío. A Kane le encantaría ver a Crista. Le dije que vive por aquí cerca y ahora siempre pregunta por ella. Tenemos tanta comida, en serio, tanta, es que es ridículo, no tienes ni idea… ¿estoy balbuceando?

Sonreí y me apoyé contra la puerta del coche. Desde dentro, Crista golpeaba la ventana del coche con un puño cerrado.

—Un poco.

—Sí, eso había pensado. Estoy un poco nervioso. Porque no sé si todavía me odias un poco. —Se rio—. Pero si no es el caso… en serio. Por favor, no me digas que estás ocupado ahora que os he invitado a venir, porque eso sería muy vergonzoso para mí. Lo siento por meterte en un compromiso, pero, en serio.

No podía ser verdad. Ni en un millón de años me habría esperado algo así. Eché la cabeza hacia atrás y dejé que se diera contra el coche. Quería responder que sí. Mucho.

—Los niños tenían muchas ganas de McDonald's.

—Pues diles que te habías olvidado de que comer en el McDonald's el día de Acción de Gracias es ilegal. Apenas les estarías mintiendo. Debería serlo.

Uf. Lo estaba poniendo muy fácil. Demasiado fácil.

—¿No vives fuera del pueblo?

—A veinte minutos máximo. Te mando la dirección.

—Tendría que preguntar a sus padres.

—Se acuerdan de mí, ¿no? No es que sea un extraño.

—Pero aun así.

—Sí, aun así. Mira, pregúntaselo y, si entonces se te han terminado las excusas, mándame un mensaje con una hora estimada de llegada, ¿vale?

—Vale.

—Suena a que estás sonriendo.

—No lo estoy. —Sonreí.

—Pues te veo ahora.

Me colgó antes de que tuviera tiempo de cambiar de planes. Miré hacia el interior del coche. Crista me hizo un gesto de desdén disponiendo las manos como una treceañera impertinente.

Dylan todavía se estaba retorciendo en su sillín y se daba golpes contra las rodillas.

A lo mejor si les sobornaba con unas patatas fritas para compartir y la promesa de ver a Will, les parecería bien.

Parecía que estaba de suerte.

# CAPÍTULO 14

—Ollie, ¿por qué hemos parado?

Inhala. Exhala. No te mueras. Sobre todo lo último. No te mueras.

—¿Ollie?

—Sí, bueno. Ya hemos llegado, por eso.

—Oh. Entonces, ¿por qué no sales?

Excelente pregunta, Crista. Los niños estaban llenos de preguntas excelentes. ¿Cómo podía explicarles a dos críos de siete y tres años respectivamente que tenía miedo de salir a esa calle tan oscura, caminar por ese camino tan largo y tocar ese timbre tan ruidoso?

¿A lo mejor podía decirlo de una manera más accesible para ellos? Por ejemplo: el cortisol llega a la sangre, la sangre fluye por las venas, las cuales llevan al corazón, que late demasiado rápido en el pecho de un chico, el cual está demasiado asustado para llamar al timbre de la casa donde vive Will.

Solo tenía tres opciones. Opción uno: dar media vuelta y deshacer todo el camino hasta casa con los dos niños que tenía en el asiento de atrás hambrientos, gruñones y con todo el derecho a quejarse. Esto les arruinaría la noche y decepcionaría a la tía Linda, pero también evitaría tener que llamar al timbre de la puerta de Will. Pros, contras.

Opción dos: salir y llamar al timbre de la puerta de Will.

Opción tres: estar más rato sentado y explicarles con calma a Crista y a Dylan la historia del cortisol que llegaba a la sangre que fluía por las venas que...

Vale, de acuerdo. De acuerdo. Lo haría.

Dylan, que todavía se revolvía en el asiento del coche, estiró los brazos en cuanto le desabroché el cinturón y le saqué del coche. Crista no tenía problemas de ese calibre, se desabrochó sola y casi dio un brinco a la carretera. Parte de mí se preguntaba si se había traído de contrabando las sobras de la máquina expendedora en los bolsillos y se las había comido de camino. La había visto hacer cosas que requerían más maña: era capaz.

La casa de Will era básicamente un clon de las casas de Collinswood, con un jardín frontal verde que llegaba hasta las escaleras que subían hasta el espacioso porche. La casa era de dos plantas (por supuesto) y estaba recubierta de tablillas de color azul marino, con adornos blancos en las ventanas arqueadas al estilo victoriano.

Había dicho que todo el mundo estaba comiendo fuera. ¿Qué pasaba si ya habían empezado? Podían no oír el timbre o los golpes a la puerta. ¿Entonces cómo iba a saber cuánto tenía que esperar antes de intentarlo de nuevo? ¿Qué pasaba si Will no había pedido permiso para que viniéramos y nos abrían la puerta sus padres y nos mandaban de vuelta a casa? O peor, ¿qué pasaba si Will decidía que al final no nos quería allí?

Me paré debajo de una farola y dejé a Dylan de pie en el suelo.

—Vamos a esperar aquí un momento —dije—. Le mandaré un mensaje a Will, así vendrá a buscarnos.

Por lo menos, esperaba que eso hiciera. Si le dejaban estar con el móvil en la mesa, claro. Le mandé una súplica rápida al Gran Ser Etéreo para que viese lo antes posible el mensaje. Hacía un frío gélido, incluso para ser finales de noviembre, y nuestro aliento era tan opaco que reflejaba la luz de la calle. A mi lado, Dylan empezó a refunfuñar antes de que me diera tiempo a terminar de escribir el mensaje.

Al parecer, el aire gélido era un buen conductor de plegarias porque Will abrió la puerta y trotó por los escalones al cabo de pocos segundos.

—¿Qué hacéis aquí afuera? —preguntó—. Venga. Es ridículo el frío que hace.

La verdad es que Will parecía tener más frío que yo. Incluso en sudadera y chaqueta tejana, tenía las manos descubiertas metidas debajo de las axilas. Dylan me cogió de la mano mientras empezamos a caminar hacia la casa, pero Crista se plantó al lado de Will. Estaba decidida a reivindicarlo como nunca.

—Ollie dice que tenemos que comer fuera —le susurró Crista a Will en un siseo.

—Bueno, es verdad, pero tenemos calefactores en el patio de atrás. Estaréis calentitos, te lo prometo.

En cuanto entramos a la casa de Will, nos golpeó una ola de calor acompañada por el olor prometedor de carne y especias, y de música latina alegre reproducida a mil millones de decibelios.

Las habitaciones estaban repletas de gente que llevaba platos y bandejas de la cocina al patio trasero. Will no iba ni medio en broma cuando me dijo lo concurrido que estaba, en total habría unas cincuenta personas, con tías, tíos y abuelos, además de los niños que corrían en medio de todo el caos mientras se aferraban a los tentempiés del tamaño de un puño que habían conseguido mangar de la cocina. Entre todo el barullo distinguí una mezcla bastante igualada de inglés y español.

La señora Tavares, una mujer que tenía las pecas de Will y unos grandes ojos marrones, salió pitando de la cocina con una bandeja con un pedazo de carne cocinada a fuego lento que tenía una pinta deliciosa mientras saltaba de lado a lado al compás de la música.

—Ollie —chilló, levantando un poco la bandeja para saludarme—. ¡Qué bueno volver a verte! Muchas gracias por venir esta noche.

—No, gracias a vosotros —respondí—. Siento que no hayamos traído nada, lo hemos sabido con poca antelación.

—Ah, creo que no nos faltará de nada —dijo mientras señalaba el plato que llevaba en las manos—. Podríamos alimentar a la mitad del barrio solo con la guarnición.

—¿Os ayudamos a sacar cosas? —le pregunté a Will.

—Bajo ninguna circunstancia. Ahí dentro es un caos, la verdad. Estamos intentando que no entre nadie durante los próximos cinco minutos. Habéis llegado en el momento perfecto, casi es hora de cenar.

—Me sorprende que no hayáis comido todavía.

Will selló los labios con una risa silenciosa.

—No comemos hasta tarde. Las primeras horas del día de Acción de Gracias son para bailar, ponche crema y explicar a trece tías abuelas por qué no tienes novia.

—¿Ponche crema?

—Es como un rompope venezolano, pero es mucho mejor.

—¿Alcohol?

Will puso los ojos en blanco.

—No estoy borracho. Solo he bebido un poquito.

—Mis padres directamente me matarían si bebiese.

Will me acompañó al exterior con Crista y Dylan a remolque.

—Yo llevo bebiendo vino durante las cenas desde que era pequeño. Es normal.

Fuera, en el porche, había varias mesas formando una línea, con sillas estrujadas allí donde era posible. Enseguida vi a lo que se refería Will con lo del frío. Los dos lados del porche estaban cubiertos por un panel desmontable de vinilo transparente, así que aunque entrase algo de aire gélido por debajo de la ranura que había a ras del suelo, en su mayoría nos encontrábamos protegidos del viento y el fresco.

Algunas de las sillas ya estaban ocupadas —por hombres, sobre todo—, y algunos sitios estaban guardados con vasos de vino a medio beber, un líquido blanco que asumí que era el legendario ponche crema o con un bolso de mano bien dispuesto. Unas lucecitas de hada titilaban por encima de nuestras cabezas, brillaban y serpenteaban entre las vigas y los postes, y los calefactores de exterior daban una ráfaga de calor de bienvenida para contrarrestar el aire congelado que se colaba. Un grupo de personas sentadas a la mesa tenía un aire a Will. Se notaba que eran parientes de sangre, bien porque tenían los mismos labios bien definidos, por la forma delicada de la mandíbula o por los dedos largos.

Era como echar un vistazo al futuro, de una forma muy «oh, Dios mío, Ollie, es demasiado temprano para pensar en el futuro, para, por favor».

Will se agachó para saludar a Crista y Dylan al nivel de sus ojos.

—Mirad, en mi casa tenemos una mesa especial para los niños. Kane se sentará allí y algunos de mis primos pequeños también. ¿Estaréis a gusto si os sentáis con Kane?

Crista asintió con timidez y Dylan la imitó.

—Excelente. Vamos, que os instalo. ¿Queréis algo de beber?

Mientras Will se ocupaba de los niños, yo me quedé atrás mientras sonreía incómodo a la gente que estaba sentada a la mesa. ¿Se preguntarían quién narices era esta gente extraña que se había colado en su cena familiar? ¿Debería presentarme? ¿Debería esperar a que Will me presentase?

Will reapareció a mi lado.

—Bueno, pues la mala noticia es que solo quedan asientos individuales. ¿Qué te parecería conocer a alguien de mi familia?

Levanté una ceja, y se rio.

—Sabes a lo que me refiero.

A decir verdad, la idea hizo que me fuera el corazón a toda pastilla, nervioso, hasta que me retumbó en la garganta. Casi perdí el apetito.

—Claro —me forcé a decir, casual, casual, casual—. Lo que os vaya mejor.

Las mesas se iban llenando rápidamente con pilas y pilas de comida, alguna más familiar, otra que no había visto en mi vida. En un extremo de la mesa había un pavo grasiento y al otro extremo, un plato contenía un trozo enorme de algún tipo de carne que parecía pegajoso y crujiente por arriba, como asado a fuego lento, por cómo se desprendía la carne del hueso. Puré de patatas, arroz con guisantes y olivas, boniatos glaseados, pequeños paquetes envueltos con hojas de plátano, platos de frijoles, salsa de arándanos, más salsa y docenas de ensaladas.

Empezaba a formarme un plan en mi mente: un pedacito de cada cosa hasta que viera cuáles eran mis favoritas y, entonces, concentrarme en esas. En ese momento, la señora Tavares subió una de las lonas de plástico para dejar unas vistas claras al patio, y pisó el césped con Kane y dos niñas pequeñas. Parecía ser la señal de que las cosas se ponían serias, porque hubo un ajetreo rápido de movimientos mientras todo el mundo buscaba sus asientos.

—Tenemos algo que anunciar —dijo la señora Tavares envuelta en sus brazos para protegerse del frío de la noche—. Esta noche, en su primera actuación grupal, Kane, Camila y Nayeli van a hacer una demostración de una nueva rutina de animadores para nuestro entretenimiento.

Le lancé una mirada divertida a Will a través de la mesa cuando una canción de Taylor Swift empezó a retumbar por los altavoces. La familia los animó con gritos y aplausos cuando los niños empezaron su rutina de animadores, básica pero adorable, compuesta por el paso del cuadrado, patadas bajas y correr en círculos. Pero, en su defensa, diré que estaban muy coordinados.

—Kane se lo está pasando mejor que las niñas —le dijo en voz baja uno de los hombres al señor Tavares. Por la pasivo-agresividad de su tono de voz, parecía una pullita—. ¿Tal vez debería pasar más tiempo con su hermano? ¿En el lado correcto de la pista?

Porque el papel de un niño era jugar el partido y las niñas eran las que tenían que animarlos. ¿Era eso?

El señor Tavares se llevó un dedo a los labios.

—Solo es un crío —siseó—. Ya se le pasará.

¿Y si no se le pasaba?, me pregunté. ¿Seguiría siendo igual de hombre a sus ojos? O ¿qué ocurría si Kane no se identificaba como hombre? ¿Entonces qué?

Por no decir, ¿qué pasaba si se enteraban de que Will, por mucho tiempo que hubiera pasado en «el lado correcto de la pista», no era heterosexual?

¿Cómo encajaba en la vida real esta idea de manera «correcta» de ser un chico o una chica?

Aparté la vista de ellos, me obligué a quitarme el ceño fruncido de la cara, y me uní a los aplausos de pie.

Esperaba que toda la mesa recitara una lista de las cosas por las que se sentían agradecidos como había hecho siempre mi familia, pero, como me contó Will esa misma noche, resulta que la tradición familiar de los Tavares era agradecer con el ponche crema en mano al poco tiempo de llegar todo el mundo. Seguramente era mejor así, supuse que, con una familia tan grande, enseguida se podía alborotar la cosa si intentaban hacer una actividad seria bien entrada la noche.

Mientras los adultos se apresuraban a servirse, los niños llevaron los platos a la mesa principal. Empecé a levantarme para ayudar a Crista y a Dylan, pero una de las tías de Will asumió el rol y les llenó los platos de manera generosa con los mejores trozos de carne que encontró.

Crista se acercó a mí con una mirada de urgencia mientras le llenaban el plato. Me tocó el hombro y se inclinó para hablarme al oído

—Por favor, Ollie, ¿puedes asegurarte de que me pongan pavo?

—Te van a poner pavo.

—No quiero lo demás. Solo el pavo.

Era un pelín tarde para eso. El plato de Crista ya tenía una selección de carne, arroz y legumbres, y también de otras cosas con una pinta extremadamente deliciosa cuyos nombres ignoraba.

—Pruébalo y si no te gusta algo, no te lo comas. Puedes pedir más pavo luego si todavía tienes hambre.

Puso un careto y yo le lancé una mirada.

—No seas maleducada.

Yo, en cambio, estaba más que feliz de explorar la variedad de platos ante mí. Con la pega de que yo no tenía a una tía con ánimo de ayudar escogiéndome los mejores trozos, así que solo cogí cosas al azar cuando me tocó llenarme el plato. Después de mucha experimentación, llegué a la conclusión de que sentía una debilidad particular por un tipo de ensalada de patata con pollo, guisantes, alubias y zanahorias, todo unido por la salsa más cremosa y deliciosa que hizo salivar a un servidor en cuestión de segundos. La prima mayor de Will, Josephina, me explicó que se llamaba ensalada de gallina, y me creé una nota en el móvil con el nombre para buscarla y volver a comerla cada noche durante el resto de mi vida.

—¿Ollie?

—¿Mmm?

Crista volvía a estar a mi lado, levantando un plato prácticamente vacío.

—¿Podrían ponerme otra cosa amarilla de esas?

Cosas amarillas, cosas amarillas… Había tanta comida ante nosotros que me llevó dos escaneos a la mesa averiguar a qué se refería. Ah, sí, esas cosas parecidas a los tamales envueltas en hojas de plátano eran de un amarillo chillón cuando las desenvolvías. Pero el plato estaba fuera de mi alcance. Iba a pedírselo a Josephina, pero me eché atrás cuando me di cuenta de que no sabía cómo se llamaban. O sea, dudaba que fuera a juzgarme, pero me sentiría bastante estúpido al preguntarle si me podía pasar el plato de las «cosas amarillas».

Will enseguida se fijó en mi mirada perdida.

—¿Qué ocurre?

Por lo menos, nadie parecía estar escuchando.

—Crista quería coger otro de esos… ¿tamales?

Por suerte, pareció entender exactamente lo que quería.

—Ah, claro, por supuesto. Ven aquí, Crista. —Le cogió el plato y le apiló un par de «paquetes envueltos en plátano»—. Se llaman hallacas. Parece que al final no te importa tanto la comida, ¿eh?

Lo dijo de buenas, pero yo me morí por dentro de todas formas. Deseé que no hubiera oído los sollozos de Crista de antes.

—Bueno, estas cosas están muy ricas. Y el pavo, y el otro pavo. El que está cortado a tiras.

—Eso no es pavo. Eso se llama pernil. Es cerdo.

—Anda. Pero a mí no me gusta el cerdo.

—¿Te gustan el jamón y el beicon? También es cerdo.

—Oh.

—¿Quieres un poco más de pernil?

—Sí, por favor.

Mientras Will le servía, me pilló mirándolo al otro lado de la mesa y me dirigió una sonrisa suave.

El estómago me dio un brinco.


Cuando por fin terminamos de cenar (y digo por fin porque después del despliegue de medios que ya había, sacaron un flan y un pastel de pacanas de postre, y ya era mi quinto plato), los niños empezaron a jugar juntos en el patio de atrás. Me quedé a mirarlos durante un ratito hasta que Will sugirió que diéramos un *tour* por la casa. Me sentía reacio a dejar a Crista y Dylan solos, pero tampoco era como si nadie los supervisara. Además, tenía que admitir que sentía curiosidad por ver cómo era la habitación donde dormía Will cada noche.

—Está muy limpia —dije asombrado una vez dentro.

Will merodeó cerca de la puerta.

—¿Te sorprende?

—La verdad es que sí —respondí, y crucé hasta la pared del fondo para examinar sus estanterías.

—¿Por qué? ¿Parezco un cerdo?

—No tiene por qué. Pero vi tu habitación del lago. Para un jugador de baloncesto, tu puntería con la ropa sucia no era la mejor.

Se oyó un ligero clic cuando cerró la puerta detrás de nosotros. Se me tensó todo el cuerpo y mantuve la vista en dirección a la pared para que no me viera la expresión.

—Espera, entonces ¿estuviste juzgándome todo el verano? —preguntó.

—Sí, desafortunadamente. No quería decir nada porque me gustabas mucho.

—¿Te gustaba? —preguntó Will. No podía determinar si era broma o una pregunta genuina. A lo mejor no quería que fuera capaz de hacerlo.

—Eh, considérate afortunado. Recuerda que antes has pensado que igual te odiaba, ¿te acuerdas?

No respondió, así que eché la vista atrás para mirarlo. Estaba con la mirada perdida, pero puso una sonrisa forzada en cuanto se dio cuenta de que lo observaba.

—Mi madre casi me ha hecho limpiarla con desinfectante esta mañana —explicó, y me llevó un momento entender que hablaba de su dormitorio—. Ya sabes. Por si a todos los visitantes les apetecía reunirse en mi habitación para inspeccionarla.

—¿Y ahora no te alegras de que te haya hecho limpiarla? —pregunté mientras pasaba un dedo por una estantería. Inmaculada, como el cutis de Juliette.

—Me alegro mucho. Tampoco esperaba terminar aquí contigo, de entre toda la gente.

—Sí. Muchas gracias por invitarnos. Has hecho que un día de mierda sea… menos mierda. Sobre todo para los críos.

—Claro. Me alegro de que hayáis venido. Y, por cierto, ¿cómo está tu tía?

—Se encuentra bien. Estaba despierta y hablaba, y tal. Pero está bastante enferma ahora. Es muy duro, ¿sabes?

—Sí. Me lo imagino.

Nos sumimos en un silencio incómodo. Sentí que debía hacer o decir algo, pero no tenía ni idea de qué podía ser. ¿Por qué había cerrado la puerta? ¿Quería que habláramos de nosotros? ¿O me lo estaba imaginando?

Me aclaré la garganta y caminé junto a la pared, donde alrededor de cincuenta mil millones de trofeos y medallas formaban una fila en las estanterías.

—Pues tuviste un par de partidos buenos en su día —dije.

—Supongo.

—Por lo que veo, no llego a tu altura.

—¿Qué? No seas ridículo. Tú tienes tu grupo de música.

—Ya, ¿y? No me dan trofeos por tocar, solo me… ya sabes, me toleran. Pero esto… ¿Tienes que ser bueno, no?

La voz de Will estaba tensa.

—No lo suficiente para una beca.

Cogí uno de los premios más altos, una figura de oro imponente de Michael Jordan metiendo una canasta. Bueno, al menos se parecía a Michael Jordan. Era difícil de determinar porque no tenía cara y estaba un poco deformado.

—Entonces, ¿quieres probar a ser profesional?

El chirrido de los muelles del colchón me indicó que Will se había sentado.

—Es lo que todo el mundo quiere que haga.

—Vale. ¿Pero es lo que tú quieres hacer?

Me giré para ver a Will encogiéndose de hombros con la mirada clavada en el suelo.

—El baloncesto es divertido, pero creo que debería sentir más pasión por esto si quisiera llegar a ser profesional. ¿No puede algo que tienes como un *hobby* ser simplemente eso, un *hobby*? ¿Tiene que convertirse en tu vida entera?

¿Por qué tuve la sensación de que eso último no me lo decía a mí?

—Puede serlo —dije—. ¿Qué quieres tú?

Cuando por fin respondió, lo hizo con voz bajita.

—¿La verdad? Siempre he querido ser enfermero.

—¿Sí?

—Sí. Había pensado en ser médico, pero las notas que te piden para entrar son ridículas y lo que me gusta a mí son las tareas prácticas, como poder reconfortar a alguien y ser la primera persona que está ahí cuando al paciente le duele algo o si necesita cualquier cosa. Quiero ser esa persona.

Me senté a su lado y el colchón se hundió. Chocamos los hombros.

—Se te daría genial.

Pareció sorprendido.

—¿En serio?

—Por supuesto. Siempre estás ahí cuando la gente se siente triste o dolida, y siempre eres quien trata de hacer que esté mejor. Siempre. Es básicamente eso, pero en forma de trabajo.

De repente, Will me estaba mirando, y el estómago me dio un vuelco.

—Eres la primera persona que me dice eso —dijo, y me cogió el trofeo de la mano.

—¿Ah, sí?

—Sí. El resto del mundo solo me dice «baloncesto, baloncesto, baloncesto». —Frunció el labio y dejó el trofeo en la cama como si ya no quisiera mirarlo más.

—No —insistí. Se me formó una presión en el pecho y un hormigueo en las yemas de los dedos—. Si no quieres, no.

No habló. Solo continuó mirándome. Le aumentó el ritmo de la respiración. O quizá era que respirábamos sincronizados. Si quería detenerlo, tenía que romper el contacto visual ya. Ya.

Pero no quería pararlo.

Se inclinó hacia mí, más cerca, y entonces me besó. En el segundo en el que nuestros labios se tocaron, sus manos alzaron el vuelo para envolverme en un abrazo tan fuerte como pudo. Sus dedos me recorrieron los pelos de la nuca, con lo que casi me da un patatús, y yo le cogí por la cintura por debajo del jersey como respuesta. Hacía tanto tiempo que no le tocaba que había olvidado lo increíblemente suave y cálida que tenía la piel allí. En toda la historia nadie había tenido una cintura más suave que la de Will Tavares.

Sabía a leche condensada. Seguro que había mangado un poco del ron dulce del que se pasaban los adultos.

¿Cómo podía haber pasado tantos meses sin besarlo? ¿Cómo lo había hecho para estar sin él?

No quería que volviera a suceder. Nunca, nunca, nunca.

—Te he echado de menos —susurró. Me cogió de la mano y entrelazó sus dedos con los míos, y cuando se inclinó para besarme de nuevo se le tensó el puño.

—He... —empecé a decir, pero me detuve al oír el crujido de una baldosa. Will se echó hacia atrás y cogió a Michael Jordan, levantándolo como si fuera mucho más interesante que cualquier otra cosa que podría estar diciendo yo. No tenía ningún objeto de atrezo cerca (él me había robado el mío), así que simplemente me senté tan recto como pude y me concentré en parecer calmado y para nada cachondo. Justo a tiempo, porque el padre de Will abrió la puerta de golpe de par en par sin detenerse a llamar.

En retrospectiva, veo cómo abrir una puerta cerrada para encontrar a su hijo examinando un trofeo que ha tenido durante años, mientras el amigo de este permanecía sentado en la cama de manera poco natural con una postura perfecta y el pelo enmarañado le podría haber activado una alarma al señor Tavares. Tuvo el mérito de que, si sospechó alguna cosa, no lo mostró.

—Ollie, el pequeño pregunta por ti.

«Vaya manera de cortarme el rollo, Dylan».

—Gracias, señor Tavares —dije—. Ahora mismo bajamos.

Will asintió y colocó el trofeo en su estantería.

En cuanto se fue su padre, Will se giró hacia mí. Por un momento pensé que iba a besarme de nuevo, pero solo era para señalarme la puerta con la cabeza.

—Supongo que los niños tendrán que irse a dormir pronto, ¿no?

—Sí. Se les hace largo el camino de vuelta a estas horas de la noche.

—Lo entiendo. Bueno, muchas gracias por venir.

Parecía que me estaba echando sin contemplaciones. Me levanté, titubeante.

—Eh... ¿Will?

—¿Sí?

—Esto acaba de pasar, ¿no? En plan, no vamos a fingir que no ha ocurrido, ¿verdad?

Le llevó un segundo responder, pero cuando lo hizo, puso una expresión traviesa.

—Oh, claro que ha ocurrido. No te preocupes por eso.

# CAPÍTULO 15

Paseamos sin rumbo durante un rato, siguiendo el borde del lago, simplemente hablando, antes de sentarnos delante de un árbol para terminarnos el helado. La muchedumbre se empezó a dispersar hasta llegar prácticamente a desaparecer en cuestión de cinco minutos, lo que nos dio algo de privacidad.

Un riachuelo de helado de menta descendía por el cono de Will y por sus dedos. No trató de lamérselos, ni siquiera cuando empezó a gotearle sobre las rodillas. Mientras yo removía la cucharita en mi propia tarrina hasta formar una sopa de chocolate, Will se terminó su cono con un último mordisco. Era un misterio cómo alguien podía comer tan rápido sin que se le congelara el cerebro.

—Estás cubierto de helado —dije.

Bajó la vista y trató de limpiarse la pierna. Solo consiguió esparcirlo en un desastre pegajoso por todo el muslo.

—Mierda. Un segundo.

Con eso, se quitó la camiseta, salió disparado hacia el lago y saltó de golpe con lo que me salpicó de agua.

Volvió a salir a la superficie y sacudió la cabeza para secarse el pelo.

—Me has dejado empapado —me quejé. Por no hablar de lo que me quedaba de helado, que ahora la mitad era agua del lago.

—Bueno, ahora estás mojado —dijo—. Podrías meterte también.

Había algo en la idea de quedarme en pantalones cortos y saltar al lago con este chico al que apenas conocía que me parecía ilícito y emocionante. Aunque sabía que era estúpido y que seguramente se asustaría si supiera lo que pensaba de él. Había muchas probabilidades de que fuera algo totalmente inocente.

Pero, aun así, era divertido fingir que no. Y con un chico tan buenorro, ¿quién podía culparme por fantasear un poco?

Pero entonces, cuando levanté la cabeza al quitarme la camiseta, juro que pillé a Will mirándome. Aunque solo fue un segundo.

Salté al agua.

—¿Sabes qué? Hay un montón de gente en mi pueblo que no sabe nadar —dijo Will moviendo la cabeza arriba y abajo—. Invité a mi amigo Matt a venir con nosotros, pero se rajó por eso.

—Creo que nunca he conocido a nadie que no sepa nadar —respondí yo—. ¿Qué pasa si tu avión se estrella sobre el océano?

Will estalló en carcajadas.

—¿Esa es tu mayor preocupación?

—Bueno, ¡es verdad! O sea, por lo menos podrías flotar.

Sacudió la cabeza.

—Qué va, flotar es mucho más difícil que nadar. Yo no sé hacerlo.

—¿En serio?

—Sí. Nunca he aprendido a hacerlo.

—Es fácil. Solo tienes que... —Me tumbé de espaldas para hacer una demostración.

Trató de imitarme y terminó chapoteando de lado en el agua como una ballena sin aletas.

—¿Lo ves? —dijo, y tiró agua por la nariz.

—No, solo intenta... sí, pero arquéate un poco más. No, más arqueado, Wi... mira. —Le puse las manos en la espalda y le coloqué en la posición—. Así.

Tenía la piel cálida al tacto.

—Ah —susurró, antes de tragar saliva—. Así.

Entonces se dio la vuelta y se volvió a poner en posición para nadar al estilo perrito. Lo que lo llevó a menos de diez centímetros de mi cara.

Pero no se echó hacia atrás.

Nuestras piernas chocaron un par de veces debajo del agua. Todavía me ardían las manos de cuando le había tocado la piel. Me miró con una intensidad que me cogió por sorpresa.

*De repente, me di cuenta de que sí que me miraba antes.*
*Con exactamente la misma expresión en la cara.*
*Solo empezaba a tener esperanza cuando una de sus manos*
*me alcanzó la cintura, y me besó.*


Otro jueves, otro ensayo con el grupo.

Íbamos bastante atrasados con este también. Izzy había traído varias canciones nuevas que quería que nos aprendiéramos tan pronto como fuera posible, y no conseguíamos que Sayid y Emerson se pusieran de acuerdo con nada, desde el tempo hasta las armonías, pasando por la letra.

Aunque a mí no me importaba demasiado si nos pasábamos de la hora. Las chicas estaban en un partido de baloncesto. Habría ido, pero lo cierto es que hubiese preferido usar un alambre de espinas como hilo dental antes que ver un partido en directo, así que decliné la invitación sin remordimientos. Además, ya había tenido que saltarme el último ensayo para hacer de canguro de emergencia cuando a la tía Linda le dio un dolor repentino en el costado. No resultó ser nada grave, gracias a Dios, pero no podía garantizar que no volviera a pasar algo así, por lo que no podía permitirme encima saltarme más ensayos.

Llevábamos una hora practicando cuando Sayid y Emerson pidieron un descanso para discutir sobre un verso de la canción. Sayid pensaba que el «tú me envuelves con los brazos, la luz nos parte el corazón en pedazos» de la original era mejor, mientras que Emerson presionaba por cambiarlo por el claramente superior «cuando la oscuridad nos ciega, a nuestro interior las llamas llegan». Izzy, que pensaba que la letra solo estaba ahí para acompañar un ritmo épico de batería, decidió ignorarlos mientras probaba distintos compases y tarareaba el estribillo. Yo no podía concentrarme: llevaba desde el día de Acción de Gracias siendo un desastre con patas distraído y cursi, así que me posé sobre un taburete y observé a los demás con una sonrisa difusa. Tan difusa que no me di cuenta de que Izzy había parado de tocar. Hasta que me tiró un Skittle a la cabeza.

—¿Por qué sonríes? —preguntó—. Pareces una princesa Disney; para.

Cacé el Skittle que había caído en la alfombra y me lo metí en la boca.

—Puaj, si lo he tocado —dijo Izzy—. Y tengo las manos sudadas.

—Era un Skittle rojo. Un Skittle rojo sudado vale lo mismo que tres Skittles verdes.

—¿Y qué tipo de fluido corporal haría que un Skittle rojo bajase en la escala de valores a ser peor que un solo Skittle verde?

—No tiene tanto que ver con el tipo de fluido, sino más con de quién proviene ese fluido.

Se partió de risa.

—*Touché*.

Emerson paró de discutir un rato lo bastante largo como para lanzarnos una mirada fulminante.

—Estáis matando todo el ambiente.

—Tu letra sí que ha matado el ambiente —musitó Sayid—. Has transformado una canción de amor en una canción sobre derrocar el sistema.

—Vaya, pues creo que me acabas de vender la versión de Emerson —comentó Izzy acariciándose la barbilla como una supervillana—. Adoro derrocar el sistema.

Sayid levantó las manos.

—¿En serio?

—Mi voto también va con Emerson —intervine—. Lo siento, tío.

Sayid frunció el ceño y fue a guardar el teclado.

—Nunca os ponéis de mi lado, chicos —se quejó.

—No pueden evitarlo, si es que soy un genio de los versos —respondió Emerson.

—Oh, sí, tenemos a nuestro propio Lin-Manuel Miranda.

Cogí el móvil justo cuando me llegó un mensaje de Juliette.

Hola, el partido acaba de terminar. Vamos al Te la han co-helado de la calle Hamilton, ¿te quieres venir a pillar un batido?

Un segundo, ¿o sea que podía ir a consumir azúcar, volver a ver a Will y apoyar a un comercio local que apreciaba los juegos de palabras? No iba a decirle no a eso, ¿verdad?

Todo el mundo ya estaba allí cuando llegué. Cinco chicos del baloncesto formaban una fila de chaquetas universitarias blancas y negras, apelotonadas alrededor de un reservado que había contra la pared. Todos tenían el pelo húmedo por las duchas postpartido. El pelo de Will era el más largo de todos y no paraba de apartárselo de la frente con una mano impaciente. Se detuvo cuando me vio entrar, con la mano en el aire, y ladeó la cabeza con una sonrisa vergonzosa.

Al otro lado, Lara, Niamh y Juliette estaban sentadas y daban sorbos a sus batidos. Juliette me hizo señas para que me sentara a su lado en el cuero sintético de color azul clarito.

—Los chicos todavía no han pedido —dijo—. Llevamos un rato esperando.

—Teníamos que prepararnos, ¿no? —preguntó Matt—. ¿Te crees que estas caras bonitas lucen así porque sí?

Lara levantó una ceja.

—Oh, Dios, chicas, creo que este es su aspecto cuando se esfuerzan. Qué trágico.

Bajó la vista hacia el móvil y sonrió al ver algo en la pantalla. Traté de echar un vistazo, pero se encontraba demasiado lejos.

—Bueno, ¿cómo hemos quedado? —pregunté con voz flojita. No estaba acostumbrado a hablar delante de los chicos del baloncesto. La verdad es que me intimidaban un poco. Siempre se los veía seguros de sí mismos, ruidosos y préjuiciosos. No combinaban del todo con la gente que no era igual de segura de sí misma, ruidosa y prejuiciosa.

Uno de los chicos con el que no había hablado nunca, Ethan, dio golpetazos en la mesa. Los otros chicos se unieron a él creando un ritmo de cuatro por cuatro que aumentaba de volumen por segundos. Excepto Will. Will solo se cruzó de brazos y se echó hacia atrás con la silla, con cara de profunda satisfacción.

Darnell saltó de su asiento y cogió a Will por los hombros.

—Este hombre de aquí, este hombre, nos ha ganado el partido.

—Llevábamos desde el inicio bastante igualados —añadió Matt, levantando los brazos—, y entonces, en el último cuarto, empezamos a caer. Nos quedaban como dos minutos para terminar, Will estaba uno a uno en el ala, hace el tiro, roba el pase de entrada y vuelve a lanzar otro tiro absolutamente de la nada, y de repente estamos al mando.

Will sonreía, pero no era una sonrisa suave como a la que estaba habituado. Era la sonrisa fuerte, creída, que siempre tenía en la cara cuando se encontraba cerca de estos chavales. Le había visto así en la cafetería varias veces. Con cara de satisfacción. No le quedaba bien.

—Este es el tipo de jugada al que me tienes acostumbrado, tío —dijo Matt. Supuse que había puesto su voz de «capitán». Como un profesor que felicite a un alumno. Tenía un tono cálido; me imaginaba a los chavales poniéndose las pilas para que Matt les hablase con ese tono de apreciación.

Darnell asintió.

—Sí, estábamos preocupados de que te hubieras ablandado, con todas esas lecciones de música —respondió, dándole un codazo a Will. Los ojos de Will aletearon hacia mí. Ya no estaba sonriendo.

Matt asintió.

—Sí, tío. Sin ánimo de ofender, Ollie, pero pensábamos que le estabas convirtiendo en un maldito gótico o algo.

Claro. Porque yo era gótico.

—En una nenaza emo, más bien —añadió Darnell, y entonces se marchitó bajo la mirada fulminante de Niamh.

—¿Es necesario que seas un cerdo sexista? —preguntó, antes de succionar por la pajita como si le hubiera hecho algo malo—. Es asqueroso.

Will soltó una risita, ¡soltó una risita!, y le dio un golpe a Darnell con un menú enrollado.

—Ya, no seas un cerdo sexista, Darnell. El término apropiado es «individuo» emo.

Darnell le dio un bofetón.

—Eso ni siquiera tiene sentido.

—¿Acaso te parece que soy emo, gilipollas? Un poco de por favor.

Bueno, aquello sí que fue incómodo. Y yo ni siquiera me identificaba con ser emo (venga ya, no estábamos en 2007), pero claramente Will no veía la diferencia. Y el modo en el que había arrugado la nariz me decía mucho de lo que pensaba de parecerse a mí. Fulminé la mesa con la mirada.

—Si te soy honesta, Will, es algo bueno que no lo seas —dijo Lara con una voz severa—. No tienes el culo que hay que tener para que te queden bien unos vaqueros ajustados.

Los chicos estallaron en risas y se chocaron los cinco entre ellos.

—Joder, Lara —respondió Matt, mitad impresionado, mitad deleitado.

Un segundo, ¿Lara acababa de defenderme? Eso no parecía propio de ella. Pero entonces nuestras miradas se encontraron, levantó las cejas y se pasó la lengua por los dientes. Tenía la energía de alguien que le había ganado una batalla al patriarcado. Vaya, que sí que lo había dicho para defenderme.

Podría haber llegado hasta a sonreír si no me hubiera sentido tan vacío de repente.

Se nos acercó un camarero. El resto de los chicos se pusieron a competir entre ellos para pedir el batido más friki: el batido con más *brownies,* Nutella, fresas, Oreos, mantequilla de cacahuete, nata montada, espuma de afeitar, detergente y lo que fuera que se pudiese añadir como *topping.*

Pero cuando vino a tomarme la comanda, solo sacudí la cabeza y pedí un agua. Me pareció que Will se dio cuenta, pero no dijo nada.

Juliette se inclinó a susurrar con Niamh y, en cuanto el camarero se alejó, se giró hacia los chicos.

—Bueno, Darnell —dijo, mientras una Niamh alarmada sacudía la cabeza—. ¿Alguien te ha pedido ya de ir al Baile de Invierno contigo?

Sus ojos fueron disparados hacia Niamh, que se estaba poniendo de un interesante tono de morado.

—Todavía no... Es un poco pronto para eso, ¿no?

—Nunca es demasiado pronto —terció Juliette.

—¿Qué es el Baile de Invierno? —pregunté, tratando de hablar lo bastante bajito para que la conversación no girara a mi alrededor. Pero, por supuesto, la mesa entera se giró a mirarme. Tal vez si hablase más a menudo me prestarían menos atención cuando levantase la voz.

—Es un baile que organizan justo después de las vacaciones de Navidad —respondió Juliette.

—Lo característico es que son las chicas las que tienen que pedírselo a los chicos —añadió Matt.

Uf. Parecía bastante heteronormativo. ¿Y si una chica quería pedírselo a otra chica? O cualquier otra cosa.

¿Y si nadie me lo pedía a mí?

Oh, Dios, ¿y si alguien lo hacía?

—Sí, eso. ¿Y qué hay de ti, Juliette? —preguntó Darnell—. ¿Ya se lo has pedido a alguien?

—Oh, yo no puedo ir —contestó, animada—. Tengo una audición en el conservatorio ese fin de semana.

—¿Qué? —chillé. Por una vez, no me sentí tímido delante de todo el grupo—. Joder, ¡¿va en serio?!

—¡Sí! —Sonrió de oreja a oreja y me cogió de las manos—. Me acabo de enterar.

—¡Oh, Dios mío! Estoy muy orgulloso de ti.

Nos pusimos a dar saltitos en los asientos mientras las chicas chillaban sus felicitaciones y los chicos trataban de averiguar qué era tan importante.

Me di cuenta de que Will me miraba con una sonrisa burlona. Se me evaporó la ilusión, empecé a notar disparos de fuego desde el suelo y las uñas se me volvieron garras para poderle arrancar esa sonrisa de la cara. ¿Cómo se atrevía a mirarme así después de hablar mal de mí delante de mis narices?

Cuando trajeron el resto de los batidos, admito que sentí una punzada de arrepentimiento por haber decidido pasar de ellos. Eran obras de arte hechas de chocolate, y algunas se erguían varios centímetros por encima de los tarros de cristal en los que venían servidos, cubiertos de nata montada, caramelos, purpurina comestible, copos de oro, virutas de chocolate con menta y la mayoría de ellos estaban salpicados por Nutella derretida suficiente para tres meses.

Y ahí estaba yo, con mi agua.

Puaj. Era todo culpa de Will.

Me vibró el móvil. Desconecté de la conversación y miré el móvil.

Will.

Voy al *parking*. ¿Nos encontramos allí en 1,75 minutos?

Su silla chirrió cuando se levantó de un salto y le dio una palmada en la espalda a Matt.

—Oye, ahora vuelvo, tío.

—Tu batido acaba de llegar.

—No puedo esperar. Y ni se te ocurra tocarlo mientras no estoy.

Matt sonrió.

—Sabes que no te puedo prometer eso.

Le seguí la pista a Will por el rabillo del ojo. Se dirigió hacia los baños, pero entonces, casual como él solo, viró hacia la izquierda para salir por la puerta trasera.

Genial. Tocaba hacer la cuenta atrás. En uno coma cincuenta y tres minutos tenía que realizar la misma maniobra.

Me incliné para susurrarle a Juliette:

—Vuelvo en un segundo.

—¿Dónde vas?

¿En serio? ¡¿En serio?!

—Ya sabes. Solo voy a… al…

—Oh, ¿al baño?

—Sí.

Ella bajó todavía más la voz.

—Es solo que pensaba que tal vez ibas a ver a Will donde te haya pedido.

Oh, Dios mío, había visto el mensaje. O, más bien… espiavisto. ¿Cuál era el equivalente de leer para espiar? De hecho, no. Era irrelevante. Con toda la dignidad de la que fui capaz, me puse de pie, le lancé una mirada de circunstancias y me dirigí hacia los baños. Muy casual, igual que Will.

161

Cuando llegué, me di la vuelta para comprobar que no me miraba nadie. Juliette me interceptó la mirada y sonrió, y yo me detuve, congelado, aterrado de que alguien se diera cuenta de que me observaba. Muy poco casual, lo exactamente opuesto a lo que Will había hecho .

Pero eso no era una novedad.

Conseguí salir sin que nadie se diera cuenta aparte de Juliette. De hecho, me encontraba tan distraído con toda la misión que por un momento me olvidé de que estaba enfadado con Will. Pero cuando lo vi apoyado contra la pared al fondo del edificio con las manos metidas en los bolsillos de la chaqueta, por Dios si me acordé.

Caminé acechante hacia él, de brazos cruzados.

—¿Sí?

Se le iluminó la cara cuando me vio, como le solía pasar en el lago cuando le devolvía a la realidad de sus pensamientos. De algún modo, esto me irritó más todavía. Por lo menos podría aceptar mi enfado. No tenía que parecer feliz de verme.

—Hola —dijo.

—Ey.

—¿No comes?

Qué forma de romper el hielo.

—No tengo hambre.

Asintió y abrió la boca. Y la cerró, la abrió y la volvió a cerrar. Se cruzó de brazos para combatir el frío y dio pasitos de un lado al otro. Parecía un bailarín de *square dance* inusualmente melancólico. Bueno, por lo menos había dejado de actuar como si estuviera contento.

—Me siento muy estúpido —admitió.

—Ajá.

—Por Dios, ni siquiera sé qué decir. Se me ha escapado. Estoy acostumbrado a actuar de cierta manera cuando están los chicos, ¿sabes? No soy yo, sé que no soy yo, pero siempre bromeo con ellos y esperan que diga estas cosas, así que ni siquiera lo pienso.

No dije nada.

Suspiró y ladeó la cabeza hacia atrás.

—Lo siento mucho. —Me echó un vistazo, pero yo seguía sin responder. Quiero decir, ¿qué podía añadir? ¿Que no pasaba

162

nada? Porque no era así. «Soy un gilipollas porque siempre he sido un gilipollas cuando estoy delante de mis amigos» no era una buena excusa.

—Me gustan tus vaqueros —se esforzó—. Y tu música. Y tú en general, en serio. Me gustas tanto que es ridículo. No he podido dejar de pensar en ti desde Acción de Gracias.

¿Desde Acción de Gracias? Yo no había podido dejar de pensar en él desde el verano. La verdad era que empezaba a pensar que tal vez desde que nací. No era capaz de recordar ningún momento de mi vida en el que podía lavarme los dientes, hacerme una tostada o tocar la guitarra sin que la cara de Will me apareciese en la mente como un susto de un vídeo viral.

Pero aun así...

Él no había podido dejar de pensar en nuestro beso.

¿Significaba eso que la idea de nosotros, de estar conmigo de verdad, de que lo viera todo el mundo, ya no lo asustaba tanto? ¿Era posible que el beso le hubiera recordado cómo eran las cosas cuando estábamos juntos? A mí me lo había recordado, eso seguro. A lo mejor había decidido que valía la pena correr el riesgo.

Me suavicé un poquito.

De repente, se quitó la chaqueta de universitario y me la pasó.

—¿Te la pondrías? —preguntó—. Durante unos segundos o así.

No pretendía mirarla con sospecha, pero mi mente de forma inevitable iba a toda pastilla para comprobar si había alguna trampa o algo.

—¿Por qué?

Cambió de peso de una pierna a la otra, haciendo que la chaqueta temblara un poco.

—Quiero ver cómo te queda.

Por una vez, no me respondió vacilándome. Crucé los brazos sobre el pecho para alzar barricadas y proteger mi interior, que se había derretido como la mantequilla. Habíamos llegado a la ternura máxima.

—¿En serio?

Muy en el fondo de mi pecho, el corazón me latía como si tratase de liberarse de unas cadenas. Con una sonrisa vergonzosamente emotiva, le cogí la chaqueta y me la puse. Quiero decir, no podía quedarme bien para nada, supuse que era como si un chihuahua tratase de llevar el collar de un gran danés, pero... vale, admito que me hizo sentir bien. Muy bien. Especial, incluso. Como si no importase que hubiera tenido un ataque de nervios esa misma semana, o que mi tupé fuera indomable, o que nunca hubiera llevado aparatos en los dientes cuando estaba claro que debería.

Nada de todo eso importaba, porque Will quería que llevase puesta su chaqueta, y a Will le parecía bonito.

Levanté las manos, incómodo, y los puños de las mangas me engulleron las yemas de los dedos.

—Estoy sexy, ¿a que sí? —bromeé.

Él no se rio al asentir.

—Te queda bien. —Dio un vistazo a nuestro alrededor para asegurarse de que no había ningún jugador de baloncesto espiando entre las tinieblas listo para pillarnos. Me arruinó el momento durante medio segundo, pero entonces, con su pequeña sonrisa afectuosa que hizo que me preocupara seriamente por la posibilidad de una combustión espontánea, extendió la mano para buscar la mía dentro de la manga izquierda. Me envolvió el dedo meñique con el suyo.

—Me encantaría que pudieras llevarla en el instituto.

—A mí también.

Esperé a que lo hiciera. Era una oportunidad. Podía decir «déjatela puesta ahora cuando entremos». Podía decir «tal vez algún día la lleves». Si por lo menos me hubiese dado algo a lo que agarrarme, lo habría tomado. Pero no lo hizo.

De repente, la chaqueta se me hizo demasiado pesada. Empecé a sacármela de encima pero, Will me detuvo.

—¿Puedo sacarte una foto? —preguntó.

Me encogí de hombros, esperé, en silencio, a que sacara el móvil. Lo levantó y lo volvió a bajar.

—¿Puedo sacarte una foto en la que no parezca que estás pensando en maneras de ahogarme?

Sonreí.

—Perdona —dije, y frunció la nariz antes de tomar la foto. Cuando terminó, le devolví la chaqueta.

—Deberías entrar antes de que se den cuenta de cuánto tiempo llevas fuera —comenté.

—Sí. Asegúrate de esperar un par de minutos antes de volver a entrar, ¿vale? —Miró a su alrededor y dio un paso hacia mí. Me puso una mano sobre el pecho y me empujó con suavidad hacia atrás hasta que topé con la pared, y entonces, con más suavidad todavía, presionó sus labios contra los míos.

Seguramente era algo bueno que tuviese que esperar un par de minutos antes de volver a entrar, porque me llevaría un rato recomponerme.

Cuando volví a la mesa, Will, que ya tenía la sopa de batido a medias, me saludó con la mano.

—Mmm, Ollie, les estaba contando cómo el otro día, en clase de Música, la señorita Ellison nos puso ese vídeo de YouTube.

Me senté con cautela.

—¿Ah, sí?

—Sí. En fin, era la mierda más condescendiente del mundo, ¿verdad? En plan, eran como unos clips de estudiantes de instituto que comparaban a estrellas del pop con compositores de música clásica. Como si alguien le hubiera dicho a la profe que tenía que intentar «acercarse» más a nosotros.

—¿Estás seguro de que no fuiste tú, Will? —preguntó Darnell.

—Yo no. La verdad es que la música clásica me parece lo bastante interesante de por sí.

—Oh, Dios, te están lavando el cerebro —dijo Matt, y agarró el brazo de Will con una desesperanza burlona.

Will se encogió de hombros.

—Eh, es mejor que Alemán. Vaya idioma más inútil. ¿Quién habla alemán por aquí?

—Ya, ¿quién necesita un idioma extranjero cuando puedes simplemente hacer un vals y cantarle a la gente? —preguntó Matt, pero estaba sonriendo. Ese era el tema con Will. Que incluso cuando le vacilaban, la gente reía con él, no de él. Era la última persona que podría tener miedo a ser juzgada, si lo pensabas bien.

—La música es un lenguaje universal —dijo Juliette.

—¿Ves? —respondió Will, extendiendo una mano—. Ella lo pilla. Sois minoría.

—Tres contra qué, ¿seis? —preguntó Matt—. ¿A eso lo llamas ser minoría?

Juliette miró a su izquierda.

—¿Lara? ¿Niamh?

Niamh, que llevaba un rato mirando a lo lejos con la cabeza apoyada en una mano como si tratase de evitar que le cayera dentro del batido, dio un brinco y volvió a concentrarse.

—¿Mmm?

—Vamos, Lara —intentó sobornarla Matt.

—Eh, yo estoy con mis chicas —dijo Lara—. Si Juliette dice que la clase de música es guay, es que la clase de música es guay. Fin del debate.

Will me dedicó una mirada traviesa y no pude evitar sonreírle. Por debajo de la mesa le mandé un mensaje.

Disculpas aceptadas.

# CAPÍTULO 16

Desde ese momento, supongo que Will y yo, por decirlo de alguna manera, empezamos a salir. Y digo «de alguna manera» porque nunca le pusimos una etiqueta. Por eso, y porque seguía siendo un secreto mayor que los alienígenas que el Gobierno tenía encerrados en algún almacén quién sabe dónde. Porque, admitámoslo, el Gobierno tiene alienígenas encerrados en algún almacén quién sabe dónde. El Gobierno solo está siendo reservado sobre el tema.

Y eso es lo que Will y yo hacíamos. Ser reservados.

Porque ser reservados significaba «hablar con alguien por mensaje de texto cada día a todas horas, llamarse para oír la voz del otro y liarse en secreto siempre que fuera posible, y todo mientras finges ser su conocido», ¿verdad?

Claro. Sí. Entonces, sin duda alguna, estábamos siendo reservados.

Ese año probablemente era la primera vez que las vacaciones de invierno fueron un chasco. Me había acostumbrado a ver a Will en los pasillos, en la cafetería, en Apreciación de la Música. De repente, solo tenía las redes sociales, los mensajes de texto y la vez o par de veces a la semana que quedábamos para ir en coche a algún lugar privado.

Por eso, cuando me escribió de la nada para preguntarme si estaba libre el viernes por la noche, me encontré a mí mismo llamando a la tía Linda para pedirle permiso para que Will viniera a hacer de canguro conmigo.

Llegó a la puerta armado con Twinkies, Doritos y Pop-Tarts.

—¿Qué es esto? —pregunté en cuanto entró.

—Mi madre me habría matado si vengo sin traer nada. Y he pensado que a los niños les parecería bien la comida basura.

167

—Están en la cama, gracias a Dios —dije—. Si les dieras cualquier cosa de aquí ahora, estarían despiertos hasta las seis de la mañana haciendo la croqueta por el suelo y chillando las rimas de las canciones de cuna.

—Oh. Entonces, ¿cuál es tu opinión sobre comernos todo esto nosotros?

—Muy positiva, por supuesto.

—Genial. Ah, también son de celebración, más o menos.

Me detuve a la puerta.

—¿Qué estamos celebrando?

Se dio la vuelta·para sostener mejor la comida basura.

—Mandé la solicitud para el programa de enfermería de la Universidad de Carolina del Norte.

—¿En serio?

—Sí. Llevaba tiempo dándole vueltas, pero después de que habláramos de ello por Acción de Gracias, decidí que iba a hacerlo.

Parecía esperanzado. Esperanzado y tierno.

—Bueno —dije—. Estarían fatal de la cabeza si no te aceptaran.

Decidimos poner una peli de miedo (con el volumen tan alto como nos pudimos permitir) y dejé la comida basura sobre la mesita del café mientras Will se quitaba los zapatos de un tirón y se acomodaba en el sofá debajo de la manta que la tía Linda tenía allí.

Cuando terminé, levantó la manta para que me pudiera colocar a su lado.

—¿Cuándo vuelven tus tíos?

—Han salido a cenar. Es la primera vez que hacen algo bonito en meses, así que espero que no tengan prisa por volver a casa.

Will asintió, y me pasó un dedo por el muslo. Me estremecí.

—¿Cómo lo lleva?

—Mmm. Igual. Parece más cansada de lo habitual, pero tiene tantas citas en el médico y otras cosas que tal vez sea por eso. No sé si todavía puedo interpretar lo que leo entre líneas o ya no.

—Ya, sé lo que quieres decir. Me alegro de que haya podido salir a hacer algo divertido por una vez. Es muy bonito por tu parte que siempre te ofrezcas para hacer de canguro.

Me encogí de hombros.

—Necesita ayuda. Para eso estamos aquí.

Asintió, pero parecía distante cuando se giró para ver la peli. La gruesa capucha negra de su chaqueta estaba arrugada alrededor de su cuello, y se mordía el labio inferior. Tenía los labios más bonitos del mundo. Cuando el Gran Ser Etéreo hizo el plano de Will Tavares debió de descubrir la fórmula perfecta de forma, grosor y ratio de la boca. Entonces se fue y le puso esa boca perfecta a un mortal, solo para fardar.

Ups. Me había quedado boquiabierto mirándola.

La boca perfecta, entreabierta. Y, no muy lejos de ella, el par de ojos más perfecto del mundo, cuyo origen debía ser similar al de la boca, me estaba escaneando los labios. Mis labios demasiado pequeños, poco definidos, sin nada especial.

Me tocó la mandíbula.

—A menudo pienso que me encantaría ver el interior de tu mente —dijo—. Siempre parece que estés pensando muy fuerte sobre una cosa u otra.

—No es tan interesante —respondí. Quería mirarle a los ojos, pero volví a quedarme embobado en su boca.

Se inclinó.

—Creo que eres extremadamente interesante.

Me besó con un vigor que recordaba al jengibre, como si yo estuviera hecho de papel de pañuelo que se podía romper al más mínimo movimiento brusco. Por un momento, mi mente racional recordó que teníamos que ir con cuidado, que Crista o Dylan podían salir a por agua u otra cosa en cualquier momento, y que enrollarse durante las horas de trabajo era poco profesional, aunque fuera trabajo familiar. Pero entonces sus dedos se abrieron camino por mis pelos de la nuca, su otra mano me presionó el muslo, y... ¿responsabilidad? ¿Qué responsabilidad? ¿A quién le importaba? ¿Crista y Dylan tendrían que aprender cómo funcionaban las cosas tarde o temprano, así que todos saldríamos ganando, verdad?

Aunque la primera vez que nos besamos había tenido lugar hacía unos siete meses, no había desaparecido nada de la novedad. Cada vez que sus labios se encontraban con los míos era como la primera vez, una y otra vez. Y otra y otra y otra...

Antes de que me diese cuenta, oí los créditos de la película al fondo de mi mente. Me separé de Will negando con la cabeza al ver la tele.

—¿Ya se ha terminado?

—Eso parece.

—Pues no me he enterado de nada.

Will ladeó la cabeza y deslizó una mano por mi muslo.

—Siento distraerte así.

—Deberías sentirlo, sí —dije, y me apoyé otra vez en el sofá cuando volvió a estrellar sus labios contra los míos.

Entonces una llave giró en la cerradura, y dimos un brinco para alejarnos con una fluidez que pondría verde de envidia a un equipo olímpico de gimnasia.

La tía Linda y el tío Roy se estaban riendo cuando entraron. Se los veía más ligeros de lo que les había visto en semanas. La tía Linda sonrió al ver a Will.

—Will, hola, ¿cómo estás? Hacía mucho que no te veía.

Will empalideció, y observó a la tía Linda durante demasiado rato antes de responder. Primero pensé que era porque se había asustado porque casi nos habían pillado liándonos, pero entonces me di cuenta de que no era eso. Estaba impresionado al ver a la tía Linda. Su versión escuálida, con la piel gris y ralentizada.

—Hola —dijo él con voz débil—. Yo, bien. ¿Cómo...? ¿Cómo estás tú?

—Yo —respondió ella—, fantástica. Acabamos de tomarnos el mejor bistec que hemos comido nunca en el sitio nuevo que acaba de abrir en la calle Mayor.

Tenía mis dudas al respecto de cuánto bistec había comido la tía Linda dado su apetito últimamente, pero no iba a mencionarlo.

—¿El Café Bernetti? —preguntó Will—. Queríamos ir.

—Oh, pues deberíais. Es muy romántico.

No había manera de que la tía Linda hubiese interpretado que el «queríamos» se refería a Will y a mí, pues sabía que si Will y yo hubiéramos hecho público lo nuestro ella lo sabría casi antes que yo. Así que tuve que asumir que lo dijo para chinchar a Will. O a lo mejor incluso para que él normalizase la idea.

Will parpadeó. Me pregunté si nos había imaginado en una cita y si la idea le había parecido bonita o aterradora.

—Está bien saberlo —dijo, finalmente. Lo que no me dio ninguna información. Se lo habría preguntado, pero de repente tuve miedo de la respuesta que podía darme.

Will y yo recogimos las cosas y nos fuimos a la vez. Solo entonces nos acordamos de que no habíamos ni probado la comida basura.

—Se la ve distinta estos días, ¿eh? —pregunté una vez estuvimos fuera del rango auditivo.

—Sí. Sé que dijiste que había empeorado, pero verla ha sido otro rollo.

—Y esta era una de sus noches buenas.

—Dios, Ollie, lo siento.

—No lo sientas. No. Está aquí, y estamos aquí con ella, y lo superaremos.

Paramos cuando llegamos a la puerta de mi coche.

—Ha sido bonito verte esta noche —dijo Will—. ¿Qué te parece si mañana vamos a algún sitio en coche? Podemos volver a ese lugar del bosque.

Bueno, no era una cena a la luz de las velas, pero por ahora me servía. Podía aceptarlo. En especial dado lo mucho que había disfrutado la última vez que fuimos al bosque, hacía pocos días.

—Vale. Sí. Me apunto.

Me examinó, y de repente entendí a qué se refería con desear entrar en la mente de alguien.

—Qué ganas.


—¿Qué es esto, exactamente?

El señor Theo se encontraba de pie delante del pupitre de Will, con la pila de ensayos que había evaluado durante las vacaciones en la mano. No parecía tan enfadado como exasperado. Yo observaba desde el otro lado de la clase. Los episodios bisemanales entre Will y el señor Theo eran como encender una telenovela que llevabas meses siguiendo. Era de mala calidad, pero los diálogos eran rápidos y había gran cantidad de drama, así que no podías apartar la mirada aunque tuvieras cosas más importantes que hacer.

Will ladeó la cabeza.

—A mí me parece que es mi ensayo. Nos pidió que se los entregáramos antes de las vacaciones de invierno, ¿no se acuerda?

Matt soltó una risita desde el fondo de la clase.

—Pedí un ensayo sobre simbolismo y figuras literarias. Me entregaste un ensayo sobre cómo *El señor de las moscas* es una alegoría de la América de Trump.

—¡La alegoría es una figura retórica! Lo dijo usted mismo, señor, durante la última clase.

—Es una figura literaria, en un ensayo en el que se tenían que analizar, como mínimo, cuatro. Y está bastante claro que no es una figura que pudo haber usado el autor al contar su historia, dado que *El señor de las moscas* se escribió hace alrededor de un siglo.

Will miró a Matt por encima del hombro y sonrió con suficiencia.

—Bueno, no sé, señor Theo, a lo mejor el Golding este era telépata.

—Querrás decir clarividente. Will, si quieres usar una tarea de deberes como diatriba política, hay muchas asignaturas apropiadas para ello. Pero la clase de Lengua y Literatura inglesas no es una de ellas. Lo volverás a escribir. Devuélvemelo el lunes.

—Alguien es republicano —musitó Will por encima de la campana de la hora de comer, no lo bastante flojito para que no se le oyera. El señor Theo escogió ignorarlo.

Will me lanzó una mirada brevísima mientras se iba con Matt. A lo mejor era para comprobar si me había reído o sacudido la cabeza. La verdad es que estaba haciendo ambas cosas.

Me dirigí a la cafetería lentamente, a la deriva, mientras pensaba en la excursión que Will y yo íbamos a hacer después de clase. Tener algo así para contar las horas hacía que los días pasaran mucho más deprisa.

—Niamh tiene un secreto —dijo Juliette con voz cantarina cuando por fin me senté a la mesa.

Niamh levantó la cabeza, alarmada.

—Ahora no.

—¿Por qué no?

—Darnell va a llegar en unos treinta segundos.

—Pues suéltalo ya.

Niamh se levantó un poco de la silla para ver cómo iban los chicos del baloncesto, que todavía se estaban llenando las bandejas, y entonces se sentó de forma abrupta y dispuso las manos sobre la mesa.

—Vale. Dejemos de hablar de esto en cuanto lleguen los chicos, pero he firmado con Enchantée Models. Me he enterado ahora durante la primera pausa.

—¿Qué? —pregunté.

—Jo-der, Niamh —dijo Lara—. ¿En serio?

—Sí, en serio. Una agencia se interesa por mí de verdad. —Había un tono borde en su voz, pero Lara no acudió al desafío. Simplemente levantó el refresco de zarzaparrilla en un brindis unipersonal.

—Y tienen lazos fuertes con Nueva York —prosiguió Niamh—. Así que han dicho que tal vez pronto me consigan un *casting* allí.

—Niamh, eso es maravilloso —respondí.

Pero Niamh miraba sobre todo a Lara. Pensé que ya habían dejado atrás la mala sangre, pero, al parecer, todavía no. Pero si Niamh buscaba una disculpa, no estaba seguro de que la fuera a recibir.

—Además —añadió—, he decidido que no voy a hacer dieta.

Esta vez Lara le correspondió la mirada. Quiero decir, no era tonta. Lo pilló. Pero esperó a que Niamh prosiguiera.

—No se lo he dicho a los chicos porque no sé muy bien cómo sacar el tema, pero hace poco me enteré de que tengo el síndrome del ovario poliquístico —prosiguió Niamh—. Me encontraba muy mal y no perdía peso ni haciendo un montón de ejercicio, así que empecé a comer mucho menos, y eso me dejaba exhausta. Y los ovarios poliquísticos pueden provocar problemas de cansancio para empezar, así que estaba agravando el problema haciendo dieta.

—Oh, Niamh, siento oír eso —dijo Juliette—. ¿Cómo lo supiste? En plan, ¿te hicieron las pruebas porque no conseguías perder peso?

173

—No. Me hicieron las pruebas porque no me bajaba… la regla. —Bajó la voz, y se le dispararon los ojos hacia mí en cuanto lo dijo. Hizo una mueca, y me di cuenta de que le daba mucha vergüenza hablar del tema conmigo allí presente. No estaba seguro si debía mirar hacia otro lado como si no lo hubiera oído, pero decidí que eso lo haría mucho más raro y me conformé con asentir—. En plan, me bajaba un mes, y los siguientes desaparecía. Y obviamente no podía estar embarazada. Pero mi madre los tiene, así que tuvo una corazonada. Y resultó que estaba en lo cierto.

—Entonces, ¿qué significa? —pregunté—. Es… es como… ¿es malo?

Lo que quería preguntar era, ¿te puedes morir de eso? Pero no pareció la pregunta con más tacto.

—Bueno, no es maravilloso. Podría afectar a mi fertilidad y es algo que tendré de por vida. Pero he visto a mi madre lidiar con ello y es soportable con medicación y un estilo de vida saludable. Tengo que añadir que es por eso por lo que no volveré a hacer dieta. Supongo que tomé el camino equivocado. Estaba muy desesperada por perder peso y era como luchar una batalla perdida. Pero ahora mi meta es hacer ejercicio para estar fuerte y comer los alimentos adecuados para no sentirme cansada y gruñona todo el rato. Ya tengo un riesgo más alto de padecer diabetes y problemas de corazón ahora que sé que padezco esto, así que no me puedo permitir dejar de comer grupos de alimentos enteros solo para perder un par de kilos. No sé si perder peso me ayudaría potencialmente con algunos síntomas, pero es mucho más difícil para la gente con SOP. Aunque estoy trabajando en ello con mi médico y no necesito que nadie más me supervise o me comente lo que como y lo que dejo de comer.

Era sin lugar a dudas el discurso más largo que le había oído dar a Niamh. Cuando terminó se la veía triunfante, si bien también un poco nerviosa. Al final, añadió con un toque de duda:

—La salud es más importante, ¿vale?

Lara estaba del todo absorta por sus macarrones con queso. Cuando por fin levantó la mirada, tuvo que enfrentarse a Juliette, Niamh y a mí, que la observábamos fijamente. Puso los ojos en blanco, pero no se me escapó la culpa que antes de eso le atravesó la cara.

—Sí, estoy de acuerdo contigo —le dijo a Niamh—. Buena decisión.

Bueno, aquella era la mayor sensación de victoria que Niamh iba a recibir de Lara. En cualquier caso, fue la vez que más cerca estuve de oír a Lara admitir que se había equivocado. Fue justo a tiempo, también, porque los chicos del baloncesto llegaron segundos más tarde con sillas extra a abarrotar nuestra mesa. Que nunca se diga que los chicos del baloncesto no eran unos compinches de ligoteo excelentes. Estaba cantado que nos buscaban como las moscas a la fruta para que Darnell viera a Niamh.

Aunque se estaban riendo de algo y, por una vez, la atención de Darnell no estaba posada en Niamh. Sino en Will. Y la de Matt también, de hecho. Mientras tomaban asiento y alineaban las bandejas de la comida, el resto de los chicos se acercó por la fuerza de la gravedad a oír la conversación, con Will en el centro de todos.

—¿Ha pasado algo por aquí? —le preguntó Matt a Will con una voz cursi y vacilona.

—¿A qué te refieres? —preguntó Juliette antes de que yo tuviera que hacerlo.

La cara de Will hizo evidente que me había estado ocultando algo. Parecía un conejo al que habían teletransportado sin cautela ninguna de su madriguera y arrojado delante de un zorro. Lo habían pillado con la guardia baja y atemorizado.

Supongo que yo era el zorro.

Matt, totalmente ajeno a la tensión de Will, abrió una lata de Coca-Cola.

—Va al baile con Jessica —dijo con una cancioncita de provocación.

Y si esa no era la peor canción que había oído jamás...

No tenía la intención de mirar a Will con el nivel de desesperación que creo que se me posó en la expresión, pero un servidor solo podía tener un cierto autocontrol cuando lo abofeteaban con una noticia de tal calibre. Will hizo una mueca de dolor cuando se encontró con mis ojos, y la disimuló al inclinarse sobre su bandeja y meterse macarrones con queso en la boca.

—*Sholo shomosh amigosh* —dijo con la boca llena, antes de empezar a toser.

—Mmm, ¿pero ella lo sabe? —preguntó Darnell.

Qué gracia, eso era justo lo que yo quería saber. Bueno, eso y quién cojones se pensaba Will que era para ocultarme algo así.

¿Acaso no me merecía oírlo de él?

¿No estaba en mi derecho el saberlo?

Bueno, de hecho, esa era una buena pregunta. El problema con no ponerle etiquetas era que las cosas que podías asumir y las que no eran bastante grises. ¿Era poco razonable por mi parte esperar que Will me dijera si iba al baile con otra persona? O incluso, tal vez, ¿preguntarme si me parecía bien? ¿O es que no me debía nada porque no era mi novio?

Eso no parecía correcto.

—Si no lo sabe, se va a llevar un chasco —repuso Will.

Darnell se echó a reír.

—Vaya rompecorazones.

Will levantó una ceja.

—Solo digo que no puedes dejar escapar este cuerpo serrano y luego cambiar de opinión.

—Muy bien —respondió Matt—. Haz que se arrepienta.

—No tiene que hacer nada —dijo Darnell—. Se va a arrepentir en el segundo que lo vea en corbata.

Ja. Por alguna razón asumía que fue Will quien dejó a Jess, y no al revés. ¿Significaba eso que él todavía la quería cuando cortaron? ¿Y cuánto tiempo hacía que habían cortado, de hecho? ¿Cabía la posibilidad de que Will hubiera estado conmigo en verano para superarla, como un parche? Una enredadera de celos empezó a treparme por el estómago.

—¿Y tú, Ollie? —preguntó Matt, y volví a prestar atención—. ¿Vas a ir al baile?

No me preguntó si iba con alguien. Supuse que la respuesta era obvia. Para ir a ese baile con una cita, te lo tenía que pedir una chica. No me debería haber molestado, pero empezaron a arderme las mejillas. Me golpeó el hecho de que, en mi ciudad, nunca me sentí que era menos que nadie. Mi escuela nunca habría organizado un baile con normas sexistas. Estaría en la misma posición que el resto, preguntándome si alguien me pediría que fuéramos juntos, o incluso si quería que alguien me lo pidiera.

El tema es que, en mi otra escuela, nadie asumiría que no tendría una cita para algo a causa de mi orientación sexual.

Tal vez asumían que no tenía una cita porque era un introvertido superrarito que pasó la mayor parte de primero de bachillerato con un peinado que le daba el parecido de un bebé que había estado jugando con unas tijeras, pero eso era válido. Por lo menos, eso era una oportunidad de rechazo en igualdad.

Estaba demasiado ocupado sonrojándome en la mesa para darme cuenta de que Lara se había inclinado hacia delante. Entonces dijo:

—Se lo he pedido yo.

Y volví al presente.

¿Perdón? ¿Me lo había pedido? ¿Me había dormido en ese momento? Porque estaba más claro que el agua que no lo recordaba. A lo mejor me había susurrado desde el otro lado de la puerta mientras practicaba con el bajo en el aula de música o algo.

Estaba estupefacto, pero no tanto como para perderme la cara de Matt.

—¿En serio?

Lara apuñaló sus macarrones con queso.

—En serio. Se arregla mejor que la mayoría de los chicos de aquí, y pienso lucirme que flipas. Saldremos genial en las fotos de bienvenida, ¿no crees?

Lo que ocurría con la marca de ironía particular de Lara era que era imposible deducir si te estaba vacilando o no. Los chicos parecieron estar de acuerdo; Matt trató de sonreír, entonces medio frunció el ceño y sonrió con las cejas juntas.

—Bueno, si planeas lucirte que flipas, tendré que asegurarme de que me paso por el baile para verlo con mis propios ojos —dijo, al final.

Sutil. Respuesta prudente.

Aunque claramente sonó a que quería que Lara lo invitase a ir juntos. O quizá me lo estaba imaginando.

—No querrás perdértelo, don Juan —respondió ella, y Matt se mordió el labio inferior mientras mantenía el contacto visual. Tuve la extraña sensación de que Matt iba a imaginarse a Lara diciendo eso mientras besaba una almohada esa misma noche.

—Bueno, a todo esto —intervino Will sin mirarme—. La peli nueva de Marvel que sale este fin de semana. ¿Alguien se apunta?

—Espera, ¿quieres ir al cine? —preguntó Matt—. ¿Estás seguro de que no quieres ir con Jess?

En algún lugar dentro de mí, una nube de cólera, rabia e indignación empezó a retorcerme los intestinos como si fueran nudos marineros.

—No —contestó Will.

—Aparte, ¿desde cuándo pagamos para ver pelis? —preguntó Darnell con la boca llena de ensalada.

—Exacto —terció Will—. Mis padres se acaban de comprar una tele nueva, que tiene como 75 pulgadas o una ridiculez así. Podríamos retransmitirla.

—¿Estamos invitadas? —preguntó Niamh.

A Darnell se le iluminó la cara.

—S-s...

—Lo siento —lo interrumpió Will—. Noche de chicos.

—Entonces, ¿Ollie está invitado? —preguntó Lara con cara de circunstancias.

Bueno, por la cara que puso Will, se podría interpretar que había sugerido incendiar la casa con un ritual satánico una vez la peli hubiese terminado.

—Me parece un poco irrespetuoso sacar el tema delante de nosotras si no nos ibas a invitar —comentó Juliette con un tono suave.

—Como si quisiéramos tener que mover el culo hasta Napier para ver una grabación de pantalla borrosa de otra película de superhéroes —dijo Lara—. Estoy segura de que podemos encontrar algo realmente entretenido que hacer con nuestro sábado noche, chicas.

No estaba seguro de si yo contaba como chica en esa situación, pero asentí de todas formas.

Después de la comida, pillé a Lara y caminé unos pasos a su lado mientras trataba de reunir el valor para preguntarle.

Ella lo hizo antes.

—¿Has venido a dejarme tirada?

—¿Qué? ¿Quieres decir, como mi cita?

—Bueno, no querré decir como tu novia.

Hice una pausa.

—Quería saber si ibas en serio.

—Ah. ¿Tienes a alguien mejor con quien ir?

Ahora andaba más rápido por el pasillo y tenía que esforzarme para mantener el ritmo.

—La verdad es que no.

—Ya, bueno, pues yo tampoco. Así que vamos a coordinar nuestros modelitos para lucir mejor ellos dos, ¿vale?

Detuvo su andar rápido y se giró hacia mí con una ceja levantada, retándome.

Bueno, joder. ¿Quién iba a pensar que Lara me pediría ir con ella al baile? ¿Y quién iba a pensar que le diría que sí?

Pero estaba a punto de hacerlo, ¿verdad?

Me encogí de hombros y me crucé de brazos.

—De acuerdo.

En el bolsillo, me vibró el móvil, y lo saqué mientras Lara lo miraba de manera descarada.

**Viernes, 12:32**
¿Nos encontramos en el *parking* después de clase?

El aparcamiento estaba casi vacío cuando Will apareció avergonzado y arrastró los pies hasta mi coche. Me ofreció una sonrisa débil que no le devolví. Solo me apoyé contra el capó y esperé.

—Quería contártelo —dijo en voz baja en cuanto estuvo lo bastante cerca.

—Ya, bueno, pues no lo hiciste.

—Iba a decírtelo la próxima vez que te viera.

—Me viste ayer. No dijiste nada. Pero no has tenido problema en contárselo a los chicos.

—No lo hice, te lo juro. Jess se lo contó a Matt.

—¿Por qué se lo contó a Matt?

—¡No lo sé, Ollie! —exclamó, mientras levantaba las manos, frustrado—. Lo siento, ¿vale?

—¿Lo sientes por no habérmelo contado o lo sientes por ir con ella? —pregunté con tono brusco.

Parpadeó.

—No significa nada —respondió—. Te lo prometo.

—Ya.

—Iría contigo si pudiera.

Intenté sonreír, pero los músculos estaban en mi contra. El tema era: sí, podía. Había elegido no hacerlo. Y, tuviera una buena razón o no, seguía escogiendo no ir al baile conmigo. Y si necesitaba hacerlo sí o sí, vale, pero ¿no podía ir solo?

Seguramente tendría que habérselo dicho, pero no lo hice por dos razones. Una, porque estaba aterrado de que me oyese rogar prácticamente para que hiciera algo importante para mí, y que me dijera que no de todas formas. Dos, porque no quería que él fuera sin acompañante solo porque yo se lo había pedido. Quería que lo hiciera porque de verdad pensaba que si no podía ir conmigo, no iría con nadie.

—Qué ganas de verte en traje —dijo Will, flojito—. Te aseguro que me encantaría poder ir contigo.

Me miró de una manera muy intensa. Nunca nadie me había mirado así antes. Como si yo fuera la persona más especial del planeta y él acabara de darse cuenta.

Abrí la boca, e iban a salir de ella un montón de cosas apropiadas. Cosas en la línea de «Gracias», «Te escribo luego» o «Hace mucho frío aquí fuera, eh».

Pero entonces mi boca, por un acuerdo del todo unilateral, todo sea dicho, hizo algo realmente estúpido.

Dijo: «Te quiero».

Will y yo nos quedamos de piedra. No sé cuál de los dos estaba más impactado, la verdad. ¿De dónde narices había salido eso? De todos los momentos que podría haber escogido, voy y elijo el de «justo después de saber que va al baile con su exnovia». No tenía ni idea de por qué había dicho eso. ¿Por qué había dicho eso? Estaba muy enfadado y muy dolido, ¿y voy y salgo con esto? Si te encuentras una uña en el plato que te han traído, no pides la carta de postres. Si el que «no es tu novio realmente» hace algo egoísta que te hace sentir un inútil, no le dices que lo quieres.

Supongo que quería oír que él me lo decía de vuelta. Porque, siempre y cuando me quisiera, todo lo otro no importaba, ¿verdad?

¿Verdad?

Me respondió con media sonrisa, pero era más una sonrisa de «no sé cómo hacer que esto deje de ser incómodo» que una sonrisa de «oh, Dios mío, el chico al que quiero también me quiere a mí».

SOS. Era el momento de escapar. De inmediato.

—Bueno, en fin, yo...

—Me gustas muchísimo —dijo Will al mismo tiempo.

—Oh. —Guau, eso sonó más agudo de lo que esperaba—. Genial. Eso es muy...

—Me importas un montón.

—Maravilloso. —Tenía que irme en ese momento o iba a ser superobvio que me había molestado—. Gracias. Guau, hace, eh... Hace mucho frío aquí fuera, ¿verdad? Oye, en realidad tengo una redacción larguísima que escribir para el lunes y debo llegar a casa ya y empezarla. ¿Te escribo luego?

Lo había clavado.

Will me examinó durante un rato tan largo que pensé que iba a intentar rechazarme con sutileza. Le mandé un mensaje firme con los ojos. No. No lo hagas. Por favor, finge que no te he dicho que te quiero. Por favor, ignóralo, te lo pido.

—Sí, me parece bien —contestó al fin—. Te veo luego.

Y nos fuimos cada uno por su lado.

Un momento, entonces ¿iba a ignorarlo y ya? ¿Cómo se atreve? Intenté que no pareciera que me iba ofendido hacia el coche, aunque era exactamente lo que estaba haciendo.

Bueno, tal vez no quería fingir que no le había dicho eso.

Pero tampoco quería oír lo mucho que le gustaba.

Quería oír que me quería.

¿Por qué no lo había dicho?

¿Lo había dicho demasiado pronto? ¿Cuándo se supone que hay que sacar el tema? ¿Por qué no había investigado un poco antes al respecto? Nunca había dicho «te quiero» antes, no sabía cómo funcionaba. Quiero decir, ya llevábamos siete meses de rollo, de manera intermitente. Era razonable querer a alguien a los siete meses, ¿no? ¿No era todavía más raro que él no me quisiera todavía?

Oh, Dios mío, no me quería.

Me temblaban las manos cuando saqué la llave, y me llevó tres intentos meterla en el contacto. En cuanto arrancó el motor, sonó una canción de los Letlive a todo volumen. Le di tan fuerte al botón de encendido que me dolió la mano. Pero no importaba. Solo necesitaba salir de allí. Ya.

Salí del *parking* y conduje por varias calles. No sabía qué camino hacia casa había tomado Will, pero seguro que no había cogido tantas calles secundarias. Aun así hice zigzag por unas cuantas más para asegurarme. Conduje sin rumbo durante un buen rato y entonces empecé a notar la respiración en la garganta. Me detuve a un lado de la carretera, maldije tan alto como pude y pegué un puñetazo contra el panel de control.

Pero gritar y pegar a cosas no hizo que se me pasara. Empezaron a aparecer imágenes en espiral que se arremolinaban y volvían a girar. Will frunciendo el ceño con la idea de vestir como yo. Dándome la espalda en la fiesta de inicio de curso. Observándome desde el otro lado de la cafetería y apartando la mirada. Todas esas semanas de silencio después del verano.

De repente, se me ocurrió que podría haber entrado en sus cuentas desde el teléfono de otra persona. Acepté su excusa en un principio, porque estaba castigado y tal. Pero ¿y qué? ¿Por qué no se esforzó más? Si de verdad le importaba, ¿por qué no buscó una forma de saltarse las normas, aunque solo fuera para informarme de por qué iba a estar ausente? Seguro que era consciente de lo que yo podía pensar cuando desapareció. Cómo me sentí. ¿Por qué no le importó lo suficiente como para encontrar una manera de contactar conmigo?

Ese era el tema. No le importaba lo suficiente. Porque entonces no me quería.

Y tampoco me quería ahora.

# CAPÍTULO 17

—Ahora hay que hacer una delante de la chimenea —dijo mi madre, dejando caer el móvil a un lado. Lara y yo estábamos de pie en el salón, listos para ir al baile, dándonos cuenta cada vez más rápido de que a ese paso el baile todavía estaba lejos. Mi madre nos había sacado fotos en el porche de delante (para aprovechar el atardecer), en la puerta trasera (porque el cristal tenía un diseño muy bonito) y sentados juntos en el sofá (porque me gusta cómo se ven este tipo de fotos, Oliver).

—Oh, pero un segundo, tengo que volver a poner el jarrón. Lo quité para pasar el plumero, ¿y ahora dónde está?

—Nadie va a mirar el jarrón, Cathy —comentó la tía Linda desde el sofá, acurrucada bajo la manta de visón falsa—. No con estas dos cosas tan sexis en primer plano.

Lara cogió la falda rosa palo que llevaba y la hizo ondear para la tía Linda, posando para una foto que nadie estaba tomando. La tía Linda levantó un dedo y sacó su móvil.

—Un segundo, hay que poner música de sesión de fotos si nos tomamos esto en serio. Al cabo de unos segundos sonaron los primeros compases de «Can't Fight the Moonlight».

—Un tanto *vintage*, ¿no crees? —pregunté.

—Cuidado con lo que dices, yo bailé esto en mi baile de fin de curso —respondió la tía Linda.

—Exacto. *Vintage*.

—Voy a ignorarlo.

Mi madre regresó al salón con un jarrón lleno de flores frescas que había robado del jardín de los vecinos y que habían traspasado hasta el nuestro.

—Eso es. Perfecto. Ahora solo tenéis que poneros aquí los dos.

Mi madre nos colocó como si fuéramos atrezo mientras la tía Linda cantaba con alegría a voz en grito a LeAnn Rimes

185

en segundo plano. Hoy estaba particularmente de buen humor. La tía Linda, quiero decir. Mi madre era un manojo de nervios.

Mi madre nos tomó unas cuantas fotos más (con y sin *flash)* mientras me instruía para sonreír más. «Más natural, no, natural, que parece que seas un rehén político que graba un vídeo». Lara no recibió críticas ni reproches. Al parecer, Lara estaba hecha para la cámara.

—Ollie no podía haber encontrado una cita más guapa, Lara —dijo la tía Linda cuando por fin nos liberaron.

—Asumo que lo dice porque eres guapa, y no porque yo soy tan horrible que tú eres lo mejor a lo que podía aspirar —comenté.

—¿Estás seguro de que no lo ha dicho porque, con suerte, soy la última chica con la que tendrás que ir a un baile? —preguntó Lara inocentemente.

—En parte —respondió la tía Linda levantando un dedo. Por un momento, tuvo problemas para sentarse más recta en el sofá, y entonces, jadeando, juntó las manos—. Pero también, Ollie, ¿esperas casarte algún día?

—Ah, sí, idealmente, pero ya veremos. ¿Por qué?

Hizo una pausa y apagó a LeAnn. Al parecer, iba en serio.

—Porque algún día estarás todo arreglado y te harán fotos con la persona a la que más ames en este mundo. Y solo quiero que sepas que estaré allí. Quizá de forma física, tal vez no, pero estaré allí sea como sea. Así que cuando llegue el día, vas a recibir un abrazo enorme de mi parte en algún momento. Quiero que estés pendiente.

—No tendré que estar pendiente, porque estarás allí de forma física, y sabré perfectamente cuándo me estarás dando un abrazo.

—Lo vas a saber sea como sea. —Tenía la voz rota y los ojos vidriosos.

Ver llorar a la tía Linda hizo que se me saltaran las lágrimas un poco.

—Está bien, estoy bien —dijo, se abanicó con las manos y se secó debajo de los ojos—. Uf. Lo siento. Es que estás tan guapo. Me alegro de haber podido verte así.

Vale, ahora las lágrimas estaban más que saltadas.

—Yo también me alegro.

Incluso el labio inferior de Lara empezó a temblar. Ajá. Así que sí que tenía corazón. Entonces me dio un golpe en el brazo.

—Venga, espabila. ¿No querrás salir en las fotos con la cara hinchada, no?

Ah. Eso ya se parecía más a ella.


Lara y yo conseguimos llegar tarde, pero con clase.

El gimnasio del instituto estaba abarrotado de estudiantes y la sala era un mar de colores. Fue curioso ver que el color principal era el amarillo. Los vestidos y las corbatas, no el decorado. Al parecer, era la tonalidad de la temporada. A mí no me había llegado la circular, dada mi corbata azul cobalto.

La mayoría de la sala estaba iluminada con luz tenue, con bolas de discoteca instaladas para imitar el efecto de los copos de nieve cayendo. En las paredes colgaban adornos florales blancos con purpurina, y alrededor de veinte mesas redondas enormes ocupaban el fondo de la habitación. La mitad de los asientos ya estaban cogidos, marcados con bolsos de mano estratégicamente colocados.

No muy lejos de nosotros, Renee estaba de pie con un grupo de amigas. Llevaba un vestido de color miel ajustado y tenía el pelo caoba bien arreglado en una media cola de caballo.

—Cuánta gente —le comenté a Lara, que estaba demasiado ocupada cosificando a Renee para responder.

Tuve que explorar la sala durante un rato bastante largo antes de localizar a Will. Se encontraba de pie al lado de las mesas con Matt, apoyado en una silla, riéndose por algo, sin Jess a la vista. Había combinado una americana hecha a medida con unos pantalones gris oscuro y una camiseta gris claro. Aunque a mí no se me habría ni ocurrido llevar una camiseta al baile, a él, de algún modo, no le quedaba informal. Solo increíblemente *sexy*. ¿Por qué los chicos como Will podían pasarse las normas por el forro y salir ganando? Si yo me hubiera puesto una americana con una camiseta, parecería que me había despistado a medio vestir.

Cuando Will alzó la vista, me miró a mí a través de toda la sala. Tuve la sensación de que ya sabía dónde estaba. En cuanto me atrapó la mirada, su sonrisa se volvió un poco tímida, y agachó la cabeza, aún sonriendo.

Le estaba lanzando, seguramente, la mirada más embobada que le había hecho a alguien en la vida cuando Lara me tiró del codo para que fuéramos hasta el puesto de los tentempiés. Darnell y Niamh se encontraban de pie muy juntos, y no paraban de rozarse las manos. Era muy íntimo, romántico y, ¡oh!, mira, Lara nos llevaba justo allí para romper eso, qué bonito.

—Hola, chicos —saludó Lara—. Qué bien os habéis arreglado.

De camino, le había perdido la pista a Will. Mientras intentaba volver a encontrarlo de forma supercasual, me desconecté de la conversación. Era básicamente cháchara, de todos modos. Tuve la sensación de que Niamh y Darnell estaban lanzando indirectas de que querían que los dejásemos solos un rato. Estoy seguro de que Lara pilló la indirecta, pero no le importaba, y eso era todo.

La pista de baile ya estaba a tope. Por el modo en el que algunos bailaban, era bastante obvio que habían practicado en el patio trasero de alguien antes de ir. De hecho, ahora que lo pensaba, era más que probable que Lara llevara su petaca en algún lado. Supongo que simplemente había asumido que no le aceptaría la oferta. Lo que es justo. Porque no habría aceptado.

Estaba tan ocupado mirando a la gente, que casi me pierdo la parte de la conversación en la que Lara se excusó para ir a hablar con Renee. Pero supongo que lo hizo, porque, de repente, estaba con ella e iban juntas a alguna parte.

Lo que significaba que entonces yo estaba de sujetavelas, ¿verdad?

Me giré lentamente hacia Darnell y Niamh. Oh, mierda. No conocía a nadie más. No tenía a nadie con quien ir a hablar. Pero estaba claro que no me querían allí. Me aclaré la garganta.

—¿Cuánto hace que habéis llegado? —pregunté.

—Yo llevo aquí unos veinte minutos, pero Niamh ha llegado un minuto antes que vosotros —contestó Darnell. Como Niamh, Darnell no parecía tener el gen de la antipatía, y lo dijo

188

con una sonrisa tan genuina y amistosa que no había forma de que me hiciera sentir incómodo.

Pero, sí, la había, porque era yo, y seguramente me habría sentido incómodo hasta en mi propia fiesta de noventa cumpleaños en una habitación rodeado de gente a la que quisiese y a la que hubiese criado.

—¿No habéis venido juntos? —pregunté.

Al parecer, eso era justo lo que no tenía que preguntar. Darnell selló los labios y se estremeció, mientras que Niamh abrió la boca en forma de O, condenada a responder.

—Bueno, no sé, es que creo que tal vez es un poco pronto...

—Correcto —añadió Darnell, cuando claramente quería decir «incorrecto».

—... para eso —terminó Niamh.

—Vale, lo pillo, guay —respondí—. Guaaay.

Esta vez, cuando levanté la vista, Will estaba a unos dos metros de mí. Parpadeé y di un paso hacia atrás, sorprendido.

—Em..., ¿hola?

—Hola —dijo—. ¿Qué hay? ¿Te acuerdas de lo que hablábamos antes? Está por aquí. ¿Quieres venir a verlo?

No me acordaba que lo que habíamos hablado antes. Más que nada porque estaba bastante seguro de que no habíamos hablado ese día. Y hablar con Will no era el tipo de cosa que tendía olvidar. Por lo menos, no recordaba haberlo olvidado nunca.

Bueno, era un fastidio. Huir del fuego para caer en las brasas y todo eso. Pero Niamh y Darnell se alegraban de despedirse de mí, así que seguí a Will para ir a ver la cosa de la que nunca habíamos hablado y me crucé de brazos.

—Nunca había visto nada tan incómodo en la vida —comentó Will—. Era como ver a un asno intentando hacerse amigo de unos unicornios.

—¿Me estás llamando asno?

—Un asno muy, pero que muy maravilloso y genial. Y si no fueras un asno, creo que no me gustarías tanto, porque los unicornios tienen pinta de hacer muchos menos chistes que los asnos —dijo Will, todavía caminando—. ¿Te imaginas un unicornio no convencional?

—No me imagino un unicornio no convencional. —Mi respuesta fue tajante, pero Will no pareció darse cuenta.

—Exacto. Los unicornios son muy ordinarios.

—¿Cómo es eso de intentar salir del hoyo tan hondo que has cavado, Will?

—Me está costando, tengo menos práctica que tú.

Apreté fuerte los labios. Nos detuvimos al lado de la pared y nos apoyamos en ella, lo que nos aisló lo suficiente para hablar en voz baja sin que nos oyesen. Will suspiró y sacudió la cabeza.

—Perdona, pretendía hacer una broma. Lo que quería decir es que estás guapísimo.

Oh.

Traté de sonreír, pero mi cara luchó por lo contrario. ¿Quién iba a imaginar que un corazón roto funcionaba mejor que el bótox?

Una parte de mí quería sacar el tema del otro día y pedir perdón por decir que lo quería y hacer que todo se volviera incómodo. Aunque nos habíamos visto un par de veces desde entonces, ninguno de los dos había sacado el tema. Y no es que te olvides de mencionar algo así. Además, no podía evitar sentir que Will intentaba compensarlo en exceso. Últimamente se había comportado demasiado alegre y animado, pero era como intentar esconder el hedor a mofeta con un chorro de perfume.

Tenía una pila de ladrillos en el fondo del estómago. Sentía las extremidades muy pesadas y una presión extraña me saturaba el pecho, y solo la podía aliviar exhalando. Una y otra vez. Lo que terminó sonando como una serie de suspiros pasivo-agresivos.

Al parecer, mis emociones tenían una actitud impertinente propia. Nota mental: no jugar nunca al póker.

Cambió la canción que estaba sonando, y reconocí los primeros compases. Igual que el resto de la sala, al parecer, porque se levantó una marea de vítores y la muchedumbre se arremolinó en la pista de baile como si fueran hormigas que atacaba a un jardinero inocente con familia.

Will encogió un hombro y señaló a todo el mundo con la cabeza.

—¿Te apetece meterte?

Odiaba bailar, mi estilo podía describirse como «niño pequeño bailoteando al son de los Wiggles», a lo sumo. Pero si las otras opciones eran quedarme allí solo o esquivar elefantes rosas con Will, entonces… ¡uooo, fiesta, bien!

En la pista de baile hacía calor, estaba a rebosar y la gente no bailaba, más bien saltaba al ritmo de la música. Por suerte, saltar al ritmo de la música se encontraba entre mis habilidades musicales, así que me solté con un nivel de entusiasmo sorprendente para mí.

De repente, Will y yo nos vimos rodeados por Renee, el novio de Renee, Lara y Matt, junto con otros chicos del baloncesto. Seguramente por primera vez en la vida, ni siquiera estaba cohibido. La verdad es que era divertido. Era parte del grupo, y cantábamos todos tan fuerte que me noté la garganta irritada al cabo de pocas canciones.

Y Will estaba a mi lado todo el rato, con la cara radiante mientras echaba la cabeza para atrás y los brazos hacia delante. No le estaba cantando a nadie, pero por la manera en que me lanzaba miraditas de reojo, lo sentí como si fuera una serenata energética extraña. Entonces me llamó la atención, me lanzó una sonrisa pícara y se giró para cantarme a mí directamente, todavía saltando al ritmo de la música. Y de repente ya no importaba que no estuviera fuera del armario, o que no le importase lo suficiente, o que me hubiera mostrado vulnerable y me hubiera dejado pisotear. Durante esos minutos, no importaba para nada.

Así que yo también le canté directamente a él.

De repente, dejó de saltar, se agarró a mi brazo y tiró de mí. Durante el medio segundo más loco de mi vida pensé que iba a besarme, pero en lugar de eso me dijo al oído:

—Mira, mira, mira allí. ¡Darniamh!

Justo en medio de la pista de baile, Darnell y Niamh se estaban enrollando. No eran solo besos, sino que eran besos con lengua, con las manos en el pelo del otro, lo estaban dando todo. Ni siquiera parecían ser conscientes de que se encontraban rodeados de cientos de sus conocidos más cercanos.

—Puaj, ¡sí! —chillé, y volví a agarrar a Will con una mano y recogí la otra en un puño—. Lo predijimos.

—Cualquiera con un par de ojos podría haberlo predicho.
—dijo Will con una risa que enseguida se apagó. Seguí la dirección de su mirada hasta Matt, que nos estaba mirando extrañado. En plan, muy extrañado.

Solté el brazo de Will al momento en el que se me sacudió de encima.

—Voy a pillar algo de beber —musitó, y se perdió en el mar de gente sin invitarme mientras empezaba una canción nueva.

Bueno, por lo menos no estaba solo en la pista de baile. Pero de repente ya no me apetecía bailar.

Me obligué a quedarme tanto tiempo como pude, para que Matt no sospechara nada, y entonces salí dando brincos hacia una de las mesas. Dando brincos porque, de no haber fingido alegría, me habría alejado más mustio que el hijo ilegítimo de Ígor de Winnie the Pooh y Calamardo.

En cuanto estuve sentado con el móvil, me calmé. Nadie me prestaba atención de todos modos, estaban todos contentos pasándolo bien juntos. ¿Por qué no podía estar aquí Juliette? Era la persona más fiable que había conocido en este pueblo, y va y me deja plantado en un momento de necesidad. Y todo para poder asistir a la audición más importante de su vida. «Qué egoísta eres, Juliette, ¿qué te has creído?».

Mi héroe inverosímil se acercó en un vestido rosa con vuelo y el ceño fruncido. Lara se dejó caer en la silla de al lado, se cruzó de piernas, y se metió las uñas en la boca.

—Bueno, hola —dije.

—Básicamente me ha dado la espalda —dijo Lara, supuestamente a mí, pero creo que en realidad solo quería la oportunidad de rajar en voz alta—. Me ha dejado al margen de su pequeño dúo romántico.

—¿Está bailando con su novio?

—Está bailando con su novio.

—Cómo se atreve.

Lara me lanzó una mirada gélida y me volví a girar hacia la sala.

Los chicos del baloncesto formaban un grupo de pie al lado de uno de los arreglos florales. Posaban con Matt en el centro para una foto que les tomaba Niamh. Mientras hacía la foto,

Will levantó una mano para que se quedase ahí y le dio su móvil para tomar una segunda foto. Los chicos se reorganizaron para poner poses dignas de *America's Next Top Model*: Matt levantó una pierna delante del pecho de Will, que la aguantaba en su sitio, por supuesto, y Darnell se agachó a su lado y echó la cabeza hacia atrás de forma dramática.

Si hubiera sido otro grupo, habría sido una pose divertida, adorable. Pero tuve la sensación de que, para estos chicos, el humor recaía en la feminidad y no en el drama. Y la diferencia es importante, en mi opinión.

Niamh fue a devolverle el móvil a Will, pero Matt lo agarró primero. Montaron un espectáculo reaccionando efusivamente a las fotos mientras Matt pasaba las fotografías. Entonces, de repente, estallaron en risas, y Will fue a coger el móvil. Matt lo aguantó fuera de su alcance, y otro de los chicos bloqueó la embestida de Will. Will empujó al chico de manera brusca para abrirse paso hacia Matt y le arrebató el móvil para metérselo en el bolsillo con cara de pocos amigos. Will dijo algo y los chavales se pusieron a reír a carcajadas.

Jess, que rondaba por allí, se acercó a ellos en ese momento. Tal vez para preguntar de qué iba el escándalo. La verdad es que a mí también me habría gustado saberlo.

Jess parecía una chica bastante maja, pero era la ex de mi «más o menos» novio, así que sentía un rechazo irracional hacia ella. Llevaba el pelo liso y negro hasta los hombros, tenía hoyuelos y una cara de una simetría perfecta. Su vestido rojo intenso era más largo por detrás que por delante, y lo había combinado con unos tacones negros muy altos.

Estaba guapa. Guapísima. Cómo la odiaba.

Pero estaba a punto de odiarla un poco más, porque en ese momento cogió a Will de la mano y lo guio hacia la pista de baile. Seguramente para sacarle de la cabeza lo que fuera que acababa de pasar. Seguramente estaba siendo muy atenta y dulce. Seguramente era una persona atenta y dulce, si Will había salido con ella.

Odiaba muchísimo esa idea.

Estaba a punto de llegar a un acuerdo con el Gran Ser Etéreo para mandarle una intoxicación alimentaria (estaba dispuesto a hacer de voluntario en un refugio de animales, a llevar a mis padres a cenar fuera y a sacrificar mi alma eterna si se iba para casa en los próximos treinta segundos), cuando sonó «Crazy in Love» de Beyoncé. Will miró a los chicos del baloncesto por encima del hombro y, entonces, cogió a Jess por la mano y la hizo girar lentamente. Cuando terminó, se la acercó hacia él mientras le deslizaba las manos de la cintura hasta las caderas. Jess pareció sorprendida, pero se rio y le siguió la corriente, moviendo las caderas al ritmo de la canción, con las pelvis mucho más juntas de lo que dos amigos platónicos considerarían razonable.

—¿Pero qué cojones? —murmuré.

—¿Qué? —preguntó Lara, levantando la cabeza—. Oh, mierda. ¿Estoy alucinando o qué?

La fulminé con la mirada.

—Un poco de sentido del humor, Ollie, solo bromeo. Pero… mmm. Guau.

Un Matt sin aliento se acercó a nuestra mesa, se sentó al lado de Lara y dobló la pierna para que apuntase directamente hacia ella.

—Hola, gente bonita —saludó—. ¿Cómo va vuestra noche?

Jess se había girado de tal forma que el trasero le quedaba pegado contra Will, que se había inclinado sobre ella y agarraba un manojo de su falda mientras se mecían, como si quisiera arrancárselo del cuerpo. Ella se giró para verle de cara y se puso una mano en el pelo, la otra en el hombro de él y le acercó la cara lo suficiente como para que pudiera besarla, mordiéndose el labio y flirteando todo el rato. No la besó, pero tampoco se apartó. Y hasta donde yo veía, estaba a treinta segundos de besarla.

Mi noche iba de maravilla, gracias por preguntar.

—Me voy afuera —le dije a Lara, antes de tambalearme por el fondo de la sala hacia la puerta lateral.

Joder. ¿En serio aquello acababa de pasar? Will, mi Will, prácticamente se había enrollado con su exnovia en público, donde sabía que podía verlo. Y apenas veinte minutos más tarde de bailar conmigo.

¿Cómo osaba?

194

¿Y cómo podía yo dejar que volviera a hacerme algo así? ¿Cuántas veces iba a tolerar que Will hiciera lo que le diera la santa gana, cuando le viniera en gana?

El aire del *parking* era gélido. Tragué a bocanadas grandes hasta que se me aclaró la mente. Estaba desierto. El baile no terminaba hasta dentro de otras dos horas. Era demasiado temprano para que alguien se fuera.

Deambulé a unos pocos metros de la puerta y me senté con pesadez en el borde de la acera. Que le dieran a esa noche. Y que le dieran a Will. Me aseguraría de que Lara tuviese forma de volver a casa y me iría.

Pero al cabo de diez minutos, todavía no me había movido para hacer nada de aquello. Me había quedado sentado, sintiéndome vacío, entumecido y cansado.

Oí que la puerta se abría y mi primer pensamiento fue que era Will, que venía a disculparse.

Pero Will no llevaba tacones. Repiquetearon sobre el mármol, acercándose, hasta que su propietaria se sentó a mi lado con un crujido de gasas rosas.

Suspiré. Me alegré de ver a Lara, pero me sentía decepcionado de que no fuera Will. Porque eso significaba que Will todavía estaba dentro con Jess, sin importarle que hubiese desaparecido.

Lara también suspiró.

—Creo que sé por qué Will se ha comportado así.

¿Porque era un egocéntrico, egoísta y carente de empatía?

—¿Por qué?

—Matt me acaba de decir que los chicos han encontrado una foto tuya en el móvil de Will. En la que llevabas puesta su chaqueta.

—Oh.

—Se lo han hecho pasar mal. Resulta que Will intentaba decir que habíais hecho la foto para demostrar lo absurdo que te verías en una chaqueta tan grande, pero no le han dejado colársela.

—Ya. ¿Y quería demostrar su valor?

Lara sonrió con suficiencia.

—Eso parece. Porque es superhetero, ¿verdad? Porque restregarte con una chica te convierte en hetero. Yo, personalmente, también me vuelvo hetero cada vez que beso a un chico. Es así como funciona.

Bueno, esa vez no pasé por alto el sarcasmo.

—A veces pienso que no me gusta tanto.

Lara se encogió de hombros.

—Adelante, ódialo. Yo llevo odiando a Renee desde hace más de un año, creo. Pero no significa que no la quiera.

—¿Eso no es contradictorio?

—No. La apatía es incompatible con el odio. El amor va bien.

Estuvimos sentados en silencio unos segundos y, entonces Lara dio una patada a varias piedrecitas sueltas.

—Pero ten cuidado. Está claro que puedes perdonar a alguien que te ha herido por accidente, ¿verdad? Que no paren de romperte el corazón una y otra vez no significa que sean personas horribles, aunque probablemente estés mejor a una distancia a la que no puedan hacerte daño. Sea por accidente o no.

No parecía que hablar solo de Will.

—Somos mejores que eso, ¿verdad? —dije.

—De sobra, y mucho más.

Estaba muy enfadado por el hecho de que Will pudiera herirme con tanta facilidad, sin apenas dudarlo.

Pero me enfadaba todavía más saber que yo se lo había permitido.

Se lo había permitido. Él había dejado clarísimo que no podía darme lo que yo quería. ¿Por qué me había quedado? ¿Por qué estaba tan dispuesto a aceptar las migajas que me diera?

A lo mejor no había dedicado tiempo suficiente a preguntarme cuándo me iban a empezar a importar mis propias necesidades.

Se oyó el jaleo desde dentro del pasillo cuando empezó a sonar una canción de Post Malone. Miramos hacia atrás, pero ninguno de los dos hizo ademán de levantarse, aunque hiciera un frío horroroso afuera, y aunque estuviéramos sentados bastante cerca de los contenedores de basura, y había algo que hacía el ruido de estar hurgando dentro de ellos, tal vez un mapache. Nos quedamos fuera.

—¿Por qué me pediste que vinieras contigo al baile? En serio. —pregunté para cambiar de tema.

Lara se examinó las uñas.

—Como dije: ninguno de los dos tenía a nadie mejor con quien ir.

No me pude contener: esta vez me reí en voz alta. ¿Era posible que las pullitas de Lara ya no me hicieran daño? ¿O era que empezase a entender que no había que tomarse sus pullitas como algo personal?

—Qué halago. Gracias.

Entonces Lara se acercó el bolso, y pensé que era hora de volver a entrar. Pero en lugar de eso, rebuscó en él, e hizo una pausa con la mano dentro todavía.

—Ejem. Te he traído algo. Por ser mi cita.

Estaba bastante seguro de que Lara comprándome un regalo estaba en la lista de señales del fin del mundo de la Biblia, entre los falsos profetas y las estrellas cayendo del cielo. Era una noticia terrible para la humanidad, pero a mí me alegró un poco la noche.

—¿En serio? Vaya… Pues yo no te he traído nada.

—Esta noche jugamos al intercambio de roles de género opresivos. Es la temática de este estúpido baile, ¿no? —preguntó—. En fin. Toma.

Me dio una cadena de color dorado rosáceo, más larga que las que llevaban las chicas. Pero no había una rosa en la punta; había una daga.

La hice girar entre los dedos y luché contra el nudo que me había aparecido en la garganta sin avisar.

—La daga representa el polo opuesto de la rosa —dijo—. Pero las ponen juntas a menudo, en tatuajes y así. Cuando están juntas, se supone que representan el equilibrio de dos partes distintas que forman un todo. Porque de alguna manera completas el grupo. Y también porque nuestros collares exactos ya no se pueden conseguir.

Yo completaba el grupo.

—¿Me lo puedo poner? —conseguí articular.

—No, tienes que llevarlo en el bolsillo. Por supuesto que te lo puedes poner.

Una vez abrochado, la daga me yacía sobre el pecho unos tres centímetros por debajo de la clavícula. Dudaba que se me viera con esa camisa, pero sentí que de algún modo mi apariencia había cambiado por completo. Me sentía diferente. Como si de verdad encajara donde hasta entonces no había sido capaz.

Contra algo así, que Will bailase con Jess no me parecía catastrófico. Ya no.

La daga me hacía sentir lo bastante valiente como para formular una pregunta que nunca creí que saldría de mis labios hasta esta noche.

—Oye, ¿Lara? El primer día de clase, cuando os conté lo de Will… ¿por qué no me dijisteis que lo conocíais? Me podríais haber avisado.

Para mi sorpresa, estalló a reír.

—Venga ya, Ollie. No sabíamos nada de ti. Hasta donde nosotras sabíamos, si te enterabas de que Will iba a nuestro instituto, habrías podido sacarlo del armario ante el resto de la clase. Quería avisar a Will antes de que entendieras lo que estaba pasando para que pudiera hacer un control de daños si lo necesitaba.

Traté de procesar esa información nueva.

—Espera, entonces, ¿era esto lo que hacíais Juliette y tú en la fiesta?

—Intentándolo. Pero Matt no me dejaba a solas con Will. No paraba de hablar, y hablar, y hablar, y hablar, y hablar.

—¿Pero por qué esperasteis hasta la fiesta para decírselo?

—No lo encontré en el instituto, y no me respondía a los mensajes. Entonces le pregunté a Matt y me contó todo lo del castigo. ¿Te acuerdas?

Claro. Will no tenía el móvil.

O sea, que lo de la fiesta no era para humillarme. Era complicado de asumir y, a decir verdad, al principio no me lo tragué del todo.

—Eso suena extremadamente considerado por vuestra parte —comenté, con una ceja arqueada para enfatizar.

—Nadie merece que lo saquen del armario en contra de su voluntad —dijo Lara.

Y esta vez, la creí. A Lara, la que estaba enamorada en secreto de Renee. La que se rio con todo el grupo cuando la chincharon a propósito de su comportamiento en las fiestas, como si todo fuera una gran broma. La que saltó cuando Will hizo un comentario sobre mi ropa.

Lara no tenía intención alguna de dejarme llegar a su instituto y sacar del armario a uno de sus amigos.

¿Por qué no iba a pensarlo? Después de todo, se lo había contado a ellas tres. A propósito o no. Las consecuencias eran las mismas.

Me aclaré la garganta y cambié de tema, un poco abrumado.

—Bueno, mira. Si las cosas no funcionan con Renee, por lo menos sabes que Matt es una opción segura.

Lara volvió a soltar una carcajada.

—Oh, Dios —dijo—. Uf, llegué a estar pilladísima de él.

—¿En serio?

—Sí, por Dios que sí. —Sonrió—. Que soy bi, joder, Ollie, por si no te habías dado cuenta. Te lo juro, solo me hace caso ahora porque me gusta Renee. Ese chico solo quiere lo que no puede tener.

Puaj. Chicos hetero.

—¿Puedo confesarte algo?

Oír esas palabras salir de la boca de Lara era raro. Como un vegetariano pidiendo que le pasaras las albóndigas, o una sirena que pregunta si le puedes prestar tus zapatos. Culpabilidad + Lara = error en el sistema. Y, sin embargo, ahí estaba, mirándome con lo que era casi seguro una expresión de culpabilidad.

—Dispara.

Cambió de postura y bajó la voz.

—Verás, la primera vez que Renee y yo nos besamos, fue por un reto. Y a mí ya me gustaba, así que, ya sabes, premio.

—Ajá.

—Ajá. Entonces, de repente, se convirtió en una manera muy fácil de besarla. «Hagámoslo como un reto, hagámoslo para este grupo de chicos». Antes pensaba que era divertido. De hecho, no solo eso. Pensaba que le daba la vuelta a la idea de que «las chicas actúan para los chicos». Que los estaba usando a ellos para conseguir lo que quería.

Pero no parecía convencida.

—¿Y ahora?

—Bueno… ¿y si estaba equivocada? ¿Y si, al hacer eso, había traicionado a las mujeres *queer*? Aunque lo hiciera para mí, y aunque no me importase una mierda lo que pensaran esos chicos, ¿no seguía básicamente reforzando la idea de que mi sexualidad solo existe para que un chico se corra? O sea, piensa en todas las estupideces que dice la gente sobre que las chicas bisexuales lo son solo para llamar la atención.

Uf. Por un lado, sentía que, siendo chico, no era un lugar en el que me correspondía dar mi opinión. Pero por otro lado, podía entender por qué quería pedirle consejo a un gay sobre el asunto. Fui despacio y escogí las palabras con cuidado.

—Creo que si así es como te sentías segura explorando tu sexualidad, es válido. No siempre es blanco o negro para nosotros.

Lara guardó silencio durante un largo rato.

—Nunca me ha besado a solas —dijo, al fin.

Pensé en lo mucho que debía de doler eso. En cómo de destrozado estaría si Will solo me besara para el entretenimiento de otra persona. Aunque solo estuviera fingiendo que esa era la razón por la que lo hacía.

El espacio que había entre Lara y yo se volvió denso.

—En fin. —Lara sacudió una mano justo a través de la capa de malestar—. Que le den. No existo para el placer de ningún chico, y no volveré a jugar a ese juego. Si Renee quiere besarme, puede hacerlo cuando estemos a solas. Y lo puede hacer soltera.

—Sí.

—Vamos —dijo Lara—. Tenemos que volver a entrar y demostrarles a esos dos que nos lo podemos pasar muy bien sin ellos. Si tienes suerte, dejaré que me uses como barra de *pole dance,* y puedes exhibirte delante de Will.

Estallé a reír con esa imagen y me levanté.

—Venga. Pues vamos a ello.

## CAPÍTULO 18

**Sábado, 1:51**
Quedamos en el lago. Hacia el final del embarcadero, a la
derecha de tu casa.

*¿Quería decir al lado del lago, verdad? Debía ser un error, ¿no?
Eran las 2 de la madrugada. Tenía suerte de que su mensaje me
hubiera despertado.*

*Pero no había nadie de pie en el embarcadero. Al fondo ha-
bía, sin embargo, una pila de ropa apenas visible.*

*Eché un vistazo rápido a mi alrededor para asegurarme de
que estaba definitiva, indudable y totalmente solo, y me apresuré a lo largo del embarcadero. Qué manera de hacerme sentir
expuesto, Will.*

*Él flotaba en el agua justo al pasar el borde del embarcadero,
una cara pequeña y oscura que me sonreía desde el lago negro.*

*—¿Qué haces? —pregunté.*

*—Hace una noche perfecta para un baño, ¿no crees?*

*—¿No tienes que volver a casa en cuatro horas? —pregunté.*

*Ya nos habíamos obligado a despedirnos. Me había pasa-
do la noche enfurruñado, con la esperanza de volverlo a ver y
aceptando la idea de que lo más probable era que no volviese a
verlo nunca.*

*—No soy yo quien conduce. Puedo echarme una siesta en el
coche. Quería volver a verte.*

*—Will...*

*—Métete.*

*—Pero está oscuro —lloriqueé.*

*—No permitiré que te coma nada. Te lo prometo.*

*Titubeé. Por nadie más que él. Lo juro, nadie en el mundo
salvo Will sería capaz de convencerme para desvestirme y zam-*

*bullirme en el lago oscuro y congelado de la muerte durante la maldita hora de las brujas.*

*Pero lo hice, ¿a que sí?*

*Tan pronto como estuve en el agua, sus brazos me envolvieron los hombros, y posó los labios sobre los míos. Me besó como si nunca fuera a tener la oportunidad de hacerlo otra vez. Y justo así es como yo le devolví el beso.*

*—Que le den a mañana —conseguí decir cuando me aparté.*

*—Va a llegar, lo quieras o no.*

*—Lo sé. Y tú te irás, y te olvidarás de mí en unas semanas.*

*Will se rio y sacudió la cabeza.*

*—Tengo clarísimo que nunca te olvidaré. Creo que nunca había sido tan feliz. Esto no va a desaparecer solo porque estemos...*

*—En lados opuestos del país.*

*—Podría ser peor. Podrías vivir en, yo qué sé, Australia o algo así.*

*—Tal vez.*

*Me besó de nuevo. El beso de despedida número setenta y seis.*

*—Prométeme que encontraremos la manera de volver a vernos.*

*—No puedo prometerte eso.*

*—Entonces miénteme. Por favor.*


Will y yo no intercambiamos ni una palabra hasta el día siguiente en clase de música.

Me lanzó una sonrisita al sentarse a mi lado. Como si esperase que actuara como si todo estuviera bien y el baile no hubiera ocurrido.

—Hola —susurró.

Hola.

Estaba furioso.

—No quiero verte más —contesté en un susurro.

Me miró con la expresión de alguien a quien le acaban de decir que han asesinado de manera brutal a su cachorro nuevo. Justo cuando se recompuso para intentar responder, empezó la clase y volvió a desplomarse en el asiento con la mandíbula tensa. Se quedó así hasta que la señorita Ellison hizo una pausa para repartir unos folletos que había hecho. Entonces, todavía mirando al frente de la clase como quien no quiere la cosa, musitó:

—Por favor, no hagas esto.

Lo ignoré.

—Ollie.

Lo ignoré.

—Lo lamento. De verdad que me siento fatal por lo de anoche.

No lo bastante fatal como para llamarme, o ir a un rincón y explicármelo, o para no hacer lo que hiciste, en primer lugar.

—¿Podemos hablar de esto luego?

Lo ignoré.

Cuando sonó el timbre, continué ignorándolo y me escabullí hasta la siguiente clase sin que Will fuera capaz de hacer mucho más que suplicar. En parte fue más efectivo por el hecho de que Will no podía decir ni una palabra donde le podía oír más gente, y los pasillos del instituto no contribuían a la privacidad. A la hora de comer, fui estratégico y lo use a mi favor yendo a la cafetería en lugar de al aula de música para que no me pillara a solas.

Esperaba que los chicos del baloncesto se sentaran con nosotros, sobre todo después de la consumación de Niamh y Darnell de anoche, pero aquel día las rosas teníamos la mesa para nosotras.

—Es porque Darnell y yo tuvimos una... charla anoche —dijo Niamh en cuanto nos sentamos los tres—. Le conté que el año que viene me mudo a Nueva York.

—¿Y? —preguntó Lara.

—Y creo que tenía en mente la idea de que nos quedáramos aquí y formáramos una pequeña familia o algo algún día. Dijo que nunca ha querido vivir en una gran ciudad. Así que la verdad es que no sé en qué punto estamos. Sé que no quiere venir conmigo el año que viene, pero tampoco hemos decidido dejarlo. Estamos en un limbo.

—Entre umbrales y fronteras —contesté—. Eso es lo peor.

—¿Es un poema? —preguntó Niamh.

—Darnell es idiota —repuso Lara, apuntando a Niamh con una patata frita amenazante—. Además, el problema no es la ciudad. Si encontrara una oferta de trabajo allí, me apuesto lo que sea a que se mudaría en un santiamén. Lo que pasa es que le intimida la idea de seguir a una mujer fuerte que persigue su carrera en lugar de que sea al revés.

—¡Dilo, reina! —exclamó Niamh, y levantó la Coca-Cola a modo de brindis.

—Creo que ese baile estaba maldito —dije.

Niamh asintió, muy seria.

Lara nos fulminó con la mirada.

—Ejem, ¿todo lo contrario, querréis decir? Ese baile nos ha dejado limpios del bagaje tóxico que arrastrábamos por todas partes. Ahora estamos disponibles, no dependemos de nadie y no estamos atascados con unos parásitos que nos chupaban el amor sin darnos nada a cambio más que un polvo rápido deslucido en el armario de un almacén.

—¿Renee y tú echasteis un polvo rápido en un armario? —pregunté.

—Es una figura retórica.

—No creo que lo sea.

—Bueno, todas las figuras retóricas establecidas están sobreexplotadas.

—Ya, eso es lo que las convierte en figuras retóricas. Si no están sobreexplotadas, solo son algo que alguien dijo una vez.

—Ollie —dijo Lara con dulzura—, a veces puedes llegar a ser muy irritante. ¿Te lo ha dicho alguien alguna vez?

—¿Aparte de yo mismo? No.

La mala noticia era que la daga del collar dorado-rosado que tenía alrededor del cuello no era suficiente para rebatir un ataque de Lara. La buena noticia era que, seguramente se trataba de la vez que más estaba hablando sentado a la mesa del comedor. También me sentía más a gusto que nunca.

A lo mejor la noche anterior no había sido un desastre total, al fin y al cabo.


Will me mandó un mensaje para que nos viéramos en el aparcamiento, pero no tenía intención de hacerlo. Fui directo hacia mi coche en cuanto salí del edificio.

Unos pasos retumbaron en el suelo detrás de mí en cuanto puse la mano sobre el coche.

—Ollie, espera, por favor.

No podía simplemente dejarlo pasar, ¿a que no? La verdad es que pensaba que lograría salir de allí sin tener que lidiar con él, dado lo abarrotado que estaba el *parking* a esas horas. A rebosar con estudiantes por la izquierda, la derecha y por el centro, me habría jugado lo que fuera a que Will no se iba a arriesgar a perseguirme.

Pero allí estaba, persiguiéndome.

—Por lo menos habla conmigo —suplicó Will—. Deja que me explique.

—No tienes que hacerlo —sentencié—. Lara me lo contó. Los chicos encontraron esa foto mía en tu móvil.

—Exacto.

—Exacto —dije—. Así que, a menos que haya algo muy convincente que no sepa, no hay nada más que explicar.

Will parecía confundido.

—Pero entonces sabes que no era algo personal, ¿no? Tenía que sacarles la idea de la cabeza.

—No tenías que hacer nada.

Will miró alrededor para comprobar si había alguien cerca que nos pudiera oír.

—¿Podemos meternos en el coche? —preguntó.

Puse los ojos en blanco, entré de un salto al asiento del conductor y pegué un portazo. Will me siguió en el lado del pasajero, sin dar un portazo.

—Ollie, si no lo hubiera hecho, habrían sospechado de nosotros —dijo tras cerrar la puerta—. Matt nunca me habría dejado tranquilo, estaría detrás de mí cada vez que pasara el rato contigo, a la hora de comer, fuera del instituto o…

—¿Y qué? Deja que piense lo que quiera. Tampoco es que tenga pruebas.

—No lo entiendes.

—Ah, ¿no? —pregunté—. ¿No tengo ni idea de lo que es ser gay?

—Tú —me interrumpió— saliste del armario en California, joder. No digo que no fuera difícil para ti, pero no tienes ni idea de lo que es crecer aquí. Me sabía como diez chistes de gays antes de saber incluso lo que significaba ser gay. Mis amigos nunca serían capaces de aceptarlo, ¿vale? ¿Crees que Matt de repente irá a comprarse una camiseta de aliado?

—¡Pues solo dile que no es verdad, y punto! No tienes que estar con una chica para demostrar que no hay nada entre nosotros.

—Están constantemente removiendo tierra, investigando, Ollie. Te conté que hacían bromas sobre ti, ¿verdad? Pues no sabes ni la mitad. Tú no los conoces. No sabes cómo son en realidad.

—Es que ese es el tema —repuse—. No son mis amigos. En cambio, llevan años siendo los tuyos. Te conocen. Les caes bien.

—Exacto. Contigo es diferente, porque no han conocido otra versión de ti. Llevas un puto collar ahora mismo y nadie ha dicho nada. Es como si fuera algo propio de ti Pero no de mí. Lo mío es ser jugador de baloncesto y ser uno de los chicos. ¿Crees que saldría indemne si mañana llegase al instituto con un colgante?

—Mira —dije—. Entiendo por qué estás asustado, de verdad. Por supuesto que lo estás. Salir del armario da miedo, y...

—¡No estoy listo para salir del armario! —gritó.

—No te estoy pidiendo que lo hagas —contesté, y di un golpe al volante con frustración—. Pero si estoy con alguien, sí, no espero que vaya a perrear con otra persona para demostrar algo, o que insulte mi forma de vestir o de ser delante de sus amigos.

—¡Ya te he dicho que lo siento!

—¡No me importa que lo sientas! No necesitaba una disculpa. Quería que pensaras en mí, que te importase cómo me iba a afectar antes de que hicieras algo horrible. Pero no lo hiciste. Así, ¿cómo voy a poder seguir con esto si sé que la idea de romperme el corazón no basta para frenarte de hacer algo que nadie te está obligando a hacer?

—Lo hice para que pudiéramos seguir viéndonos sin...

—No, no, no intentes hacer como si lo de anoche fuera en mi beneficio. ¿Por qué no admites que lo de anoche trató cien por cien sobre tu terror a que alguien descubra las cosas, y un cero por cien sobre mí?

—¿Y qué pasa si era así? —preguntó Will—. ¿No se me permite tener miedo?

—Por supuesto que sí. Pero ese es el problema. Si estás tan preocupado por lo que la gente puede pensar como para tener que reaccionar haciendo mierdas como esa, ¿cómo voy a estar con alguien así?

Will se cruzó de brazos y sacudió la cabeza. Al parecer, no tenía la respuesta. Lo que todavía me enfureció más.

—Me tratas como a la mugre. Te has dado cuenta, ¿verdad? Y cada vez que te disculpas, creo que esa vez será diferente, pero nunca lo es. Para serte sincero parece que no te importa una mierda si estoy bien.

—Eso no es verdad…

—¡*Es verdad, Will!* Yo nunca haría algo que supiera que puede hacerte daño. Ni para librarme de la vergüenza, ni para despistar a la gente, ni nada. Solo quería lo mismo de ti.

—Yo no…

—Solo quería que te preocuparas por mí —sollocé. Tenía la garganta obstruida, y sabía que empezaría a llorar en cualquier momento, así que elegí la ira. Mejor que la tristeza. Y que el dolor—. Pero no lo hiciste, y sigues sin hacerlo. Así que sal de mi puto coche y déjame en paz.

Se quedó un momento parado, y yo metí la llave en el contacto.

—He dicho que salgas de mi coches. Tengo que hacer de canguro con los niños. Ya llego tarde.

Asintió. En silencio, parpadeando, salió del coche y caminó a través del aparcamiento con los brazos todavía cruzados sobre el pecho. Uno de tercero se paró delante de él por accidente, y Will se abrió paso con un empujón mucho más fuerte de lo necesario y agachó la cabeza al pasar.


Y así, Will y yo comenzamos la operación: retirarnos la palabra.

Era difícil determinar quién ignoraba a quién, porque ambos pusimos nuestro máximo esfuerzo en fingir que no teníamos ni idea de quién era el otro. Ni mensajes, ni contacto visual ni interacciones en clase. Era demasiado tarde para cambiarse de sitio en Apreciación de la Música, pero el muy insolente empezó a sentarse alejando el pupitre de mí tanto como pudiese, con la espalda ligeramente ladeada para no tener que verme ni siquiera con la visión periférica.

Por lo menos a la hora de comer no era tan horrible, ya que, de repente, Darnell no quería tener nada que ver con Niamh, así que los chicos del baloncesto se quedaban en su mesa. Lo cual era una mierda para Niamh, pero se me hacía difícil sentir pena por ella, porque me aliviaba un montón no tener que defender los silencios incómodos de Will cuando todo lo que quería era comerme el *panini* de pollo en paz.

Cuando Juliette volvió al instituto, llena de energía después de petarlo en su audición del conservatorio, dijo que era como llegar y encontrarse con los escombros de un holocausto nuclear.

—¿Cómo habéis tenido los tres tanto drama en los dos días que he estado fuera del instituto? —preguntó cuando terminamos de ponerla al día durante la tutoría.

Pero nos acostumbramos bastante rápido a la ausencia de los chicos, al cabo de un par de semanas, entramos en una vibra nueva. Una vibra de «no necesitamos a ningún chico (excepto Ollie, a él sí)». Y todo iba bien. No era un bienestar épico ni nada por el estilo, pero estábamos bien. Hasta el día en que Juliette empezó a sollozarle a su hamburguesa con queso durante la comida, como de la nada.

Lara se alarmó un poco por la repentina exhibición de emociones, y Niamh y yo enseguida saltamos a la acción.

—Oh, Dios mío, ¿qué ocurre, cielo?

—Oye, ¿qué pasa? ¿Estás bien? No, no lo estás; ¿para qué lo pregunto? ¿Qué ha pasado?

Juliette enterró la cara entre las manos y soltó un gemido frustrado y sollozante.

—No quería hablar de esto. Pensaba que estaba bien.

—Sí, igual de bien que un hombre al que han corregido educadamente por internet —repuso Lara, y se cruzó de piernas.

Juliette nos miró a través de los dedos.

—Ayer recibí la carta de rechazo.

Me quedé blanco.

—¿Del conservatorio?

Asintió.

—Oh, no. Mierda.

—Pensaba que habías dicho que la audición había ido bien, ¿no? —preguntó Niamh.

—¡Pensaba que sí! Fue la vez que mejor toqué. Mi mejor actuación y, aun así, no fue suficiente. —Con eso, rompió a llorar de nuevo, y yo giré la silla para darle unos golpecitos incómodos en la espalda.

—Esas escuelas son muy selectas —dije—. Sinceramente, es probable que a Valentina también la hubiesen rechazado en la mitad de ellas.

—A ella no. Ella podría entrar en cualquier lado porque es brillante, y yo lo hago fatal, y me voy a quedar aquí atascada.

—¿Mandaste solicitud a alguna otra escuela? —preguntó Niamh, flojito.

Juliette se encogió de hombros mirando a la mesa.

—Mandé solicitud a Juilliard, pero ni siquiera me dieron acceso a la audición. Y también a la Universidad Estatal de Carolina del Norte.

—No sabía que tuvieran un buen programa de música —comenté.

—No lo tienen. Se suponía que tenía que ser mi última opción. En plan, en el peor de los casos. Pero es que... pensaba que de verdad lo lograría.

Me sabía fatal por ella. No tenía ningún tipo de sentido. Juliette amaba el clarinete, y tenía tanto talento, pasión y dedicación... ¿Había llegado a su fin? ¿Así, sin más?

De repente, Lara puso una mueca de desconcierto, pero no en lo relativo a Juliette. Miraba algo que había detrás de mí. Me giré justo a tiempo para ver a Renee abalanzarse hacia nosotros como una bruja sin escoba, blandiendo el móvil en lugar de una varita mágica a centímetros de mi cabeza.

—Lara, en serio, basta.

Juliette, Niamh y yo intercambiamos miradas de cautela, mientras Lara hizo un puchero en señal de inocencia.

—¿Basta de qué?

—De mandarme mensajes, de llamarme y de proponerme planes. Búscate un *hobby* o algo.

Debajo de la indiferencia de Lara, había una nota de confusión.

—No sé de qué estás...

—No hay nada entre nosotras —dijo Renee, bastante más alto de lo necesario. Echó un vistazo a sus espaldas, y yo miré detrás de ella para ver que su novio nos observaba unas mesas más allá. De repente, todo tenía sentido. Era un espectáculo para él—. ¿Cómo puedo ser más clara?

A Lara se le desencajó la mandíbula, y me pregunté si Renee había hecho el más mínimo intento de ser clara antes de este preciso momento.

—Espera, ¿me estás diciendo que no te quieres casar conmigo? —preguntó Lara, con el sarcasmo activado de forma oficial—. Esto me ha caído de la nada.

—Lo siento, Lara, pero soy hetero, ¿vale? No pienso en ti de esa forma. Para nada. Te has formado una idea equivocada.

Renee casi estaba gritando. El murmullo de las mesas de nuestro alrededor se había apagado, y unos cuantos estudiantes habían girado la cabeza para escuchar mejor la discusión. Si es que «discusión» era la palabra correcta para esta situación. Siendo justos, parecía que Lara estuviera provocando a Renee más que contraatacando.

—Bueno, está claro —dijo Lara—. Supongo que algo me debe de haber confundido. ¿Se te ocurre qué puede haber sido? Lo tengo en la punta de la lengua, pero no puedo...

—¡Tienes que parar! —chilló Renee.

—No, para tú—intervine, flojito. La verdad es que no tenía intención de decirlo, se me escapó de la boca en cuanto lo pensé. Me quedé congelado cuando Renee se giró hacia mí, con la cara roja y furiosa. Eso no estaba bien. No soy de los que se meten en peleas. Soy más de «comer palomitas en la última fila, lejos de la línea de fuego».

Pero en cuanto abrió la boca, Niamh se metió.

—Renee, si quieres hablar con Lara, hazlo, pero gritarle en público no es una buena opción.

—Exacto, así que tal vez prefieras alejarte de nuestra mesa antes de que todas nosotras nos liemos a gritos —añadió

Juliette, con la cara todavía hinchada y roja, pero con la voz calmada—. Y créeme, sabemos gritar más fuerte.

Renee nos miró a cada uno e hizo una mueca con la boca. Parecía estar sopesando los pros y los contras. Juliette arqueó una ceja, y ella frunció el ceño antes de volver a girarse hacia Lara.

—Deja de mandarme mensajes —dijo en voz baja.

—Ahí lo llevas, cielo —respondió Lara, volviéndose hacia su plato de lasaña como si la conversación fuera demasiado aburrida para mantener su atención.

Incluso cuando se hubo marchado Renee, Lara seguía haciendo un trabajo impresionante de guardar la compostura, a pesar de que eran obvios los susurros y las miradas de las mesas que nos rodeaban. Incluso los chicos del baloncesto nos observaban, y eso que estaban prácticamente al otro lado de la cafetería. Matt miraba directamente a Lara, como si tratara de llamar su atención. Parecía preocupado.

—Bueeeno... —dijo Juliette.

Lara puso los ojos en blanco y le pasó el móvil a Juliette.

—Toma. Dime si algo de lo que le he dicho justifica lo que acaba de pasar.

Juliette y Niamh juntaron las cabezas para ver la pantalla. Yo no me molesté en unirme a ellas. Solo miré a Lara y esperé.

—Básicamente, me ha hecho luz de gas —dijo Lara.

—¿Qué es eso?

—Cuando alguien intenta darle la vuelta a algo que ha pasado para hacerte creer que te estás volviendo loco. —Se metió un trozo de lasaña en la boca—. Hacer que parezca que estoy obsesionada con ella, como si ella no me diera cancha con el tema activamente todo el rato.

Juliette y Niamh volvieron a la superficie.

—Estaba flirteando contigo —confirmó Niamh.

—Hasta la parte donde te molestas porque está flirteando contigo mientras sale con un chico con el que tiene cero intenciones de cortar —dijo Juliette, un poco más alto de lo necesario. Seguramente para que las mesas cercanas oyeran la versión de Lara de la historia, supuse.

Pero Lara sacudió la cabeza.

—No lo hagas. No necesito que nadie más sepa lo que ha ocurrido. Me importa lo más mínimo lo que piensen.

«No te importa lo más mínimo», corregí para mis adentros. Pero me lo guardé para mí. No parecía que fuera el momento.

—Pero aun así —insistió Juliette—. Esto ha estado completamente fuera de lugar. Estoy tentada de ir allí y leerle a toda su mesa la conversación entera.

Lara se encogió de hombros.

—No pasa nada, en serio. Supongo que solo pensé que, tal vez, sí que significaba algo para ella —terminó, del mismo modo que alguien podría haber dicho «supongo que pensé que hoy iba a llover».

Sí.

Sabía cómo era sentirse así.

# CAPÍTULO 19

Lara estaba sentada en el muro de ladrillo que bordeaba la entrada del instituto con la espalda recta, las botas de plataforma cruzadas sobre los tobillos y su vestido celeste extendido bajo el café con hielo que sostenía entre las piernas. Juliette, Niamh y yo estábamos de pie, tomando también café, flanqueándola. Aquel día, ella era una reina y nosotros sus guardias. Nos manteníamos unidos, siempre. Teníamos los collares para demostrarlo.

Como cualquier reina, atraía la atención del público cuando los alumnos pasaban por nuestro lado de camino al instituto. Pero las miradas excesivamente largas y los susurros amortiguados no nos intimidaban. Algunos eran curiosos, otros parecían asustados y luego había los que juzgaban.

Aguantábamos la mirada a cada uno de ellos hasta que seguían con su camino.

Ya lo sabía todo el mundo, por supuesto. Cualquiera que estuviera en la cafetería se había enterado a través de la red de susurros la tarde del día anterior. Había gente en el instituto que no conocía de nada a Lara, pero que ahora sabía detalles íntimos sobre su sexualidad. Que lo tendría en la cabeza si en algún momento llegaba a conocerla. Que ya se habría formado una opinión sobre ella, y sobre quién era como persona.

Sabía cómo era sentirse así. Era una mierda. Una mierda bien grande.

Localicé a un grupo vestidos de blanco y negro que se movían a través del aparcamiento. Will, Darnell y Matt. Me posicioné de cara a Lara para no tener que fingir que estaba increíblemente interesado en el tejado cuando Will pasara a fin de evitar el contacto visual.

—Pregúntaselo.

El susurro provenía de un grupo de chicas a las que reconocí vagamente de la clase de biología. Una de ellas, una chica que llevaba el pelo rubio ceniza recogido en una coleta, vestía una camiseta que decía «el chocolate es la respuesta, pero ¿cuál era la pregunta?». Sus amigas le dieron un empujón, soltó una risita y se atrevió a levantar la mirada hacia Lara, en su trono.

—En plan, queríamos saber: ¿ya eras lesbiana cuando nos cambiamos de ropa todas juntas entre bambalinas durante la obra de segundo?

Lara giró la cabeza de manera gradual hasta que reconoció de la presencia de la chica.

—Hostia puta, buenos días, Charlotte —dijo, en tono agudo y alegre.

Las amigas de Charlotte cambiaron de postura, pero se mantuvieron firmes.

—Es una pregunta justa —respondió Charlotte—. Quiero decir, si de verdad lo eras, está bastante mal que no dijeras nada. Teníamos derecho a saber delante de quién nos estábamos cambiando. Algunas de nosotras estábamos completamente desnudas.

Lara se rio con la pajita en la boca, haciendo burbujas en el café.

—Dios, tienes razón. Fue un milagro que fuera capaz de controlarme cuando os desvestisteis hasta quedaros en la ropa interior de vuestras abuelas.

—O sea, ¿que lo eras?

—¿Qué te crees, que un día me fui a dormir hetero, tuve el sueño erótico más convincente de la vida y me levanté con ganas de...?

—No lo digas.

—Coño, clítoris, conejo...

—Das asco.

—El felpudo —gritó Lara, levantando las piernas delante de ella. Charlotte chilló y dio un paso hacia atrás—. ¿Qué pasa, te avergüenzas de ser una chica o algo, Char?

—Charlotte. Y no, no es que piense eso. Pero creo que es interesante cómo habéis empezado a juntaros con el chico nuevo y, de repente, tú también eres homosexual.

214

Por supuesto que iban a meterme en esto. Por supuesto.

—No hay nada de repentino en esto, Charlotte —contestó Lara.

—Es todo lo que quería saber. En ese caso...

—De hecho —la cortó Lara—, me estaba tirando a tu madre el día que te diste tu primer beso heterazo con Todd Ferguson digno de un *reality show.*

—Siempre supe que eras una guarra, pero no te tomaba por una...

—No creo que quieras terminar esa frase. —Era Matt, que se abría paso entre el arroyo de estudiantes, seguido de cerca por Darnell y un Will con cara de nervios.

—Esto no tiene nada que ver contigo —dijo Charlotte, pero bajó un poco el volumen de su voz.

—Y un cojón, que no tiene nada que ver conmigo. Estás delante de mi instituto tirando mierda a mi amiga, cuando ambos sabemos que tu madre te lavaría la boca con jabón y estropajo si oyera las gilipolleces que estás soltando por la boca. Así que, continúa, si quieres, pero lo estaré grabando, y se lo pienso mandar a mi madre, que se asegurará de que la tuya lo vea antes de primera hora. Trabajan en el mismo edificio, ¿recuerdas?

Varios estudiantes ralentizaron el paso para ver el drama que se había desatado hasta ahora. Charlotte puso cara de estar tentada a seguir, pero sus amigas tuvieron la sensatez de cogerla por el codo y arrastrarla hasta el interior del edificio. De manera gradual, la muchedumbre se dispersó y Matt fue a ponerse debajo de Lara.

—No necesito que me defiendan —dijo.

—Oh, ya sé que no. Pero siempre eres tú la que lanza los zascas y llevo odiando a esa chica desde primer curso, cuando consiguió ser delegada de la clase a base de sobornos.

—Solo querías un subidón de masculinidad.

—Créeme, mi masculinidad no necesita ningún subidón. —Matt apoyó un brazo contra la pared de ladrillo—. Pero en serio, que le den. Si ella o cualquier otra persona te molesta, házmelo saber, ¿de acuerdo? Esta mierda no mola nada y no tengo miedo de jugar sucio.

Darnell se debió de dar cuenta de la mirada de admiración que Niamh le lanzaba a Matt, porque metió baza con:

—Sí, yo también. ¿A quién le importa que te gusten las chicas? El mundo sigue girando, ¿sabéis?

En ese momento mi atención fue directa hacia Will, y busqué en su cara cualquier señal de sorpresa causada por las palabras de sus amigos. Pero hoy estaba ilegible.

Y por un momento, lo odié un poco. Porque supongo que, después de todo eso, una minúscula parte de mí todavía tenía la esperanza de que, por arte de magia, se diera cuenta de que no tenía que estar aterrorizado por lo que podía pasar si sus amigos se enteraban de todo. Entonces, en un mundo ideal, entendería cuánto daño me había hecho, y todo culminaría con algún tipo de acto extraordinario para demostrarme que, durante todo este tiempo, sí que se había preocupado por mí.

Pero solo era una fantasía. Una fantasía bonita, por supuesto, pero no era más real que otros mil cuentos de hadas.

Dios, lo que daría a veces por vivir en un cuento de hadas. O incluso en una comedia romántica, por lo menos. Allí esto no funcionaría así. O sea, imaginad que el Príncipe Encantador hubiera recogido el zapato de cristal y luego hubiese decidido que la ciudad era demasiado grande como para registrarla y encontrar a alguien a quien le fuera bien. O que el Príncipe Felipe hubiera visto cómo Maléfica prendía fuego al bosque y hubiese dicho: «Mira, que les den a todos, demasiado arriesgado». O que el Príncipe Eric se hubiera puesto en plan: «Mmm, podría luchar contra la bruja-pulpo gigante de mis pesadillas, pero también podría navegar hasta casa y volver a comer pescado, ahora que sé que los peces tienen sentimientos, quedarme a salvo con mi negación, ¡y con mi maldita disonancia cognitiva!».

Pero no, ellos no habrían hecho nada de eso, porque en las historias se lucha. Se lucha por la persona que te importa, y nunca jamás te das por vencido.

En la vida real, sin embargo, a veces suplicas que se preocupen por ti, pero no lo hacen. Y entonces se sumen en el silencio.

Y te dejan marchar sin batallarlo de ninguna manera.

Dos semanas después del desastre/devastación/debacle de Renee (o como sea que queráis llamarlo), Lara decidió, al parecer, que estaba lista para pasar página.

Parte de mí pensaba que aún era muy reciente, pero claro, yo todavía andaba detrás de Will con cara mustia como si fuera mi verdadero amor profético, y no solo un rollo de verano que no iba a ser para siempre. Así que, tal vez, yo no tenía ni voz ni voto en decidir el tiempo que llevaba pasar página después de un desamor.

¿Que cómo supe que Lara estaba lista para pasar página? Por dos cosas. Una, que, de repente, de manera inexplicable, se puso a flirtear con Matt durante la comida durante las raras ocasiones en las que los chicos del baloncesto visitaban nuestra mesa, arrastrados por Darnell, que siempre parecía tener una pregunta u otra que hacer a Niamh. Y cuando digo que Lara flirteaba, no me refiero a la cháchara natural que dio lugar a que Will y yo creásemos el concepto de Larmatt. Me refiero a lamer la cuchara como si fuera una estrella de RedTube, a perforarle los pectorales con la mirada ardiente y a cogerlo por el brazo cada vez que hablaba con él como para meterlo en la conversación.

Y lo más extraño era que, de repente y sin explicación alguna, Matt parecía no tener ningún interés en el flirteo de Lara. Apenas mantenía contacto visual con ella, le sonreía de forma breve y tensa, y solo le hablaba para responder a sus montones de preguntas.

O sea, básicamente, parecía que el interés de Lara se alimentaba del desinterés de Matt, que a su vez estaba alimentado por el interés de Lara.

Y yo que pensaba que Will y yo éramos complicados.

La segunda razón era mucho más directa. Más tarde, ese mismo día, estaba aparcando en mi casa después del instituto. Por una vez, no tenía que ir a casa de la tía Linda. Hacía unos días que no sufría un percance (tocaba madera), así que la noche iba a ser para mí, Netflix y una bolsa entera de grageas de chocolate con crema de cacahuete Reese's. El caso es que justo había apagado el motor cuando me llegó un mensaje de Lara.

**Lunes, 15:04**
¿Te puedo contar algo?

Lara nunca me mandaba mensajes. No fuera de Snapchat, que apenas contaba. Esto llegaba totalmente de la nada, sin ninguna iniciativa por mi parte. Así que, por supuesto, estaba intrigado. Puse el freno de mano y le respondí.

**Lunes, 15:06**
Dispara.

Antes de que me diera tiempo a sacar las llaves del contacto, contestó. Supongo que lo había escrito antes de recibir mi respuesta.

**Lunes, 15:06**
He superado bastante a Renee. Por lo menos, ya no me duele como antes. Por cierto, ¿puedes guardarme un secreto?

**Lunes, 15:07**
¿Qué pasa?

**Lunes, 15:07**
Es un secreto, en serio. Pero es que no sé, he estado pensando en Matt después de nuestra conversación el día del baile…

**Lunes, 15:08**
Oh, Dios mío, estás volviendo a caer.

**Lunes, 15:08**
¡Qué va!
Bueno, tal vez.
¿Pero, qué más da si es que sí? ¿Qué pasa? Tenemos diecisiete años, tampoco es que vayamos a casarnos con la gente con la que salgamos ahora. Solo me lo estoy pasando bien. Además, está bueno.

**Lunes, 15:09**

A ver, sí. Está buenísimo. Sobre todo cuando se puso a desafiar a la chica esa, Charlotte.

**Lunes, 15:09**

¡¡Se mira pero no se toca!! ¿Crees que debería ir a por él?

**Lunes, 15:09**

¿Te hará feliz?

**Lunes, 15:10**

No lo sé, Ollie, ¡no soy adivina! Pero tal vez.

No pude evitar reírme con eso. Qué manera de vivir la vida. Probar cosas locas por si existe la probabilidad de que te hagan feliz. Iba totalmente en contra de mi filosofía personal de analizarlo todo en exceso y de tomar riesgos solo cuando hay un cinco por ciento o menos de probabilidades de fracasar. Pero quizá la visión de Lara tenía mérito. Le contesté al mensaje mientras salía del coche de un brinco.

**Lunes, 15:10**

Para mí, con esto es suficiente. Sí, joder, ve a por él. Pásatelo todo lo bien que puedas hasta que deje de ser divertido. Y si eso no ocurre nunca, mejor que mejor.

**Lunes, 15:11**

Ja. Yo siempre me lo paso todo lo bien que puedo. ¿Qué sentido tiene si no?

Sonreí al leer su respuesta cuando abría la puerta de entrada con la cadera mientras se me deslizaba la mochila por el hombro. Di un salto para ponerla recta, recuperé el equilibrio y me detuve al ver a mis padres sentados en el salón.

Ambos tendrían que estar en el trabajo.

Dejé que se me resbalara la mochila por el brazo y la solté en el suelo al lado de la puerta. Quería volver a salir, entrar en el coche y conducir hasta viajar atrás en el tiempo. Porque sabía, con una certeza horrible, que no estaba preparado para lo que mis padres me iban a decir a continuación.

Pero tenía que entrar en la sala. Llegué tambaleante al sofá y me senté, con pesadez.

Silencio.

Hablé primero, porque mis padres no dejaban de mirarse el uno al otro para ver quién me lo iba a contar. Como si necesitase que alguien me contara algo. Como si todavía no supiera lo que estaba por venir.

—¿Cuándo ha ocurrido? —pregunté.

Por asombroso que parezca, pusieron cara de alivio. Supongo que así al menos ninguno de los dos tenía que decirlo en voz alta.

—Cerca de la hora de comer —respondió mi padre.

Oh. La hora de comer. Llevaba varias horas muerta. Y yo ni siquiera había notado un desajuste cataclísmico. Pensaba que lo notaría. De una manera u otra.

—Ha sufrido una embolia pulmonar. La verdad es que tenemos suerte de que haya ocurrido así —dijo mi madre con la voz tensa—. Ha sido, eh… ha sido rápido. Y nos, mmm… nos habían dicho que su problema iba cuesta abajo. Y que pronto iba a tener muchos dolores. Pero que muchos dolores, Ollie. Y ella no quería que todo le doliera de esa manera. Nadie lo quiere. No es forma de pasar las últimas semanas que te quedan. Y ella pudo pasar sus últimas semanas con nosotros, paseando, comiendo, riendo.

Miré al suelo.

—Mucha gente en su situación termina con el intestino bloqueado. Todo lo que pueden hacer durante sus últimas semanas es permanecer tumbados en la cama y humedecerse los labios. Es una manera horrible de marchar. Tenemos mucha suerte de que Linda no haya tenido que pasar por eso, cielo.

¿Estaba intentando reconfortarme? Porque su tono de voz era tan suplicante, que parecía que quisiera que le dijese que sí, que todo eso era verdad, y que, de ninguna manera, ese era el peor día que nos había tocado vivir a todos en la vida.

Intenté hablar, pero no me salió nada.

Me aclaré la garganta y lo volví a intentar.

—Vale.

Nos sentamos en silencio. Sentí que deberíamos abrazándonos, sollozar, o algo así pero no tenía ganas de llorar. No sentía nada, solo estaba aturdido. ¿Qué se suponía que teníamos que hacer ahora? En serio, ¿qué? ¿Íbamos a ver al tío Roy para apoyarlo? Seguramente no querría que estuviéramos allí ahora. Todavía no. Entonces, qué, ¿hablábamos de nuestros recuerdos favoritos de la tía Linda? Oh, por Dios, no, recuerdos, todo lo que teníamos ahora eran recuerdos. Aún no parecía real. Era como si le estuviera pasando a otra persona.

Vale, así, entonces, ¿qué? Simplemente... ¿encendíamos la tele? ¿Fregábamos los platos? ¿Nos dábamos una ducha? ¿Me iba a hacer los deberes? Nada de eso parecía lo correcto.

Esperé a que mis padres dirigiesen los siguientes pasos.

Pero a lo mejor ellos tampoco sabían qué hacer ahora.

Era demasiado duro ver las caras afligidas de mis padres, así que en lugar de eso me arranqué un padrastro de la uña. ¿Era malo que no me sintiera triste? ¿Significaba que había algo en mí que no iba bien?

Tal vez era como el protagonista de *Dexter*. O sea, tal vez era inmune a la muerte y al dolor, y en teoría podía pasarme el resto de la vida matando a gente que, de manera objetiva, merecía morir, sin que eso me afectara en nada.

Mi madre fue la primera en levantarse.

—Voy a volver a llamar a la abuela y al abuelo —dijo.

Con eso quería decir a los padres de mi padre. Los padres de ella fallecieron cuando yo aún era pequeño. Habían tenido a mi madre cuando eran ya muy mayores, tipo a los cuarenta.

Lo que significaba que, de toda su familia, ella era la única que quedaba.

Mamá se puso bien la blusa y salió de la habitación. Todavía llevaba la ropa del trabajo. Normalmente, cuando piensas en alguien que está de duelo, te lo imaginas en pijama y, tal vez en bata, con la cara roja e hinchada de llorar. Mi madre tenía la cara hinchada, pero aparte de eso, podía dirigir una reunión de junta y no se la vería fuera de lugar.

Mi padre también. Incluso más, porque tampoco parecía que hubiera llorado. No tenía rojeces a la vista.

—¿Hay alguna cosa rica que te apetezca para cenar? —preguntó.

—¿Disculpa?

—No vamos a cocinar esta noche, pero puedes escoger. Cualquier cosa que te apetezca. Para llevar —añadió, como última ocurrencia.

—Mmm...

—Piénsalo. —Entonces, él también se levantó—. ¿Estás bien?

No. Sí. No.

—Bueno, sí.

—Bien. Voy a arreglar unas cosas en el piso de arriba. Si necesitas lo que sea, házmelo saber, ¿de acuerdo?

Con eso, él también escapó.

Ahora éramos solo, el salón, un enorme silencio ensordecedor y yo.

Pensé que debería llamar a alguien. Mi primera idea fue a Ryan o Hayley, pero no habíamos hablado demasiado últimamente. No es que hubiera ningún problema entre nosotros, solo nos habíamos distanciado un poco.

Lara y yo no teníamos ese tipo de amistad. Con Niamh tampoco.

Podía llamar a Juliette, pero lo había pasado tan mal esas semanas que no me parecía justo cargarla con todos mis problemas. Además, seguramente intentaría compensarlo estando muy animada, sacándome a tomar un helado o algo, y no quería diversión ni helados. Ni tampoco compasión.

Entonces, ¿qué quería? Tampoco podía llamar a alguien que agitase una varita mágica para hacer que la tía Linda dejase de estar muerta. Y eso era lo único que podría ayudarme de verdad en ese momento.

Mi madre trotó por las escaleras con un USB y lo conectó a la tele.

—¿Qué estás haciendo? —pregunté.

Se sentó a mi lado y cogió el mando.

—Vamos a recordar momentos buenos.

Esto no significaba lo que creía, ¿verdad?

—Mamá…

—Porque la tía Linda no querría que estuviéramos aquí desanimándonos. Tenemos que reír. Tenemos que recordar cuán bien podían ir las cosas. Todos los recuerdos maravillosos que nos ha dado.

La tele se encendió para mostrar un vídeo casero nuestro en San José. Me acordaba de eso. La tía Linda había venido a visitarnos cuando Crista solo tenía un año, mucho antes de que Dylan hubiera nacido siquiera. Vinieron durante las vacaciones de verano y se quedaron durante una semana más o menos, y yo tuve que dormir en el sofá para que ellos pudieran estar en mi habitación.

El vídeo empezaba con la tía Linda dando de comer a Crista cuando era un bebé en una silla alta. Se la veía muy diferente. Bueno, a Crista también, claro, pero había olvidado lo espeso que la tía Linda tenía antes el pelo. Su piel era morena y apenas tenía arrugas. Supuse que tendría unos veintilargos.

—Ay, por favor, Roy, ahora no. —Se rio mirando a cámara y la ahuyentó con un gesto.

—Aquí tenemos a la madre cubierta en lo que parece ser vómito y comida de bebé —dijo la voz del tío Roy en una imitación terrible de David Attenborough—. Es su manera de integrarse en el paisaje, también cubierto de vómito y comida de bebé, a fin de acercarse con sigilo a su cría.

—Te lo digo, es el brócoli —comentó la voz de mi madre. La cámara se giró para enfocarla mientras tecleaba algo en el portátil. Seguramente correos del trabajo. Fue el año en el que la contrataron como directora de una empresa de contabilidad, cuando todavía le gustaban ese tipo de empleos. Me acuerdo de que trabajaba las veinticuatro horas del día (fines de semana incluidos) solo para estar al día con todo—. Ollie solía regurgitar cualquier cosa que tuviera brócoli. No importaba lo bien que lo mezclase, en cuanto le llegaba a la boca: puaj.

A mi lado, mi madre del presente estalló a reír. La miré sin componer ni una sonrisa.

—No voy a dejar que Crista sea caprichosa con la comida —declaro la tía Linda, arqueó las cejas y se giró para volver a meterle una cucharada en la boca a la niña. Crista enseguida se lo escupió en la cara con una pedorreta y Roy se partió de la risa, tanto que la cámara terminó enfocando a sus pies.

—Ya, bueno, ¿qué tal te fue con eso, Lin? —le preguntó mi madre a la pantalla—. Se rindió en cuanto tuvo a Dylan.

—Mamá.

—Se lo dije, cuando son pequeños estás decidida a hacerlo, pero con el tiempo te das cuenta de que ¡vale tanto la pena cortar los bordes del pan si te ahorra una pataleta de tres horas en cada comida!

—¡Mamá!

—¿Sí, cielo?

—No crees qué, bueno... ¿es un poco demasiado pronto para ver vídeos?

Parecía confusa, como si no hubiera ninguna razón en el mundo para pensar eso.

—Bueno, ¿cuándo no es demasiado pronto? ¿Qué norma lo rige, Oliver?

No lo sabía, pero estaba bastante seguro de que «tres horas después de la muerte» era para todo el mundo demasiado temprano para reírse de las cosas con cariño.

—Lo siento. Quiero decir que, tal vez, yo todavía no estoy preparado.

Mi madre asintió.

—Está bien, cielo. Pero yo voy a verlo un poco más. Porque es lo que necesito ahora mismo. Solo necesito ver unos cuantos... algunos vídeos, ¿vale? —Su sonrisa estaba peligrosamente acuosa—. ¿Qué necesitas tú ahora mismo? ¿Hay algo que pueda hacer por ti?

Necesitaba no oír la voz de la tía Linda como si todavía estuviera viva. Necesitaba no hablar de los planes de la cena con mi padre. Necesitaba hacer algo, cualquier cosa que no fuera forzar una sonrisa y actuar como si todo estuviera bien. Necesitaba no estar aquí.

—¿Te parece bien si salgo a ver a unos amigos?

Mi madre asintió con la mirada perdida.

—Sí, por supuesto, cariño. Pero vuelve a casa antes de las nueve, ¿vale?

Ni siquiera me preguntó a dónde iba. Estaba un 50000 % no bien. A lo mejor no debería irme. Pero entonces volvió a darle al *play* y la tía Linda apareció probando la comida de bebé para demostrar que no estaba tan mala, así que necesitaba irme, tenía que irme de inmediato. Cogí las llaves de la mesa y corrí hacia el coche.

No tenía ni idea de a dónde iba. No tenía ningún sitio al que ir. Primero conduje sin rumbo, haciendo zigzag por calles pequeñas, y entonces me encontré parando en el arcén para buscar su dirección en Google Maps.

No tenía mucho sentido que fuera a verlo. Por varios motivos, incluso ir a ver a Lara o Niamh sería más apropiado, porque por lo menos nos hablábamos. Pero él conocía a la tía Linda, y sabía lo enferma que estaba, y en verano me había escuchado noche tras noche susurrar en la oscuridad lo mucho que me aterraba su posible muerte.

Necesitaba verlo.

La casa de Will no era menos intimidante de día que como estaba cuando fui en Acción de Gracias. Me detuve, la observé y tragué saliva con el corazón palpitante. Ahora no tenía sentido dar media vuelta. No era un viaje corto, que digamos.

Solo que no era lo bastante valiente para ir hasta la puerta. Así que lo llamé.

—¿Estás en casa ahora mismo? —pregunté.

—¿Sí?

—Estoy fuera.

—Estás... espera.

Me colgó. Entonces se abrió la puerta delantera y Will salió de la casa y se acercó por el camino. Salí del coche, aturdido, y me quedé allí, abrazándome hasta que Will llegó hasta mí.

Creo que lo supo con solo verme la cara.

—Ollie —soltó el aire y extendió los brazos. Me abalancé sobre él como si no fuera raro, como si no hubiéramos pasado las últimas semanas fingiendo que el otro no existía. En cuanto noté sus manos en la espalda, rompí a llorar.

—Oh, Ollie, no. Lo siento mucho.

Me guio, llorando, tosiendo y tiritando, directo a su habitación sin pasar siquiera por delante de sus padres a saludar. Mamá y papá me habrían desheredado si supieran que había sido tan maleducado, pero en ese momento la verdad es que no me importó lo más mínimo. Me dejó allí durante un minuto o dos mientras bajaba y se lo contaba a sus padres, y entonces volvió a subir y se sentó conmigo en silencio.

Cuando por fin me calmé lo suficiente como para poder hablar, Will y yo llevábamos unos quince minutos sentados en su cama. No me intentó presionar para que hablase, en ningún momento. Solo estaba ahí sentado, con su hombro apretando el mío, con las manos en su regazo.

—Es que no sé qué hacer —dije—. ¿Qué se hace cuando pasa esto? Mis padres actúan como si todo estuviera bien y querían ir a buscar la cena, y mi madre ha puesto vídeos caseros...

—¿Vídeos?

—¡Vídeos de la tía Linda! ¿No es lo más raro que has oído nunca?

Will juntó las manos con seriedad.

—Es bastante ridículo.

—Es que no parece real, Will. Todo es muy distante y borroso, y es como si estuviera en un sueño, pero no creo que sea un sueño. ¿Lo es? ¿Seguro que no estoy soñando, verdad?

—Seguro que no estás soñando —respondió—. Lo siento.

—Vale. No pasa nada. Pero en realidad sí que pasa, porque está muerta, y eso es real. Es la vida real. Y será la vida real a partir de ahora, también. Cada día, de ahora en adelante. Seguirá estando muerta cada mañana cuando me levante. ¿Cómo lo hago? No sé qué hacer.

Ahora volvía a llorar, y Will me puso el hombro alrededor para acercarme a él. No de forma romántica, sino reconfortante. De la manera en la que sí querría que me consolaran mis padres.

—¿Qué hago? —volví a preguntar. Como si Will tuviera una solución mágica para todo esto.

—Lo que sea que tengas que hacer —contestó, con un hilo de voz.

Apoyé la cabeza en su hombro. No me había dado cuenta de lo mucho que me pesaba hasta ese momento. También me dolía la mandíbula. ¿De llorar? ¿Había apretado los dientes? Lo solía hacer mucho cuando era pequeño, hasta que me quebré un diente y el dentista me hizo dormir con una férula de descarga.

—Es que ha sido de la nada, ¿sabes? O sea, tampoco es que haya sido inesperado, pero pensaba que tendríamos más avisos. Creía que empezaría a tener un aspecto muy, muy enfermo y sabríamos qué estaba por venir. Ni siquiera me acuerdo de la última conversación que tuvimos. Creo que fue sobre leche agria.

Hablé sollozando hasta la última frase, tan fuerte que apenas podía pronunciar las palabras entre tartamudeos.

—No es justo —dijo Will.

—No, no es para nada justo.

—No.

Y por muy extraño que pareciera, aunque todavía sentía que la pena me estaba enterrando vivo, se hizo un poco más soportable. Que Will me apoyara y me diera la razón sin intentar hacer que viera el lado bueno o recordar tiempos bonitos hizo que me sintiera un poco menos solo en esto. Aunque Will apenas conociera a la tía Linda, sentí que estaba allí conmigo en la oscuridad. Esperando conmigo todo el tiempo que necesitase.

Al final, me sequé los ojos con el dorso de la mano y me senté recto.

—Lo siento. He aparecido aquí de la nada y seguro que tienes una tonelada de deberes, y ni siquiera has cenado...

—No pasa...

—Tendría que haberte escrito un mensaje al menos o...

—Ollie. —Me cogió la mano y yo bajé la vista para verlo, sorprendido—. No pasa nada. Me alegro de que hayas venido. Puedes quedarte tanto tiempo como quieras.

Asentí y aparté la mano con suavidad.

—Gracias. Pero tendría que volver a casa.

Me acompañó a través del salón, donde sus padres veían *Origen*. Habían llegado a la escena en la que todo el mundo daba tumbos boca abajo por el pasillo, pero la pausaron cuando repararon en nosotros.

—Hola, Ollie —me saludó la señora Tavares—. Will me ha contado lo de tu tía. Me sabe muy mal. Por favor, si hay algo que podamos hacer, háznoslo saber.

El señor Tavares asintió y me dedicó una sonrisa tensa.

—Me alegro de verte otra vez, Ollie. Pensé que después de Acción de Gracias te veríamos la cara más a menudo por aquí.

Tuve un *flashback* repentino de cuando el señor Tavares prácticamente nos pilló a Will y a mí. Forcé una risa fácil.

—Oh, y Will —añadió, con suavidad—. Sé que hoy ha sido una situación un poco especial, pero por favor recuerda nuestra norma de no cerrar la puerta de la habitación.

Will parpadeó mirando a su padre como si hubiera combustionado de manera espontánea o algo así. Tragó saliva, asintió, tenso, y me acompañó al coche.

Durante todo el camino, miró a la distancia sin decir palabra.

—¿Estás bien? —pregunté.

—No tenemos ninguna norma de no cerrar la puerta de la habitación con los amigos. Solo con chicas. Los chavales y yo siempre estamos con la puerta cerrada.

Oh. Oh, oh.

—Lo siento…

Sacudió la cabeza.

—No lo sientas. No es culpa tuya. Simplemente… a ver si vuelve a sacar el tema.

Sus palabras eran tranquilizadoras, pero su cara decía lo contrario. Will no quería volver a entrar a esa casa.

Titubeé al lado del coche. Parte de mí deseaba que me quedara un rato para asegurarme de que Will no ocultaba un ataque de nervios, pero si nos quedábamos allí fuera durante demasiado rato, ¿no sería todavía más sospechoso? ¿Y si su padre sentía la necesidad de salir y decir que se acabó?

—Vale. Bueno, ¿podrías escribirme en cuanto puedas, entonces? Para decirme si vuelve a sacar el tema o no.

Will asintió.

—Claro. Y tú escríbeme más tarde para decirme si estás bien, ¿vale?

Oh. Claro. Por un momento brevísimo había olvidado lo de la tía Linda. Entonces volvió a inundarme la emoción, fresca como si me acabara de enterar. Pero no iba a llorar. No ahora. Podía esperar aproximadamente ocho segundos.

—Sí. No te preocupes.

No te preocupes.

# CAPÍTULO 20

Mi casa parecía un cementerio.

Me dejaron que faltara al instituto lo que quedaba de semana, cosa que fue un alivio porque había desarrollado la alarmante costumbre de ponerme a llorar sin avisar. Sí, claro que lloraba por la tía Linda, pero también lloraba por un anuncio de adopción de perros de la tele o sollozaba porque me acordaba de que el jueves me iba a perder un examen de mates, cuando yo odiaba las mates. Y una mañana me ahogué en llantos durante veinte minutos mientras bebía zumo de naranja porque me recordó que San Nicolás solía darles naranjas a los niños pobres, y que había gente que nunca tenía naranjas cuando yo llevaba toda la vida sin valorarlas.

Y tampoco era yo el único que lloraba. Era lo que mi madre hacía la mayor parte del día. Enseguida superó esa reacción inicial excesivamente optimista. No me gustaba nada ver a mi madre llorar, pero era menos perturbador que esa risa ruidosa no natural del primer día. Mi padre no lloraba, pero no había sonreído ni una sola vez. Estuvimos sombríos durante las preparaciones del funeral, y durante el funeral en sí el viernes, y mientras nos enfrentábamos a las cosas del vivir, tratando de comprender cómo sería todo a partir de ahora.

Para mis padres, por lo menos, vivir ahora era hacer todo lo que estaba en sus manos para ayudar al tío Roy y a los niños. Que, ese sábado, significaba cocinar un armamento de sopa, lasaña y guiso para ellos, para que lo congelaran y lo calentasen cuando tuvieran la necesidad.

—Ollie, ¿puedes llenar el resto de los *tuppers?* —preguntó mi madre. Estaba cubierta en salpicaduras de salsa de tomate, tenía un grumo de queso pegajoso en la ceja y una de las mangas subida de cualquier manera. Tenía los ojos hinchados de

231

llorar de forma intermitente la mitad de la mañana y llevaba unos días sin lavarse el pelo, así que lo llevaba recogido en un moño desaliñado.

—Sí, por supuesto. —Le tomé el relevo y empecé a poner cucharadas de guiso en recipientes de varios tamaños—. ¿Qué te parece si te tomas un minuto para ir arriba antes de que les llevemos esto?

Titubeó, y mi padre entró en la cocina e hizo movimientos con las manos para animarla a subir.

—Tenemos tus órdenes. Ya nos encargamos nosotros de lo que hay que hacer aquí.

En silencio, asintió y desapareció, y nos dejó a mi padre y a mí solos en la cocina.

Mi padre empezó a poner el lavavajillas.

—Gracias por ayudarnos como un campeón a tu madre y a mí.

—De nada.

—De verdad, has sido un campeón todo el año.

Me detuve y lo miré por encima del hombro. Estaba inclinado sobre el lavavajillas y tenía la cara escondida, pero su voz sonaba inusualmente tensa.

Le puse la tapa a otro recipiente y lo añadí a la neverita en la que apilábamos toda la comida.

—Bueno, cuando alguien a quien quieres te necesita, le echas una mano, ¿verdad?

Cuando por fin mi padre se dio la vuelta, le brillaban los ojos.

—Claro. Sí. Eso es.


En casa de la tía Linda... bueno, supongo que ya no tendría que llamarla así. Ahora era la casa del tío Roy, ¿no? los niños se habían instalado en la sala de estar delante de *Coco*. No sé si el tío Roy era consciente de que era una película sobre miembros de la familia fallecidos en el más allá, pero no quería ser el detonante de nada sacando el tema ahora. Quién sabe, a lo mejor pensaba que verla ayudaría a los niños a procesar la semana pasada.

El tío Roy dio las gracias a mis padres una y otra vez por la comida. Pero resultó que todas las familias del pueblo habían tenido la misma idea, porque su congelador ya estaba tan a rebosar que no había manera de meter nada más. Al final, decidieron llenar la neverita de hielo y ponerla en un rincón de la cocina como un segundo congelador.

Los tres adultos parecían ser actores de una obra de improvisación. No eran muy convincentes, la verdad. Sonreían como si hubieran aprendido a hacerlo a partir de un libro de instrucciones, paso a paso. Hablaban sobre cualquier cosa, cualquier cosa menos de la tía Linda, pero estaba en todo lo que decían de todas formas. «He tenido problemas para dormir». Porque había estado llorando. «Los niños vuelven el lunes al colegio y a la guardería». Porque ellos también se habían tomado la semana libre para el duelo, y ahora se suponía que debían volver a la vida como si no tuvieran un vacío enorme dentro. «Ah, no, no he podido ver el final de la serie». Porque solía verla con la tía Linda (me lo había contado ella) y supongo que ahora no sabía cómo verla con el conocimiento de que ella nunca conocería cómo terminaba.

Jamás.

Me desplomé en el sofá con los niños. El año pasado, *Coco* resultó ser un peliculón. ¿Cuál iba a ser el próximo *hit* de Pixar? Cualquiera que fuera, la tía Linda nunca lo llegaría a ver. Aunque fuera más grande que *Frozen,* ella nunca sabría de su existencia.

Cualquier canción que saliese a partir de esa semana, la tía Linda no la escucharía nunca. Ni una sola vez.

Todo lo que conocía eran cosas que ya habían pasado. Britney Spears podría ser elegida nueva presidenta de los Estados Unidos y la tía Linda nunca se enteraría. El Gobierno podría admitir por fin que tenían alienígenas en un almacén, y la tía Linda nunca lo sabría. El mundo iba a seguir su curso, e iban a ocurrir tragedias, e iban a pasar cosas maravillosas, e íbamos a inventarnos cosas y evolucionar, y la tía Linda nunca vería nada de todo eso.

Y... Dios, era muy egoísta y egocéntrico, pero aunque estaba completamente hecho polvo por la tía Linda, también estaba asustado por mí. Quiero decir, sabía de la existencia de la muerte, claro, pero siempre había sido algo abstracto. Ahora la sentía como algo real, y era inquietante. Gente a la que conocía iba a morir. Todos nosotros. Todas las personas a las que conocía iban a morir.

Y yo también lo haría.

Algún día, vería la última cosa que iba a ver jamás. Y al día siguiente, alguien sacaría una canción que yo nunca oiría. Estadísticamente, lo más probable era que los eventos más increíbles que iban a pasar jamás en el mundo sucederían en algún momento del futuro lejano, y yo nunca me enteraría de ello. Algún día pasarían un montón de cosas bonitas y maravillosas, en un mundo en el que yo ya no estaría. Y yo no quería que el mundo siguiera su curso si yo no estaba en él. O sea, claro que sí, no es que quisiera llevarme a todo el mundo conmigo. Pero la idea de estar aquí y luego dejar de estarlo, y que al mundo no le importase que yo me hubiese ido era tan… bueno… hacía que me sintiera vacío.

Si Will me viera así, se reiría y me llamaría gótico, porque estaba cumpliendo con todos los estereotipos, pero, en serio, ¿qué sentido tenía? ¿Qué maldito sentido tenía? ¿Todo aquello? Si íbamos a desaparecer todos en cuestión de un momento, ¿para qué esforzarnos siquiera mientras estábamos vivos? Tampoco es que fuéramos a recordar nada de aquello una vez muertos.

Me quité los zapatos de una patada, me acerqué las rodillas al pecho y me concentré en la película.

Una parte de mí esperaba que los niños me hicieran preguntas sobre el más allá, como si fuera allí donde se encontraba su madre, o si ahora era un esqueleto, o algo así. Pero no lo hicieron. Estaban extrañamente silenciosos. En plan, extrañamente silenciosos. Crista, que nunca se tomaba un respiro, tenía la vista clavada en la televisión. O, más bien, miraba fijamente a través de la televisión, con los ojos vidriosos, acurrucada en su puf rosa intenso.

Dylan, sentado sobre otro puf y cubierto de imágenes de *Thomas la locomotora,* se aferraba a un biberón sin beber de el. Me incorporé, confundido. ¿Desde cuándo había dejado los vasos y las tazas?

—Oye, Dyl. Hacía mucho que no veía ese biberón.

—Es mi biberón.

—Sí, me acuerdo.

—Mi biberón.

—Sí, lo sé.

—No te lo voy a dar.

—Está bien. No lo quiero.

—No te lo voy a dar. Es mi biberón. ES MI BIBERÓN, Lo QUIERO YO, ¡NO ES TUYO! —chilló, haciéndose una bolita sobre el puf. Crista apenas le miró—. ¡ES MI BIBERÓN! ¡MI BIBERÓN, MI BIBERÓN!

Oh, mierda.

—Dylan, sí, es tu biberón. No voy a...

—¡NO LO COJAS!

—¡Que no voy a hacerlo!

—¡NO ES TU BIBERÓN, OLLIE! NO, NO LO ES, NO ES... —Se le fue la olla y empezó a llorar a pleno pulmón, gritando por toda la habitación e invocando a un demonio desde las fosas de la guarida de Hades.

Me puse de pie en un salto y me acerqué a intentar calmarlo.

—Oye, oye, Dyl, está bien.

Me dio un golpe con el biberón.

—¡No! ¡No!

—No estoy...

Lanzó el biberón contra mí, y me dio justo en la frente. Casi me deja KO, también.

—¡Dylan!

Me soltó un rugido como respuesta y la cara pequeña se le volvió lila de furia. Le extendí el biberón y me lo arrebató de la mano y empezó a dar patadas en el aire, gritando tan fuerte como podía.

Crista continuó viendo la película como si nada de aquello estuviera pasando.

Me levanté, desesperado, y el tío Roy entró al salón. Estaba a punto de explicárselo, pero no parecía sorprendido en absoluto.

—Oye, nene —dijo, levantando a un Dylan que todavía pataleaba y gritaba—. Es la hora de la siesta.

—NONONONON...

—Sí. Diles buenas noches a Ollie y a Crista.

—NONONONONO...

—Buenas noches, Ollie. Buenas noches, Crista.

Los gritos de Dylan se fueron apagando mientras se lo llevaban de la habitación de manera abrupta.

—Bien —dijo Crista sin levantar la mirada—. Me estaba haciendo daño en los oídos.

Me volví a sentar en el sofá, con mis propias orejas emitiendo un pitido.

—Parece que echa de menos a tu mamá.

—Sí.

—¿Cómo estás tú? ¿Te encuentras bien?

Esta vez levantó la vista. Por su expresión, quedaba claro que estaba irritada conmigo. Ladeó la cabeza.

—Ollie, no oigo la película.

—Ay, perdona.

Así que la vimos en silencio. Los dos lo llevamos bastante bien, hasta la parte en la que el niño le canta a su abuela la canción devastadora sobre recordar a la gente que ha fallecido. Entonces se me fue de las manos.

Por lo menos, tuve la sensatez de salir del salón, así que, concretamente, se me fue de las manos en el pasillo. Presioné la espalda contra la pared y me dejé caer al suelo, llorando tan flojito como pude. No quería permanecer en esa casa sabiendo que la tía Linda no volvería a estar allí dentro. Era su casa. Habíamos venido a visitarla a ella. Había sido su casa toda mi vida. No estaba bien. Nada de esto estaba bien.

Alguien se sentó a mi lado. Mi madre. Ni siquiera la había oído entrar.

—Hola, mi hombrecito precioso —dijo—. No lo llevas demasiado bien.

Me sorbí los mocos y me encogí de hombros sin mirarla a los ojos.

—Es difícil estar aquí, ¿eh? —preguntó. Asentí, y la barbilla empezó a temblarme mientras trataba de reprimir los sollozos—. Con el tiempo será más fácil. Eso es lo bonito del universo. Te hace pasar por pruebas, pero nunca te da nada que no puedas soportar. A partir de estas cosas, crecemos.

Dejé que mi cabeza golpease la pared y me giré para encontrarme con su mirada.

—Mamá. Esto no ha ocurrido para enseñarnos una lección y ayudarnos a crecer.

Se le ensombreció la expresión.

—Ollie, eso no es lo que quería decir y lo sabes.

—Esto no es bonito. Es feo, es un sinsentido. Este es el tema, mamá. No tenía sentido. Está muerta, y no hay nada justo en ello. Tenía una vida y ha terminado, para ella ya está, y para nosotros, también. Que haya muerto no ha mejorado nada. ¿Cómo sigues creyendo que todo esto significa algo? ¿Qué? ¿Te crees que hay algo ahí en el universo que ha mirado hacia abajo desde las nubes, ha encontrado a nuestra familia y ha dicho «Mmm, ¿sabes qué? Que le jodan a esta familia en particular»? Crista y Dylan ya no tienen madre, y el tío Roy ha perdido a la persona a la que ama, y ella ya no podrá ser vieja. Y no. Hay. Razón. Para. Ello. Solo ha sido un despropósito. El final. Discúlpame si no estoy contento por ello.

Me observó, y algo dentro de mi estómago cayó en picado.

—¿Crees que estoy contenta por ello? —preguntó, incrédula—. Era mi hermana. Era mi hermanita pequeña.

Perdí toda la fuerza de golpe y me apoyé lánguido contra la pared.

—Mamá...

Fue a hablar, pero entonces sacudió la cabeza, se puso en pie con un gruñido de frustración y se alejó de mí.


Superé bastante bien mi primer día de vuelta a clase. O, por lo menos, superé la mañana. Sin crisis nerviosas, sin perder los papeles, sin contemplaciones aterrorizadas de mi propia mortalidad.

Las chicas fueron amables de manera apropiada conmigo cuando volví. Ni siquiera Lara hizo ninguna pulla descarada. Solo un montón de preguntas sobre cómo había estado y bastante preocupación. Había ignorado la mayoría de sus preguntas toda la semana. Lo mismo con el único texto de condolencias que Hayley y Ryan me habían mandado. Conversar consumía muchísima energía. Energía que yo no tenía.

A la hora de comer, fui al aula de música en lugar de la cafetería. Juliette pareció decepcionada cuando pasé a su lado a toda velocidad para coger un trozo de *pizza* para llevar, pero ¿qué podía hacer? Aunque había conseguido superarlo, el esfuerzo de estar bien y tratar con gente toda la mañana había sido más agotador de lo que me había percatado. Creía que estaba listo para volver a clase, pero eso no significaba que pudiese sumergirme de lleno en ello sin ningún tipo de adaptación. Un poco de tiempo a solas no me iría mal.

Pero cuando cogí el bajo, me di cuenta de que no me apetecía tocar. Solo quería silencio. Así que, en lugar de eso, me dejé caer en el suelo con la espalda contra la pared, dejé el bajo en mi regazo y tamborileé con los dedos sobre el cuerpo del instrumento.

Qué bien sentaba estar en un sitio tranquilo. Las chicas me encantaban, pero no éramos lo bastante íntimos como para mostrarme triste con ellas. Claro, podía estar de bajona un día o dos, pero ¿y si me llevaba más de un día o dos? ¿Y si la bajona me duraba semanas, o incluso meses? ¿Y si no volvía a estar alegre nunca más? ¿Y si necesitaba lanzar miradas fulminantes, contestar borde y perderme en mis pensamientos? ¿Y si solo necesitaba llorar?

Aquí solo, podía hacer cualquiera de esas cosas. Podía sentir todas las emociones negativas, terribles y dolorosas a la vez, y no tenía que avergonzarme por ello o intentar ponerme una máscara para que nadie más se hundiera por mi culpa.

Pero ahora que tenía la libertad para llorar, no lo conseguía.

Alguien había colgado un póster nuevo en la pared que se unía a las demás citas inspiradoras. «La música nos corre a todos por las venas, desde la hormiga más pequeña hasta la ballena más grande», proclamaba con una letra enorme color escarlata en Comic Sans. De fondo, había lo que asumía que era una imagen editada con Photoshop de una hormiga a punto de ser pisada por una pata de elefante. Pero o las dimensiones estaban todas mal o era una especie de hormiga mutante superhéroe, porque era casi del tamaño de una pezuña del elefante.

En serio, ¿qué narices quería decir la cita? ¿Y por qué la habían combinado con la imagen de una hormiga a punto de morir?

Supongo que la música que fluía por sus venas era una marcha fúnebre.

Casi me reí por mi ingenio asombroso, pero entonces empecé a pensar en la música del funeral de la tía Linda y la risa se desvaneció.

Hubo un movimiento a un lado de la sala y miré hacia allí para encontrarme con Will, que entraba en ese momento. No lo había visto demasiado desde la noche que conduje hasta su casa. Me ofreció una sonrisa insegura.

—Oye. ¿Puedo sentarme contigo?

Di unas palmadas en el suelo a mi lado.

—Entra.

Bajó al suelo y se cruzó de piernas como un niño de preescolar.

—¿Cómo lo llevas?

Tenía buenas intenciones, pero joder, tenía cero ganas de hablar del tema. Había pasado tanto tiempo hablando de la muerte, de lo terrible que me sentía y del sinsentido que había sido toda esta mierda. En casa sentía que no podía hablar de mucho más. Pero tampoco tenía nada nuevo que contar. Repetirme una y otra vez ya no me ayudaba. Por una vez, solo por una vez, quería hablar de algo poco profundo.

—Eh, Will —dije, en lugar de eso—. ¿Crees que las hormigas tienen corazón?

Me examinó durante un buen rato.

—Eh… nunca me lo había planteado.

—Bueno, es que ese póster habla de las venas de las hormigas, y las venas normalmente llevan la sangre al corazón, ¿no?

Miró donde le señalaba.

—Es una imagen muy deprimente.

—¿Verdad? Oh, Dios mío, no soy el único que lo piensa. Creo que es el póster menos motivador que he visto nunca.

—Se podría decir que es un póster desmotivador. Además, ¿por qué hormigas? Si vas a hablar de lo más pequeño a lo más grande, puedes encontrar algo más pequeño que las hormigas. ¿Qué hay de las garrapatas? ¿O de las bacterias?

—Las bacterias no tienen venas, supongo.

—Sinceramente, Ollie, no creo que las hormigas tengan tampoco. De verdad que no.

No pude evitar sonreír al oír eso.

—Oh, no, creo que tienes razón.

—¿O sí que tienen? Ahora me haces dudar. Espera, voy a *googlear* esta mierda.

Solté una risita, dejé el bajo a mi lado en el suelo y me incliné a ver el móvil de Will. Abrió un artículo y recorrió la página.

—Y es un no —anunció—. Nada de venas. Nada de sangre.

—Eh, no, sí que tienen sangre.

—Sí, un fluido raro incoloro. No es lo mismo.

—No puedes ir por ahí invalidando la sangre de los insectos porque no sea la misma que la tuya.

—Mira cómo lo hago.

Ladeé la cabeza hacia y jugueteé con mi collar, con una sonrisa que todavía se me resistía en los labios. Aunque me sentía un poco culpable por reír, me hacía sentirme bien. Muy, muy bien.

—¿Has venido a comprobar cómo estaba?

—Eh, sí y no. Imaginaba que querías un poco de espacio, así que en principio no habría venido, pero la verdad es que quería pedirte consejo sobre una cosa.

Interesante.

—¿Sí?

—Bueno, Lara siempre había parecido estar un poco interesada en Matt. Pero entonces pasó a gustarle Renee. Y me preguntaba qué es lo que pasa ahí.

A ver, no era exactamente lo que me esperaba. Saqué el labio inferior y pensé en la mejor respuesta. Lara me había dicho en privado que Matt le gustaba, así que no quería revelar eso. Pero tal vez podía jugar a ser Cupido.

Pero antes de que hablara, Will soltó un gruñido.

—Dios, soy tan idiota. Perdona, supongo que piensas que estoy siendo ridículo. Tienes mierdas más importantes que atender que quién le gusta a Lara.

Bueno, más o menos. Pero era una distracción genial del mayor de los problemas.

—No, en serio, está bien. Le gustaba Renee, pero estoy bastante seguro de que eso ya ha terminado. ¿Por qué lo preguntas?

—Porque Matt cree que es lesbiana.

Oh.

—No. Es bi.

—Claro, había pensado que quizá lo fuera —dijo Will—. A Matt lleva siglos gustándole Lara, pero creo que ahora piensa que no tiene sentido.

—Oh, yo diría que tiene todo el sentido.

Will me dio un golpecito en el hombro.

—¿Qué te parecería explicárselo a Matt?

—¿Yo? ¿Y eso por qué?

—Viniendo de ti se lo creería. Me parece que no me ven como el experto en identidades sexuales, ¿sabes?

Por un lado, me lo estaba pasando muy bien. Y más todavía con la compañía de Will. Me hubiera conformado con quedarme allí sentado hablando de sinsentidos absolutos con él antes que volver a la cafetería abarrotada y estridente. O, por lo menos, en una situación normal lo habría hecho. Pero una parte no tan pequeña de mí quería ayudar en serio a Lara. Tal vez fuera porque ahora me caía bien de verdad y quizá quería que supiera que había hecho algo por ella.

—Vale —dije, me puse de pie de un salto y extendí una mano—. Pero hagámoslo rápido. Pronto va a sonar la campana.

Will me cogió la mano y dejó que tirase de él para ponerlo de pie.

Aquel día los chicos del baloncesto estaban sentados en su propia mesa. Sin las chicas que los separasen, eran, básicamente, un mar de chaquetas en blanco y negro. Al que, de repente, me había unido, con mi jersey nuevo de color salmón y unos vaqueros ajustados oscuros; allí estaba yo, para romper la escala monocromática. Había escogido ese jersey por la mañana porque sentí que me iba a alegrar llevar otra cosa que no fuera negro y caqui esa semana. ¿Había funcionado? No... mucho. No.

241

—Oye, ¿cómo va, Ollie? —preguntó Matt. Pero me miraba con cara expectante. Supuse que Will le había contado por qué había ido a buscarme. Bueno, no tenía sentido andarse con rodeos. Además, si le respondía de verdad cómo me iba, seguramente haría que todo se volviera incómodo y deprimente. Así que.

—¿Te gusta Lara? —pregunté.

Algunos de los chicos soltaron alguna que otra risa, pero Darnell les lanzó una mirada de advertencia y cerraron el pico. Matt se encogió de hombros y se tiró hacia atrás en la silla.

—Sí, pero qué más da. Le gustan las chicas, así que no pasa nada, ¿sabes?

—También le gustan los chicos.

Me miró desconcertado.

—Pero pensaba que ahora era lesbiana.

—Es bisexual. Estar con una chica no la convierte en lesbiana. Sigue siendo bi, sin importar con quién salga.

Matt asintió lentamente y una sonrisa minúscula, secreta, le cruzó los labios.

—Entonces, ¿me estás diciendo que puede ser que yo le guste?

—Te estoy diciendo que hablar con ella probablemente sea buena idea. Pero te informo de un dato: quizá esté un poco enfadada porque le has estado haciendo el vacío.

Darnell y Matt compartieron una sonrisa rápida.

—Ve a por ella, tío —intervino Darnell, y levantó el puño para que Matt lo chocase mientras los demás chicos se reían y hacían ruidos de gallito.

Will los observaba con una mirada intensa, el ceño fruncido y los labios presionados formando una fina línea. No podía leerle la expresión.

—Oh, y también —añadí, esta vez mirando directamente a Darnell—. Tienes que parar de marear a la gente. No está bien. O quieres estar con Niamh o no quieres, pero no finjas que solo vienes a la mesa porque tienes una pregunta sobre los deberes.

Darnell abrió la boca, pero no consiguió pronunciar palabra. Will puso su mano alrededor de la boca para usarla como megáfono y dijo:

—Te han pillado.

Y por lo que a mí respecta, estaba impresionado conmigo mismo. ¿Cuándo me había vuelto tan valiente?

Supuse que las últimas dos semanas me habían cambiado. De repente, no parecía tan terrorífico tener pinta de estúpido delante de un grupo de chicos que, en su mayoría, no me importaban mucho. Bueno, aparte de Will, y sabía que él no me juzgaría por ello. Podían ocurrir cosas peores que pasar un poco de vergüenza.

Y la vida era demasiado corta para ser un gallina con algo tan importante como la persona a la que amabas.

# CAPÍTULO 21

—Te vas en una hora —dije.

Will, cuya cabeza reposaba sobre mi pecho descubierto, inclinó la cabeza hacia arriba para mirarme.

—Mmm.

—Una hora, Will.

Hizo una mueca y me delineó la barriga con un dedo. Ahora teníamos la piel seca. Si no lo sabías, era imposible decir que habíamos estado en el lago hacía treinta minutos.

—¿Me acompañarás a casa? —preguntó.

—Quieres que salga a hurtadillas de mi casa a las cuatro de la madrugada, te acompañe andando al otro lado del lago y luego vuelva a hurtadillas a mi casa?

—... ¿Sí?

—Por supuesto que lo haré. No sé por qué has pensado que tenías que preguntarlo.

Vestirnos nos llevó más tiempo del que seguramente debería, más que nada porque Will, maleducado, no dejaba de interrumpir el proceso besándome las piernas, el vientre y los brazos una última vez antes de que los volviese a cubrir. Pero al final conseguimos estar presentables. Nos colamos al exterior con facilidad, gracias a mi silenciosa puerta delantera, y empezamos a caminar. Sentía que mis piernas pertenecían a una tortuga. Todo pesaba mucho más de lo que debería.

Había pasado muy rápido. Todo había pasado rapidísimo.

—¿Tienes que irte? —pregunté.

—¿Y tú? —contestó.

—Por favor, ven a visitarme.

Me cogió por la muñeca y me detuvo para que no pudiera ir más lejos.

—En serio, tenemos que prometernos algo, ¿vale? Uno de los dos tiene que visitar al otro tan pronto como sea posible.

—Vale.

—Pero no podemos decirlo y ya está, tenemos que hacerlo. No quiero que esto termine. A lo mejor no tiene que terminar, ¿no?

Me encogí de hombros. No sabía la respuesta a eso.

—Debemos mantener el contacto. Tenemos que seguir hablando, y encontraremos alguna manera. Quizá pueda bajar a verte para las vacaciones de primavera o algo. O a lo mejor tú vuelves a visitar a tu tía y así quedamos para vernos en algún lado.

Tuve la horrible sensación de que estaba a punto de llorar. Todo lo que pude hacer fue asentir brevemente.

Will me cogió la cara con una mano y me miró con esos ojos marrones serios.

—Por favor, no perdamos el contacto, ¿vale? Necesito verte otra vez.


—¿Sabías que el latido de tu corazón cambia de ritmo cuando escuchas música más rápida o más lenta? —preguntó Will.

—No. Pero me parece bastante guay.

—Sí. Y la córnea es la única parte del cuerpo que no obtiene el oxígeno de la sangre. Solo lo chupa directamente del aire.

Estaba sentado con las piernas cruzadas en una silla del aula de música, hojeando el libro de texto de Biología que mantenía en su regazo haciendo equilibrios. Ese día, su excusa para pasar el rato conmigo era un examen inminente. Pensaba que el libro era de atrezo, pero, para mi sorpresa, de verdad se sentó y empezó a leerlo cuando yo cogí el bajo. No estaba seguro de si era porque quería clavar el examen o si le parecía muy aburrido escuchar cómo repetía la misma línea de bajo una y otra vez. No iba a culparlo si se trataba de la segunda opción, pero entonces tenía que preguntarme: ¿por qué siempre venía a verme allí a la hora de comer si me pasaba tres cuartos de hora ignorándolo para practicar música?

—Y la sangre fluye tan rápido por las venas que a una célula solo le lleva veinte segundos hacer la vuelta entera —prosiguió—. Es divertido. Siempre había imaginado que la sangre se desplazaba a una velocidad similar a caminar.

—Fluye bastante rápido si te cortas mucho —comenté.

—Sí, pero va rápido en plan mil kilómetros por hora —dijo—. Piensa en lo pequeña que es una célula en comparación con todo tu cuerpo. Y solo tarda veinte segundos. Eso es como si nosotros diéramos diez vueltas a un campo de fútbol en veinte segundos.

—Supongo. Pero todo es relativo, ¿no?

Parpadeó mientras miraba a la distancia.

—Ya ni siquiera lo sé. Me duele el cerebro.

Hojeé la carpeta de partituras de música que había estado recopilando para el próximo concierto de los Absolución y seleccioné una canción con la que no tenía muchos problemas, pero que sonaba un poco más impresionante que las últimas dos que había practicado. Tal vez quería lucirme un poco ahora que Will estaba en la sala. ¿Era un crimen? En todo caso sería, como mucho, un delito menor.

—¿Estás estudiando de verdad? —pregunté.

—Que sí. Más o menos. Este libro de texto tiene unas burbujas en las esquinas de las páginas con datos curiosos sobre el cuerpo humano. Las he estado observando.

—Esperemos que salgan en el examen —apunté. Pegué la partitura contra el atril para poner los papeles en su sitio antes de ordenarlos para empezar a practicar.

—Oye, Ollie —dijo Will mientras cogía el bajo—. He estado pensando en algo.

Bueno, volví a dejar el bajo en el suelo ante eso.

—¿Mmm?

Le llevó un rato largo responder; me estaba preparando para incitarle a hablar cuando por fin lo soltó.

—Durante un tiempo, estuve enfadado contigo porque pensaba que deberías entender que tenía que actuar de cierta forma por no haber salido del armario. Y por eso, cuando no te ponías de mi lado, pensaba que significaba que no me apoyabas.

Decir que me sorprendió oír eso era quedarse corto. Ni siquiera se me había ocurrido que Will lo viera así.

—Pero —continuó—, he pensado en cómo me sentiría si tú actuases como si no me conocieras, o si bailases con otra persona, o algo así. Y entonces lo he entendido.

—¿El qué has entendido?

Quiero decir, sabía el qué, por su tono de voz, pero quería oírlo de su boca.

—Que he sido un cabrón contigo.

Nos quedamos en silencio. No quería decir que eso lo arreglara todo, porque no sabía si de verdad quedaba todo arreglado. Todavía no. Pero había sido bonito oír cómo lo aceptaba. Y además, tenía algunas cosas sobre las que pensar. Había estado enfadado porque quería que se preocupara más por mí. Pero si él había interpretado mi comportamiento como que yo no me preocupaba lo suficiente, aunque no estuviera de acuerdo con lo que había hecho, quizá era un poco más perdonable. Al menos, era mejor que si solo hubiera pasado de mis sentimientos.

Will rompió el silencio con una vocecita.

—¿Quieres venir a casa después de clase algún día? Como amigos —añadió enseguida.

No pude evitar que la expresión de sorpresa me apareciera en la cara. Después de la reacción de su padre del otro día, había asumido que las visitas estaban en la lista negra. Cualquier cosa que a simple vista pudiera levantar las sospechas de la gente tenía que esta fuera de los planes con Will. Había trabajado mucho para aceptarlo y no acercarme demasiado, ni asumir que iba a cambiar; y aquí estaba, quitándose la coraza. ¿Por qué siempre conseguía pillarme con la guardia baja, sin importar lo que yo esperase de él?

—¿Qué pasa con tus padres?

—Podemos dejar la puerta abierta.

Titubeé.

—Pero parece que tu padre sospecha algo.

—Lo sé. Pero echo de menos pasar el rato contigo y me gustaría verte más.

Lo pensé.

—¿Y qué te parece venir a mi casa alguna vez? Solo estoy a cinco minutos del instituto.

Will me ofreció una sonrisa enorme que me provocó una sensación cálida en el estomago.

—Vale.

Hice ademán de empezar a tocar, pero volvió a hablar. Tenía suerte de ser mono o lo habría echado por distraerme cuando no me sobraba el tiempo.

—Oye, por cierto, eh… ¿Estás ocupado el viernes? Jugamos la ronda regional.

Claro, porque así es como quería pasar yo un viernes por la noche, viendo a un grupo de chicos tirándose pelotas a la cabeza y felicitándose unos a otros en su excelencia y proeza atlética cuando conseguían tirar la pelota justo de la forma adecuada. Emocionante.

—No puedo, perdona. Tengo un bolo con los Absolución ese día.

La expresión le cambió tan rápido que, de repente, me sentí un poco culpable. No me había dado cuenta de que realmente le importaba que estuviera allí. Pero no era mentira: tenía un bolo. Y no es que fuera de asistencia opcional. Cualquiera que pensara que el bajo no era importante no había intentado escuchar una canción de punk sin bajo. Imagínate un helado *sundae* de chocolate sin sirope, o una película sin extras por el fondo. Podía funcionar, técnicamente, pero la experiencia completa carecería de un cierto entusiasmo.

—Oh. Está bien. Espero que vaya bien.

—Pero me gustaría que vinieras al concierto. ¿Tal vez después del partido?

Podía haberse marcado una pataleta sobre cómo me iba a perder el partido. Decirme que estaba demasiado ocupado con su vida para ir a algo que era importante para mí, igual que yo estaba demasiado ocupado para ir a lo suyo. Pero, como siempre, Will asintió de inmediato y dijo:

—Por supuesto.

Entonces volvió a ponerse a estudiar.

—¿Por qué no estás en la biblioteca? —pregunté, de repente.

—¿Qué?

—Te sería más fácil estudiar allí, ¿no? ¿Más tranquilo?

Titubeó.

—¿Es una indirecta para decirme que quieres que me vaya?

—No, te lo juro. Tengo curiosidad, en serio.

—Oh. No lo sé, es que me gusta pasar tiempo contigo.

—Pero ¿por qué siempre hacemos lo que yo quiero hacer? Podrías pedirme que fuera a la biblioteca contigo, ¿sabes?

Will me contestó con una sonrisa divertida, confundida.

—¿No me importa?

Ese era el tema. No le importaba. Nunca le importaba.

Durante el verano, Will se había sentado conmigo con empeño para que le enseñara todos los grupos que me gustaban sin que dedicáramos tiempo a los grupos que él escuchaba. Se había apuntado a Apreciación de la Música, una asignatura en la que nunca sobresaldría de manera natural, porque quería verme sin los ojos juiciosos de sus amigos. Cuando escapé de la cafetería a ensayar, Will me siguió hasta allí, contento de sentarse a mi lado mientras hacía mis cosas, aunque seguramente tenía mil maneras más de pasar la hora de comer.

Y se me ocurrió que le había pedido muchas cosas a Will ese año. Algunas me las había dado, pero había otras para las que no estaba preparado.

Entonces oí la voz de la tía Linda en algún lugar de mi mente: «Solo tienes el control sobre tus propias acciones. ¿Pero qué has hecho para encontraros a medio camino?».

Nada.

No había ido ni a uno de sus partidos de baloncesto.

Y él nunca me había echado la culpa por ello. Ni una sola vez.

Ahora que lo pensaba, no me había complicado la vida para hacer algo por él con nada que no me beneficiara a mí de alguna manera. Me había centrado tanto en lo que quería de Will, que nunca me había parado a pensar en lo que podía querer él de mí.

¿Qué decía eso de mí?


Juliette había instalado un tablón de propósitos.

Me hice la nota mental de presentársela a mi madre algún día, mientras estaba de pie delante del tablón en vaqueros y calcetines. Niamh, Lara y yo nos encontrábamos sentados en fila en su cama, como un público atento y bien educado. Las chicas estaban a punto de prepararse para ir al partido de baloncesto. Y yo, a decir verdad, no sabia muy bien qué hacer. Ya me había vestido y preparado para el bolo, pero la prueba de sonido no empezaba hasta más tarde esa noche. Mi plan era quedarme con las chicas hasta que se fueran al partido, luego podía ir a pillar algo de cenar y estar solo en casa durante una hora o así.

Pero, antes de eso, era la hora del tablón de propósitos.

—Bueno, aquí tenemos a un niño con un clarinete —explicó Juliette, indicando una de las imágenes impresas que había sujetado sobre el tablón—. Representa mi plan de encontrar un trabajo como profesora de clarinete después del instituto. El año que viene podría irme bien ese dinero y me serviría para reforzar mi solicitud y obligarme a seguir practicando.

Los tres asentimos, de acuerdo.

—La foto del examen con un sobresaliente representa el hecho de que voy a bordar todas mis asignaturas el año que viene. Quiero la mejor nota media que pueda conseguir si voy a entrar en el conservatorio.

Asentimos de nuevo.

—Y, por supuesto, tenemos el conservatorio en sí por aquí. Voy a pasarme todo el año estudiando, practicando y perfeccionándome a mí misma antes de la siguiente ronda de audiciones. No iré a ninguna fiesta de fraternidad. Voy a estar comprometida.

—¿Ninguna fiesta de fraternidad? —preguntó Lara, escéptica.

—Bueno, a alguna sí. Pero, sobre todo, la versión del año que viene de Juliette será una chica con una misión. Soy lo bastante buena para entrar en...

—Sí —dije, con firmeza.

—Y no permitiré quedarme fuera de donde quiero estar y de donde merezco estar. No tengo contactos, ni unos padres que puedan hacer donaciones a la escuela justo antes del día de las solicitudes, pero tengo talento. Voy a ser tan perfecta que no tendrán ninguna excusa para no aceptarme el año que viene.

—¡Sí, Juliette! —exclamó Niamh.

—Que no haya entrado en mi primer intento no significa que tenga que abandonar mi sueño. Solo significa que tengo que trabajar mucho más duro que otras personas para llegar hasta ahí.

—Si alguien puede hacerlo, esa eres tú —declaré, y Juliette dio un paso hacia delante para tirarme sobre su cama como si fuera un bolo y envolverme en un abrazo de oso.

—¿Puedo usar tu sombra de ojos? —le preguntó Niamh a Juliette, poniéndose de pie y deambulando hasta el escritorio—. Tendremos que irnos pronto.

—¿Por qué quieres ponerte sombra de ojos para un partido de baloncesto? —preguntó Lara.

—Es un partido importante para Darnell. Ha estado en el quinto cielo toda la semana.

—Espera, ¿entonces habéis vuelto a hablar? —preguntó Juliette. Se inclinó delante del escritorio para sacar varias paletas, pringosas de polvo de maquillaje seco, y se las pasó a Niamh junto con una brocha de sombras.

—Sí, hemos vuelto a hablar. Creo que necesitaba un poco de tiempo para procesar lo de Nueva York, pero me llamó hace poco y se disculpó.

Ja. O sea que me había hecho caso. Eso o los chicos lo presionaron para que lo hiciera cuando me fui de su mesa el otro día. De cualquier forma, yo era como Jerry Springer.

—Sea como fuere —prosiguió Niamh—. Es algo importante para él, ¿vale? Es la primera vez que llegan a la ronda de los regionales.

Sentí un pinchazo. De algo horrible que se parecía mucho a la culpa.

—No sabía que era algo tan importante —dije.

—Muchísimo —afirmó Niamh mientras levantaba un espejo compacto para ponerse un color púrpura perlado sobre los párpados.

Me miré las manos. Así que era por eso por lo que Will parecía tan abatido con el tema; la manera en que me había preguntado si podía ir como el que no quiere la cosa. Un tono que solo le sale a alguien que quiere camuflar como algo irrelevante lo que en realidad le es de suma importancia.

Por lo visto, podía llegar a ser bastante descuidado incluso con la persona a la que quería.

¿Cuántas veces le había dicho a Will que solo quería que hiciera algo porque le importaba y no porque se lo había pedido yo?

Pues ¿por qué no había hecho esto por él, porque me importaba?

Tenía que estar ahí esa noche.

—¿Sabéis qué? La prueba de sonido no empieza hasta un poco más tarde —dije—. No podré quedarme todo el partido ni nada, pero a lo mejor puedo ir para el primer cuarto o el segundo.

Juliette chilló y dejó a medias la cremallera de sus botas altas que le llegaban hasta las rodillas.

—¡Sí, Ollie-hop! Ven con nosotras, será muy divertido.

Aunque no fuera a ser divertido, cosa que dudaba seriamente, Will quería que estuviera allí.

Y no siempre todo iba sobre mí.


Debo admitir que los ánimos que había en el partido estaban por las nubes, incluso para alguien a quien no le importaban los deportes. La mayoría de la gente del público llevaba puesto o aguantaba algo con los colores de su instituto, y había carteles y banderines ondeando allá donde quiera que mirases. En nuestro lado del estadio, el equipo de animadoras del Instituto Collinswood llevaba a cabo un espectáculo impresionante (aunque, tal vez, menos adorable que el que había visto el día de Acción de Gracias), con volteretas, levantamientos y piruetas.

En la pista, ambos equipos ya estaban fuera calentando y el chirrido de sus deportivas sobre el suelo encerado hacía eco por todo el estadio. Enseguida localicé a Will entre el mar de blanco y negro, con el número cuatro en grande con letra gruesa de color blanco sobre el negro de la camiseta. Ya iba con el pelo negro ondulado pegado por el sudor sobre la frente, enrojecida por el esfuerzo; y el resto de su piel marrón claro parecía brillar bajo las intensas luces. Estaba completamente concentrado en sus compañeros de equipo mientras hacían algún tipo de ejercicio que implicaba driblar y pasarse seis pelotas a la vez. Había una clase de patrón, estoy seguro, pero para mí solo parecían pelotas volando por todas partes y esperaba que alguien terminase parando una de ellas con la cabeza. Pero nadie lo hizo. Estaban coordinados y tranquilos.

Sobre todo Will. Pero, con toda seguridad era mi visión sesgada.

El partido empezó poco después de que llegásemos. Se me hacía difícil seguir las normas de quién se suponía que tenía que ir a dónde y qué movimientos estaban permitidos, pero por lo menos pillaba el quid de la cuestión. Y el quid era que iba a ser un partido igualado. Llevaban quince minutos, y, de momento, el patrón había sido: punto de casa, punto del visitante, punto de casa, punto del visitante. Los chicos del Instituto Frankston (el equipo de verde y blanco) jugaban bien, pero nosotros no nos quedábamos atrás. Algunas de sus hazañas corporales, los regates, los esprints, los bloqueos y los saltos me hacían volar la cabeza. Verlo por la tele era una cosa, pero en persona eso era otra totalmente distinta. Aquí, podías distinguir cuán alto se elevaban por encima del suelo y oír el golpe de la colisión de los hombros si dos chicos se cruzaban en el camino.

Y Will. Era espectacular. Estaba concentrado por completo en el partido todo el rato, dedicado por entero a lo que hacía, sin una sola sonrisa insolente. Si alguno de los chicos de Frankston tenía la mala suerte de cruzarse con Will defendiendo, estaba casi garantizado que iba a perder el tiro. No es que saltara para interceptar las pelotas, es que volaba.

De hecho, hacia la mitad del partido casi me dio pena tener que irme pronto. Verlo ahí afuera me dio un chute de orgullo que no me esperaba. Pero si quería llegar a la prueba de sonido, no podía quedarme mucho más que otros quince minutos.

Pero fue durante el medio tiempo que Will me divisó por primera vez entre las gradas. Levantó la cabeza para tomar un trago de su botella de agua, justo después de que terminase una especie de charla estratégica del entrenador y de Matt, cuando sus ojos se encontraron con los míos. Su botella de plástico azul volvió a bajar directamente a un lado y se le desplegaron los labios en una sonrisa lenta. Me puse las manos entre las rodillas y me mecí de un lado al otro, como diciendo «sí, me tienes aquí, ¿contento?».

Por la pinta que tenía, seguro que lo estaba.

Me quedé por ahí durante el principio de la segunda parte y, entonces, me giré hacia Juliette.

—Tengo que ir tiran… —empecé, cuando se le puso la espalda recta y se quedó sin aliento, presionándose la boca con una mano.

Me di la vuelta para ver a Matt rodando por el suelo al lado de la canasta más lejana. Cuando dejó de rodar, su cuerpo se encontraba completamente desprovisto de movimiento.

—Oh, Dios mío —dijo Lara, mientras empezaba a levantarse del asiento.

El entrenador, el árbitro y un profesor corrieron hacia la pista y se agacharon al lado de Matt. Will esprintó hacia allí al mismo momento e intentó ver entre sus hombros para comprobar cómo se encontraba su amigo, con Darnell siguiéndole el paso. Alguien del público gritó por encima de la ola de murmuraciones urgentes.

Entonces, por suerte, Matt se movió un poco y los adultos le dieron la vuelta. Los espectadores se pusieron a aplaudir y a silbar, aliviados, incluso el mar de verde y blanco del lado de las gradas de Frankston. Matt volvía a estar consciente, pero se sentía mareado, y lo levantaron poco a poco sujetándolo por debajo de los brazos para sentarlo. Le hicieron algún tipo de examen rápido para ver si se había lesionado algo y, entonces, lo ayudaron a ponerse de pie con cuidado y lo acompañaron hasta el lateral. El entrenador mandó a uno de los chicos del banquillo a la pista en su lugar. Lara se puso de pie de un salto y bajó por las escaleras para encontrarse con Matt.

—¿Y ahora qué pasa? —les pregunté a las otras chicas—. ¿Terminamos el partido?

En la pista, Will se puso las manos detrás del cuello y miró a su amigo, con expresión angustiada. El entrenador se le acercó para decirle algo, Will asintió y se secó la frente con el dorso del brazo.

—Venga, chicos, ¡nos agrupamos! —gritó Will, y el resto del equipo se reunió a su alrededor en un semicírculo.

—Sí —dijo Juliette—. Will es el vicecapitán. Podemos seguir jugando. Por lo menos, parece que Matt está bien.

—Deberían haberlo puesto en una camilla o algo —comentó Niamh, mientras sacudía la cabeza mirando al árbitro y al profesor, que todavía hablaban con Matt en el banco mientras Lara rondaba cerca de él, con el ceño fruncido—. Podría tener una conmoción.

Estaba de acuerdo con Niamh, pero al menos parecía estar bien. Se rio por algo, aún con la mano presionada sobre la parte trasera de la cabeza, y se hizo a un lado para dejarle espacio a Lara y que se sentara con él.

El árbitro hizo sonar el silbato y el equipo se movió a sus puestos en la pista mientras Will les gritaba instrucciones a todos.

Will tenía que hacer de capitán durante lo que quedaba de partido. No podía dejarlo solo ahora. Ni de coña. Además, ¿de verdad importaba si me saltaba el montaje y la prueba de sonido? No era lo ideal, pero con suerte Izzy y los chicos lo entenderían si les explicaba que había habido una emergencia. Todavía podía llegar al bolo en sí. Le mandé un mensaje rápido a Izzy y me instalé en el asiento.

El resto del partido fue tan igualado como la primera mitad. Los espectadores se involucraban cada vez más a medida que se acercaba el final, gritando, animando y abucheando, e incluso levantándose para aclamar a Darnell en un momento en el que consiguió meter un tiro desde casi la mitad de la maldita pista. Y cada vez que sonaba el silbato para una pausa o un tiempo muerto, Will levantaba la mirada hacia mí para comprobar que todavía me encontraba ahí. Me sentía orgullo de estarlo.

Quedaban solo unos quince segundos en el reloj cuando me di cuenta de que íbamos a ganar. Incluso yo estaba concentrado en el partido, animando y aplaudiendo con toda la gente de mi alrededor, cuando Will le pasó la pelota a Darnell, que se la pasó al veintidós. Parecía que ese chico iba a meter canasta, pero, en cuanto la pelota abandonó sus manos, fue interceptada de la nada por un jugador del Frankston, que dribló un poco la pelota por la pista. Y entonces, de manera imposible, la metió, lo que aumentó su puntuación en tres puntos y los puso un punto por encima de nosotros.

—¡No! —grité, y Juliette enfatizó un taco a mi lado.

Solo nos quedaban unos segundos. Ya no había manera de ganar, ¿verdad? Se pasaban la pelota por la pista más rápido de lo que mis ojos podían seguir. De aquí para allá, de allá para acá. Entonces, uno de los chicos del Frankston fue a pasársela a otro, pero Darnell enseguida hizo una finta por delante para bloquear al segundo chico y que no la recibiera. La pelota botó fuera del límite y Darnell cruzó la línea para coger el pase. Hizo botar la pelota varias veces mientras repasaba con la mirada el equipo del Collinswood. Se llevó la pelota y parecía que se la iba a pasar a un chico rubio que acababa de liberarse de su defensa. Pero entonces Will apareció de la nada y Darnell le tiró la pelota al pecho. Will la cogió, se dio la vuelta y en un movimiento fluido, hizo el tiro.

Entró acompañada del balanceo de la red.

Supe por el rugido de la multitud que me rodeaba que había sido un tiro victorioso. La puntuación cambió para ponernos un punto por delante de Frankston. Pocos segundos más tarde, sonó el timbre para señalar el fin del partido y el equipo de Collinswood se juntó como un enjambre alrededor de Will y Darnell, abrazándolos y dándoles golpes en la espalda, gritando de alegría.

Entonces un par de chicos levantaron a Will sobre los hombros. Pero, al contrario de cómo solía comportarse con ese grupo, no parecía ni engreído ni dárselas de importante. De hecho, parecía bastante confundido.

—Vamos —me dijo Niamh, y me cogió de la mano.

—¿Qué?

—Vamos a bajar ahí, ¡venga!

No éramos los únicos que íbamos a la pista, pero claramente no era la norma que la gente del público se mezclara entre los jugadores. Parecía más algo que hacían las familias y los amigos cercanos. Pero Niamh tiró de mí y me llevó tras ella escaleras abajo. Entonces se separó de mí y corrió hacia Darnell, que la cogió en alto y la hizo virar.

Will me localizó en cuanto los chicos lo bajaron al suelo. Me esperé al borde de la pista, cohibido de repente. No quería arruinarle el momento.

Pero vino de todas formas y se me acercó con zancadas largas y seguras.

—Hola —dije cuando ya estuvo más cerca—. Ha sido impresionante, yo...

Me cortó a media frase agarrándome por el hombro y me besó.

Solté un chillido de asombro. Era la última cosa que esperaba que pasara en ese momento. Bueno, tal vez no era cierto. Tal vez la última cosa que esperaba que pasara era una gran entrada del Gran Ser Etéreo flotando sobre una nube mientras tocaba el acordeón con un grupo de alienígenas del almacén que hacían un baile interpretativo al son de la melodía. Pero en el reino de las cosas que eran posibles, que Will me pasara los brazos alrededor del cuello y me besara fuerte en los labios delante de toda la gente que le importaba seguramente estaba en el puesto un millón quinientos cincuenta y dos mil trescientos siete. Coma cinco.

Se apartó un poco y ni siquiera comprobó quién miraba. Solo fijó sus ojos en mí.

—Te quiero —dijo.

Me quedé sin palabras. No podía pensar en una manera posible de responder a eso. Me quedé mudo del *shock*. Entonces miré alrededor en lugar de a Will. Más o menos la mitad del equipo de baloncesto había parado lo que estaba haciendo y nos miraba con la boca abierta. Supongo que, para ellos aquello era menos esperado que los alienígenas bailando sincronizados. En las gradas, Juliette nos sonreía de oreja a oreja. Y los padres de Will, que habían llegado a la mitad de las escaleras para felicitarlo, se quedaron parados y nos miraban inexpresivos.

Me giré hacia Will, que, al parecer, le daba la espalda a todo el mundo a propósito para no ver las reacciones de la gente.

—¿Por qué no estás en tu concierto? —preguntó.

¿Por qué de repente el mundo se había puesto del revés? ¿Qué estaba pasando exactamente?

—Bueno, me he saltado la prueba de sonido. Empieza en quince minutos.

—¿Has venido en coche?

—Sí.

—Vamos.

Me cogió por la muñeca, y ahora era él quien me arrastraba. Esta vez, hasta la puerta lateral. Mareado por el *shock* y acelerado de repente por un subidón de adrenalina, me puse a correr con él mientras nos abríamos paso por la puerta y, al fin, salimos hacia el aire frío de la noche para esprintar a través del aparcamiento hasta mi coche.

# CAPÍTULO 22

Apenas me podía concentrar durante el concierto; tuve la atención fija en la mesa del fondo de la sala, donde Will estaba sentado. Durante las primeras dos canciones, estuvo con los hombros echados hacia delante, encogido. Todo lo que me apetecía era tirar el bajo al suelo y correr cruzando la sala para abrazarlo y decirle que todo saldría bien, pero no podía hacerlo.

Entonces, durante la tercera canción, Darnell, Matt y las chicas irrumpieron en grupo por la puerta central del Lost and Found. Will los miró con ojos apagados mientras se sentaban por orden en el reservado. Estaba desesperado por saber qué decían, pero me animaba el hecho de que las chicas estuvieran allí. No me imaginaba a Matt haciéndoselo pasar mal sin que Lara volviera a liársela, y ni de coña Darnell iba a decir algo que enfadara a Niamh.

Pero aun así.

La peor parte fue cuando, más avanzados en el repertorio, entraron los padres de Will, agarrándose con fuerza a los abrigos que los cubrían. En cuanto el resto del grupo los vio entrar, se dispersaron y se pusieron de pie contra la pared del fondo para darles algo de privacidad en familia. Me preguntaba si Will les había dicho dónde se encontraba o si se lo habían imaginado.

Me preguntaba si estaban enfadados.

Sayid y Emerson claramente se habían dado cuenta de lo distraído que estaba, porque no dejaban de mirarme con expresiones llenas de intención. Yo solo les sonreí y sacudí la cabeza. «No os preocupéis. Os lo cuento luego».

Quizá eran los últimos alumnos del instituto que todavía no se habían enterado de lo que había pasado en el partido.

Por fin, tocamos nuestra última canción. El local nos hizo una ovación (incluidos los padres de Will) y la banda empezó a recoger. Yo enrollé un cable del ampli mientras Sayid echaba un vistazo al móvil. Se le pusieron los ojos como platos y me miró fijamente. No era difícil adivinar qué había visto.

—Oye, Ollie —dijo, y se metió el móvil en el bolsillo—. Si tienes que ir a hablar de algo con Will, no te preocupes por el resto del equipo. Ya lo recogemos nosotros.

—¿Estás seguro?

—Sí, tío, ve.

Y así, con la cabeza dándome vueltas por la tensión, fui.

Arrastré los pies y esperé a que Will hiciera contacto visual conmigo y me indicara si era buena idea que fuera a sentarme. Asintió con la cabeza, tragué saliva, mandé una plegaria rápida a lo que fuera que pudiera escucharme y me senté en el reservado a su lado.

Tanto el señor como la señora Tavares me sonrieron, cosa que fue el mayor alivio de mi vida. Aunque las sonrisas fueran un poco más tensas de lo habitual.

—Has hecho un buen trabajo allí arriba, Ollie —dijo la señora Tavares—. Tienes talento de verdad.

—Gracias —respondí. La voz me salió en una especie de chillido débil.

La mesa se sumió en un silencio incómodo. Creo que los padres de Will no sabían qué decir. Y estaba claro que yo tampoco. ¿Preguntaba si iba todo bien? ¿Me disculpaba por haber besado a su hijo? ¿Sacaba el tema del tiro asombroso de Will al final del partido de baloncesto, ahora que parecía que fuera algo que hubiese ocurrido en algún momento del año pasado?

—¿Vais a quedaros fuera un rato? —preguntó el señor Tavares.

¿Fuera del armario, o fuera, en plan, para celebrarlo?

—Sí, el resto del equipo está de fiesta en casa de Reese. Creo que Matt y Darnell quieren pasarse —contestó Will.

Vale, sí, de celebración. Qué bien no haber respondido con un «pues tenía pensado quedarme fuera de manera permanente».

Sus padres asintieron y la señora Tavares me miró.

—¿Podrás asegurarte de que Will vuelva bien a casa después? —preguntó.

A menos que estuviera muy equivocado, eso sonaba a algo que un progenitor le dirías al novio de su hijo.

—Sí, sí, por supuesto que lo haré.

—Gracias. Pues nos vamos a casa —dijo la señora Tavares, que empezaba a levantarse de la silla—. Todavía no hemos cenado. Pero ¿Will?

Dio un brinco.

—Recuerda lo que te hemos dicho.

Mientras salían del edificio, juntaron las cabezas para poder hablar en voz baja y me giré hacia Will.

—¿Qué te han dicho?

Tenía los ojos vidriosos, y, con una voz irregular y temblorosa, soltó el aire:

—Que ambos me quieren.

Ah.

Ah, gracias a Dios.

Juliette agitó la mano para captar mi atención desde el otro lado del local, para ver si su grupo podía volver. Levanté el dedo índice.

—¿Y qué han dicho Matt y Darnell?

Otra exhalación larga.

—¿Más o menos lo mismo?

—Eso es genial. ¿Por qué no parece que estés bien? ¿No te alegras?

—Es que, eh, estoy esperando a que pase algo malo.

Toda la adrenalina y la emoción de antes parecían haberse disipado. Tenía los ojos hinchados, los hombros tensos y las manos enroscadas en puños sobre el regazo.

Debajo de la mesa, donde nadie pudiera verlo, le cogí de la mano.

—No va a pasar nada malo. Ya está. La parte mala ya ha pasado.

—Pero ¿y si mis padres solo fingían que no pasaba nada porque estaban en público? Ya los has visto; no saltaban de alegría.

—Han dicho que te quieren. Me han pedido que te lleve a casa. ¿Crees que lo habrían hecho si no quisieran que estuviéramos juntos?

Cogió una servilleta de la mesa y se la llevó al regazo para poder arrancarle las puntas.

—No. Supongo que no.

—¿Estás bien?

—Estoy bien. De verdad.

Su sonrisa era un poco menos temblorosa. Se la devolví e hice chocar nuestras rodillas.

—Pues... me has besado.

—Sí.

—En público.

—Sí.

—Pero ni siquiera estábamos juntos.

—Lo siento —dijo Will—. Soy un capullo. Ni siquiera pensaba con claridad. Es que estaba a tope por haber ganado el partido y has venido y me ha hecho darme cuenta de que sí que tengo tu apoyo, y creo que no sabía lo mucho que quería que estuvieras ahí hasta que te he visto. Deseaba preguntarte si podíamos volver a intentarlo, pero no sabía cómo hacerlo cuando no era capaz de prometerte nada. Todavía no estaba preparado y no quería arrastrarte al fondo mientras me encontraba a mí mismo.

—Ni se te ocurra decir eso. No me estabas arrastrando al fondo por necesitar tomarte tu tiempo.

—No, pero no me encontraba en la posición de poder darte lo que tú querías.

Asentí.

—¿Y qué ha cambiado?

—No lo sé. Varias cosas. Como que mi padre sospechó lo bastante para pedirme que dejara la puerta abierta, pero no me obligó a decirle qué había entre nosotros ni a alejarme de ti. Y también que Lara salió del armario, y que Matt todavía quisiera estar con ella aunque también le gusten las chicas. Supongo que hizo que me sintiera un poco más valiente. Todavía tenía miedo, pero estaba cansado de tenerlo. La incertidumbre empezaba a ser peor que la idea de tirarme a la piscina y lidiar con lo que fuese que tuviera que suceder.

—Y ahora la parte difícil ya ha pasado —dije—. Tus padres lo saben, tus mejores amigos lo saben. Y todavía te quieren.

—Sí. Sí que es verdad.

Tomé una bocanada profunda de aire.

—Y yo también te quiero.

Ahora estaba bastante seguro, por fin era un momento adecuado para decirlo. Y Will no se alejó de mí, ni entró en pánico, ni respondió de manera críptica. En lugar de eso, me cogió de la mano e inclinó la cabeza hacia atrás mirando al techo. Parecía que intentaba forzar que sus lágrimas volvieran a entrar en los lagrimales.

—No me lo merezco.

—Pero es así de todos modos.

Exhaló y pareció que todos los puntos de tensión que tenía en el cuerpo se disiparan con el aire.

—Yo también te quiero. Creo que siempre ha sido así. Solo tenía miedo de lo que significaba decirlo.

—¿Y ahora ya no te lo da?

—Ni un poquito, Ollie.

Después de todo lo que había pasado. Conocernos por casualidad y enamorarme demasiado rápido, cortar, volver a enamorarme y apartarlo de mí. Después de todo. Esta era la primera vez que lo nuestro nos transmitía calma y sensatez. Ya no había impulsividad, ni la emoción de ser descubiertos, ni la pasión ni la lujuria de estar descubriendo a alguien. Solo éramos nosotros. Dos personas que ya no eran unos desconocidos, que ahora estaban bien versados en las cosas que podían no funcionar y que a lo mejor habían encontrado la manera de encajar de todas formas.

Aparentemente cansados de esperarnos, el resto del grupo volvió a la vez a la mesa.

—Bueno, bien, no parecían muy enfadados —comentó Matt, que señaló a la puerta con la mano.

—Qué va, no están enfadados —respondió Will sin darle importancia, como si la afección de su tono de voz hubiera salido por esa puerta. Había cosas que no cambiaban nunca—. Están de tranquis.

Pero todavía tenía la mano agarrada a la mía debajo de la mesa. Bueno. Eso sí había cambiado.

—Oh, guay. Y, eh —dijo Matt, y se giró hacia mí con un gesto triunfal—. Hola, Ollie.

—Hola Matt.

—No me puedo creer que esto llevara pasando desde el verano, ¡verano!, y que a nadie se le hubiera ocurrido mantenerme informado —comentó Matt, que obviamente bromeaba—. Es un mal comienzo. Ahora tenemos mala sangre, Ollie, lo siento. Más te vale esforzarte para caerme en gracia a partir de ahora. Todo el mundo sabe que los mejores amigos tienen la última palabra en una relación.

—¿Quién ha muerto y te ha convertido en su mejor amigo? —preguntó Darnell, ladeando la cabeza, incrédulo—. Pero en serio, ¿por qué no lo sabíamos?

Will se encogió de hombros, cohibido.

No. No. No era suficiente.

—¿Cuándo se suponía que tenía que decíroslo, chicos? —pregunté—. ¿Mientras hacíais bromas sobre quién quiere casarse conmigo? ¿O cuando lo criticasteis por cogerme del brazo en el baile? ¿O tal vez cuando os reíais de si éramos novios si mencionaba algo sobre mí durante la comida?

La boca de Darnell se convirtió en una o mayúscula, pero Matt se sintió atacado.

—Ay, joder, tío, solo bromeábamos —me respondió. Miró a Will en busca de refuerzos, pero este se giró hacia él—. Espera, Will, no íbamos en serio. No pensábamos que de verdad fueras... en plan...

—Pero lo era —dijo Will—. Soy bi, creo. Igual que Lara.

—Lo siento. No lo sabíamos, en serio.

—Sí, bueno, igual a partir de ahora podemos cortar con la mierda de los chistes de gays como norma inquebrantable —intervino Lara con voz cortante—. ¿Qué os parece?

—Cierto —convino Darnell, y Niamh le estrujó el brazo.

—Bueno —añadió Juliette—. ¿Vamos a ir a esa fiesta o qué?

Todos miramos a Will. Se puso rojo y se encogió de hombros. No parecía capaz de hacer mucho más ahora mismo.

—No lo sé. Tal vez la gente esté rara por lo de antes.

—Ni de coña, tienes que ir, nos has ganado el partido —insistió Matt—. Si voy yo con una maldita conmoción, tú también vienes.

—¿Está al mismo nivel? —pregunté, y Lara se reprimió una risa.

—Pero y si... —Will dejó la frase a medias.

—Estamos contigo —dijo Darnell.

—Ya. Ni que fueran a intentar alguna tontería de esas —añadió Matt.

—Además —saltó Lara, devolviéndole la sonrisa a Juliette—. Incluso si lo hicieran. Sabemos gritar más fuerte.


—Por cierto, ¿cuándo se lo dirás a Will? —preguntó mi madre. Estaba sentada en el comedor, agarrada a una taza de café solo, con el tío Roy y mi padre, que bebían una cerveza en lugar de café. Yo entraba y salía del comedor, y llenaba el coche de mantas, sillas plegables y una nevera llena de refrescos. No sabía si todo el mundo quería Coca-Cola, Coca-Cola Light, refresco de zarzaparrilla, Dr Pepper o Mountain Dew, así que a la mierda, me lo llevé todo.

—Esta noche. Te dije que lo haría esta noche. —Solté un gruñido por el peso de la nevera mientras la arrastraba a través de la puerta abierta apuntalada para cargarla en el maletero. Le di una patada a algo no identificado y me volví para ver qué era. Una canica.

—Crista, te he dicho que recojas las canicas, ¡alguien podría resbalarse!

—¡Ups! Perdón, perdón, perdón.

—Sí, ya puedes disculparte —dije sin aliento, mientras luchaba contra una sonrisa al ver cómo abandonaba el iPad para recoger la canica extraviada. ¿Qué tipo de niño *new-age* jugaba con canicas hoy en día? ¿No era un poco *vintage?*

Tampoco iba a reprochárselo mucho. Hacía poco que había empezado a sacar la cabeza del cascarón de tortuga. Una Crista ruidosa que se reía, y atormentaba a Dylan y corría por la casa experimentando con espacios de juego nuevos era preferible a la niña silenciosa e indiferente en la que se había convertido tras la muerte de la tía Linda. No es que ya no echara de menos a su madre, por supuesto. Todavía sacaba el tema. Todo el rato, de hecho. Pero ya se había acostumbrado a la idea de que la vida seguiría su curso sin su madre, y por fin había decidido volver a vivir el día a día.

—Ya sé que es esta noche, pero ¿cuándo exactamente?

Me aparté el flequillo de la cara, y me encogí de hombros. Sinceramente, ¿importaba cuándo?

—No lo sé. Lo dejaré caer.

—No lo hagas delante de todo el mundo —dijo mi madre.

—Eh... ¿por qué?

—Porque no. Tienes que darle la oportunidad de reaccionar en privado antes de que todo el mundo se meta, ¿vale?

Mi padre se apretó la cerveza contra la barbilla.

—Está claro que tu madre nunca me ha perdonado que le pidiese la mano delante de un montón de gente desconocida —comentó.

—Bueno, yo solo digo que tuviste mucha suerte de que fuera a decir que sí de todos modos —contraatacó mi madre.

—Qué bien que no vaya a proponerle matrimonio —repuse—. Bueno. Me tengo que ir, así que...

—Ollie, ¿puedo tocar tu guitarra mientras no estés? —preguntó Crista.

Titubeé en la puerta de entrada.

—Yo la vigilo —prometió el tío Roy—. Esta noche solo tocaremos la guitarra muy pero que muy suave, ¿de acuerdo, Crista? No estamos en una banda de *rock*. Si Ollie vuelve y se encuentra otro rasguño en su guitarra quizá te encierre en algún lado y tire la llave.

Se sentó a Crista en el regazo y le hizo cosquillas, con las que soltó alaridos de risa.

—De acuerdo. —Sonreí—. Solo *rock* supervisado, trato hecho. Pero si le encuentro algún rasguño, te tocará a ti ir en su lugar a las mazmorras.

—Tomo nota.

Con eso, hice un esprint hasta el coche, y prácticamente rompí la barrera del espacio tiempo de camino a casa de Will. ¿Cómo era posible que lograse llegar tarde a todos lados?

—¿Qué te ha llevado tanto tiempo? —preguntó Will mientras se sentaba en el asiento del copiloto.

—Oye, considérate afortunado por el hecho de que esté aquí. Hay que recorrer una larga distancia desde Naiper para ir a un autocine.

—Vale la pena, te lo prometo. ¿Dónde están los demás?

—Al final han ido todos en el coche de Matt. Me he perdido el viaje en grupo.

—Qué cabronazos —sonrió Will.

—Pero en realidad me viene bien, porque tengo que hablar contigo de una cosa —dije. Puse el freno de mano y me giré en el asiento. Mi madre me había insistido en que se lo dijera en privado. Y este era el único momento de privacidad que íbamos a tener, así que...

Will parecía preocupado.

—Oh, no, ¿qué pasa?

No tenía ningún sentido alargarlo.

—Me han admitido en la Universidad del Sur de California.

—¿Qué? —dijo Will—. Guau, Ollie, qué fuerte. Eso es genial. ¿Cuándo lo has sabido?

—Hace un par de semanas.

Frunció el ceño.

—Espera, ¿y lo has mantenido en secreto todo este tiempo?

—Bueno, primero quería esperar.

—¿A qué?

—A ver si me admitían en la Universidad Estatal de Carolina del Norte.

Esperó y se encogió de hombros para indicarme que prosiguiera.

—Y me han admitido —terminé.

—¿Y cuál vas a elegir?

—¿Qué pasaría si elijo la USC?

Tragó saliva, dolido. A él lo habían admitido en el programa de enfermería de la Universidad de Carolina del Norte hacía poco. Era una universidad maravillosa, pero no podía estar más lejos de California.

—Bueno, ya veremos qué hacemos. Está lejos, pero no es imposible. Nos mantendremos ojo avizor a los vuelos baratos y visitarnos los fines de semana siempre que podamos. Yo subiría y me quedaría durante las vacaciones, si me dejas quedarme a dormir contigo, claro, o tú puedes venir conmigo siempre que quieras, pero Los Ángeles es más emocionante que Chapel Hill, así que…

—¿O sea que no querrías cortar conmigo? —pregunté.

—¿Qué? Por supuesto que no. —Se le pusieron los ojos como platos y se echó un poco hacia atrás—. ¿Y tú?

—No, para nada. Además, no será necesario porque voy a ir a la Estatal de Carolina del Norte.

—¿Qué? Espera, ¿en serio? ¿Estás de broma?

—No es ninguna broma. Solo necesitaba asegurarme de que es lo que quieres.

—¿Intentas matarme? Eres ridículo, ¿por qué no iba a quererlo?

Me encogí de hombros como si no lo supiera, pero lo sabía. Porque, después de un año de desarraigo tras desarraigo, necesitaba prever qué sería lo siguiente en desmoronarse para prepararme de alguna forma.

Pero Will no se desmoronó ni me rechazó. En lugar de eso, me cogió ambas manos y me regaló una sonrisa tan amplia que podía haber estado en un *casting* para ser un modelo en un programa de la tele.

—Entonces, ¿el año que viene estaremos como a media hora en coche el uno del otro?

Asentí, y me rodeó con los brazos y me abrazó tan fuerte que casi me saca los pulmones exprimidos por la boca.

—Gracias a Dios —susurró.

Escoger la Estatal no había sido algo fácil: todavía echaba de menos California, y a la gente y la cultura. Por no hablar del clima. Pero no podía negar que el día que me llegó la carta de la Estatal sentí cómo me libraba de un peso de cincuenta toneladas que arrastraba desde la oferta de la USC. En parte por Will, claro. Pero no solo por Will. Mis padres habían decidido quedarse aquí por lo menos un año más para cuidar de Roy y los niños. Y aunque echaba de menos a Ryan y a Hayley, ya no eran mi grupo como tal. No sabían qué hacía en mi día a día y apenas conocía nada de los suyos. Nos habíamos ido distanciando. Y eso tal vez no era malo.

A Sayid, Emerson y a Izzy les habían ofrecido plazas en la Duke, en la Estatal y en la Universidad de Carolina del Norte. Juliette y Lara iban a ir ambas a la Estatal. Y con todo lo que había llorado y me había ofuscado cuando me enteré de que me mudaba aquí, le había acabado cogiendo cariño a Carolina del Norte.

Les había cogido cariño a mis amigos.

Vivir cerca de mis primos, mi tío y mis padres de repente me parecía más importante que vivir cerca de la playa. Quizá la tía Linda ya no estuviera, pero todavía estaban todos los demás. Y me había dado cuenta de que nada me garantizaba una vida entera con ninguno de ellos.

Era gracioso lo mucho que podían cambiar las cosas en siete meses.

En cuanto nos detuvimos en la plaza de aparcamiento de al lado del coche de Matt, Will salió pitando del vehículo y corrió hacia el resto.

—¡Ollie va a la Estatal de Carolina! —gritó, tan alto que algunas familias nos miraron desde el capó de su coche.

—Eh, se suponía que esa era mi noticia. —Sonreí cuando las chicas soltaron un coro de chillidos y gritos. Incluso Matt y Darnell soltaron vítores, mientras Niamh envolvía a Darnell con los brazos y lo mecía de lado a lado, celebrándolo.

Will rebuscó en mi maletero y sacó las sillas plegables que habíamos embutido allí.

—Bueno, también es mi noticia.

Niamh soltó a Darnell cuando Will se unió a los chicos, y fue a rebuscar en el maletero del coche de Matt. Iba vestida con su modelito habitual de entrenamiento y tenía el pelo apartado de la cara con una diadema de tela que se había dejado puesta después de la sesión de gimnasio de la tarde.

—Bueno —dijo, mientras me pasaba varias mantas—. Yo también tengo algo que deciros.

—¿Ah, sí?

—Sí. Me han cogido para un anuncio de máscara de pestañas en Nueva York. Voy a ir todo un fin de semana a hacer una sesión de fotos para esto, pronto.

Me quedé boquiabierto.

—Oh, Dios mío, Niamh, qué maravilla. Felicidades.

—Gracias. —Se tapó con la manta sobre los hombros y se la ajustó bien—. El mérito es de las fotos que me saqué hace unas semanas. Es flipante lo mucho que han mejorado mis fotos ahora que vuelvo a tener energía.

—Qué bien. ¿Qué piensa Darnell al respecto?

Le echó un vistazo. Estaba despatarrado sobre su silla, charlando con Matt y Lara, que se encontraban instalados en el suelo en una silla estilo puf que Matt había insistido en traer. Yo ya le había dicho que se le llenaría de barro y hierba, pero, al parecer, era su sueño de toda la vida ver una película en un autocine desde ese tipo de asiento, ¿y quién le iba a romper ese sueño?

—Darnell me apoya. Todavía no quiere que me mude allí, pero está contento con que intentemos una relación a distancia mientras vemos qué hacemos. Así que eso, ya veremos. —Niamh soltó una risita feliz y volvió a ir con Darnell.

¿Quién sabía si conseguirían que funcionara? Pero no se trataba de eso, ¿verdad? No teníamos ni idea de lo que el futuro nos deparaba. La gente cambiaba de opinión, se moría, se mudaba de forma inesperada. Lo único que podíamos hacer era tocar de oído, improvisar. Y si eso es lo que Darnell y Niamh querían hacer ahora mismo, estaba sin duda en su equipo.

De vuelta al lado de mi coche, Will estaba concentrado en acercar nuestras sillas mientras yo aguantaba las mantas.

—Un momento, ¿estáis juntos? —preguntó una voz que no me sonaba.

Pensaba que la pregunta iba dirigida a mí, así que di un paso hacia Will de manera instintiva mientras levantaba la mirada. Pero quien hablaba era un chico rubio al que no reconocí que estaba delante de Lara y Matt; técnicamente estaban los dos sentados en el puf, pero en realidad las piernas de Lara se encontraban encima de Matt, así que podía decirse que lo usaba a él de silla.

—Sí, lo estamos —contestó Matt—. Llevamos un par de semanas.

—¿Pensaba que ahora te gustaban las chicas? —le preguntó el chico a Lara. No es que estuviera metiéndose con ella exactamente: parecía confundido de verdad.

—Soy bi —contestó Lara, antes de ofrecerle de manera elegante una sonrisa y una peineta—. Tampoco es que sea problema tuyo, ¿no, Xavier?

Matt se encogió de hombros con una sonrisa radiante.

—Ya has oído a la dama. Circulando.

El chico contempló a Lara y Matt, y entonces su mirada recorrió al resto del grupo, y vio que todos lo observábamos con gesto de circunstancias. Puso los ojos en blanco.

—Solo preguntaba, tranquis. No hace falta que os pongáis susceptibles.

—Adiós, Xavier —dijo Lara con firmeza, y esta vez el chico se fue.

—Grande, Lara —susurré por lo bajo, y Will y yo compartimos una sonrisa secreta mientras cogía una de las mantas.

Intentamos acomodarnos de varias maneras, pero al final nos instalamos poniendo ambas mantas encima y nos cogimos de la mano por debajo. Entonces, cuando empezó la película, Will cambió de postura y me pasó un brazo por detrás de los hombros.

Me di cuenta de que era la primera vez que nos sentábamos así en público desde el lago.

De modo que quizá le debía a Disney una disculpa.

Tal vez nuestro «y fueron felices y comieron perdices» no había funcionado a la primera. Y tal vez los finales felices no eran un suceso aislado. A lo mejor eran algo en lo que tenías que trabajar y querer construir; y no rendirte nunca, siempre y cuando fuera lo que todavía querías.

Y a lo mejor no eran perfectos. Tener a Will a mi lado en ese momento no hacía que de alguna manera se borraran todas las cosas horribles que habían pasado este año. Y tampoco me prevenía de las cosas horribles que pasarían en el futuro. A veces, en la vida ocurren cosas horribles. Y, a veces, en la vida ocurren cosas muy pero que muy maravillosas. Y otras veces, ambas cosas pueden ocurrir a la vez.

Pero que le den al mañana.

Aunque nadie pudiera prometerme que todo fuera a salir perfecto, aquí y ahora, en este momento exacto, lo era.

Y de todas formas, el aquí y el ahora eran lo único que importaba de verdad.

# AGRADECIMIENTOS

Este, mi segundo libro, es distinto de mi novela debut por muchas razones. Por muchas otras, es similar. La más notable de ellas es que ni este libro ni el primero se hicieron solos. Tal vez se necesite toda una aldea para criar a un niño, pero ¿y para dar a luz a un libro? Para eso se necesitan multitud de amigos, familiares, profesionales de la edición y lectores, ¡que abarcan tres continentes!

A Moe Ferrara, mi agente. Por ser la primera persona que recibió mis palabras, por estar siempre ahí como apoyo emocional, por ayudarme a transformar libros buenos en libros magníficos. No estaría aquí si no te hubiera conocido. ¡Gracias también a James McGowan y al resto del equipo de Bookends por sus consejos y el apoyo!

Gracias a Sylvan Creekmore, mi supereditora, siempre tan impresionante y maravillosa, que captó a la perfección mis intenciones y que incluso se mantuvo totalmente imperturbable cada vez que me comía la ansiedad, y que no tuvo miedo de decirme si un chiste que para mí era para troncharse no tenía ningún sentido. Ha sido una experiencia maravillosa y siempre estaré agradecida de tenerte como editora.

A todo el equipo de Wednesday Books: por Dios, sois todos superestrellas. Ojalá tuviera una grabación de todas las veces que le he dado la brasa a un amigo sobre la profesionalidad, la pasión y la maestría que reina en la oficina de Wednesday Books. No puedo expresar lo agradecida que estoy de poder decir que formo parte de vuestra familia. Cada uno de vosotros ha hecho que esta experiencia haya sido todo lo que podía haber soñado. En especial, ¡gracias a DJ DeSmyter, Dana Aprigliano, Alexis Neuville, Jessica Preeg, Sarah Schoof, Sara Goodman, Anne Marie Tallberg, NaNá V. Stoelzle y Caitlyn Averett!

Gracias a Kerry Resnick, mi diseñadora de cubierta, y a Jim Tierney, que la ilustró. Gracias por regalarme una cubierta que me hizo llorar.

A los primeros lectores de *Botón de emergencia para (dejar de) amar*, que respondieron a mi llamada de emergencia para un cambio de última hora a la velocidad del rayo a fin de terminar antes del descanso editorial de Acción de Gracias; Lee Kelsall, Ash Ledger, Sophie Cameron, Julie Tuovi y Tere Kirkland. Gracias por leer este libro en su forma menos pulida y por darme el *feedback* sincero que necesitaba en ese momento.

A Ash y Julia Lynn Rubin: nuestras charlas casi diarias impidieron que se me fuera la olla. Gracias a las dos por ser un espacio seguro donde volver a mantener las mismas conversaciones una y otra vez cuando más lo necesitaba.

Gracias a las chicas de The Lobster Garden, Hannah Capin y Bibi Cooper, y a Cass Frances, Sadie Blanc y a todo aquel que me deja gritar en sus mensajes directos de Twitter cuando para mí es mediodía pero para ellos es la hora de irse a la cama. Os quiero.

Gracias a mi equipo de escritura de Melbourne, Katya De Becerra, Ella Dyson, Astrid Scholte y Claire Donnelly, por estar siempre ahí para un café o para una bebida más fuerte, dependiendo de lo intensos que fueran los *editings* esa semana.

Gracias en especial a Sandhya Menon, Angelo Surmelis, Jenn Bennett, Kayla Ancrum, Cale Dietrich, Hannah Capin y Mason Deaver: Vuestro apoyo prematuro de este libro significó el mundo para mí, y todavía me pellizco a mí misma para creerme que autores increíblemente talentosos como vosotros se hayan tomado el tiempo para leer las palabras que escribí.

A mamá, papá y Sarah: gracias por ser la mejor familia del mundo. Por leerme cuando era un bebé, por las excursiones a la biblioteca, por los ánimos. Un reconocimiento público a mi madre: por dejarme acaparar la conexión a internet para que pudiera subir mis *fanfics* cuando tenías que hacer llamadas de teléfono. A mi padre: por leerme la serie de libros de *The Faraway Tree* hasta que se te secaba la garganta. Y a Sarah: por escuchar todos los argumentos locos para historias que te soltaba.

Cameron, gracias por darme tu paciencia, tu silencio y tu apoyo cuando los necesitaba, y tus orejas cuando las pedía.

Gracias por dejarme desatender los platos sucios cuando tenía alguna fecha de entrega cerca y por comprarme Nutella por sorpresa cuando todo me supera. Y, sobre todo, gracias por hacer de nuestra casa un refugio seguro.

A todos los que estaban en el bus la mañana que me llamó Moe para decirme que teníamos una oferta para este libro: lo siento por haberos asustado. Sé que las 7:30 de la mañana es demasiado pronto para empezar a gritar en el transporte público. Estaba muy emocionada y espero que podáis perdonarme.

Y, para terminar, a todo el que alguna vez me ha enseñado qué se siente al tener el corazón roto: lo que no mata a una escritora le da material para escribir.

Sigue a Wonderbooks
en www.wonderbooks.es
en nuestras redes sociales
y suscríbete a nuestra *newsletter*.

Acerca tu teléfono móvil a los códigos QR
y empieza a disfrutar de información anti-
cipada sobre nuestras novedades y conte-
nidos y ofertas exclusivas.